2021 신춘문예 당선 평론수필집

2021 신춘문예 당선 평론수필집

초판발행 2021년 2월 5일
지 은 이 성현아 외
발 행 인 노용제
기 획 정은출판 기획부
발 행 처 정은출판
등록번호 신고 제301-2011-008호(2004. 10. 27)
주 소 04558 서울시 중구 창경궁로1길 29. 3F
전 화 02)-2272-8807, 02)-2272-9280
팩 스 02)-2277-1350
홈페이지 www.je-books.com
전자우편 rossjw@hanmail.net
I S B N 978-89-5824-426-4 (03810)

2021

신춘문예 당선 평론수필집

점출판

| 차례 |

2021 신춘문예 당선 평론수필집

거리두기가 아닌 적극적인 거리 좁히기

집, 직장, 사회에서 거리를 둬야 했던 2020년이 지났지만, 여전히 2021년도 거리두기를 해야 합니다. 거리두기를 하느라 사람들과 소통이 적었고 나눔이 적었습니다. 그럼에도 불구하고 사람들은 많은 창작물을 만들고 있습니다. 독자, 관람자, 감상자를 만나지 못하고 있지만 많은 창작물은 이 시간, 시대와 공간을 담고 우리 주변에 있습니다. 평론과 수필은 이 창작물에 관한 관심이며 창작물의 존재 필연성을 생각해보게 합니다.

사람들의 창작물에 관한 관심은
사람에 관한 관심이며
사람에 관한 관심은
소통이며…,
소통은 너와 나에 관한 관심이며 이해입니다.
너와 나에 관한 관심은 곧 함께 살아가는 것입니다.

2021년 신춘문예 문학평론, 영화평론, 미술평론, 수필을 통해 다양한 관심과 삶의 전반을 보여준 당선작품을 모음집으로 엮어 우리의 기록으로 남기고자 합니다.

많은 시간과 열정으로 글쓰기에 힘쓰며 신춘문예 당선이라는 결실로 독자에게 다가온 신춘문예 당선작가들에게 축하의 마음을 전합니다.

오랜 시간 지속되는 코로나19로 우리는 지쳐있고, 일상을 잃었습니다. 갖가지 문학 행사, 영화 관람, 미술 관람, 일상의 행위들에 제약을 받고 있으며 우리는 당연했던 그것들에 대해 갈급해 합니다. 이 책이 그러한 것에 대리만족이 될 것이며, 거리 두기를 없애고 작품에 거리 좁히기를 해줄 것으로 생각합니다.

언론사 신춘문예를 통해 엄선된 작품들은 우리에게 창작물에 대해 제대로 거리 좁히기를 도울 것이며 많은 정보를 줄 것입니다. 거리 좁히기를 돕는 신춘문예 당선 작가님들께 감사를 전하며 다시금 당선 축하를 드립니다.

많은 스마트한 매체 속에서도 지속해서 신문이라는 매체를 유지하며 매년 신춘문예를 통해 참신하고 실력 있는 작가들을 발굴하는 신문사에게 또한 감사를 드립니다.

잠시라도 글 속에 마음을 내려놓고 일상의 친밀함을 즐기며 쉬어가시길 기원합니다.

2021년 1월

정은출판 기획부

2021 경향신문 신춘문예 당선 평론

성현아

1993년 경남 진해 출생
중앙대학교 국어국문학과 졸업
동 대학원 국어국문학과 박사 수료
2021년 〈경향신문〉 〈조선일보〉 신춘문예 평론부문 당선
dhdlshsp93@naver.com

점성의 히스테리아

- 김이듬론[1]

성현아

우리 이야기는 끝나지 않는다
우리는 흘러 들어간다
미완의 것 아직 시작하지 않은 것 가능한 것 속으로[2]

1. '나'라는 과거와 '우리'라는 영원

쓰러지기 위해 일어서는 사람이 있다. 잊지 않기 위해 애초에 기억하지 않는 사람이 있다. 나로부터 나를 구원하기 위해 대체로 나를 부수는(「파수꾼」) 이 사람은 김이듬의 시 전반을 흘러 다닌다. 우리는 이 사람을 히스테리 환자라고 불러볼 수 있겠다. 히스테리 환자는 명확한

1) 이 글은 김이듬의 여섯 권의 시집 『별 모양의 얼룩』(천년의시작, 2005), 『명랑하라 팜 파탈』(문학과지성사, 2007), 『말할 수 없는 애인』(문학과지성사, 2011), 『히스테리아』(문학과지성사, 2014), 『표류하는 흑발』(민음사, 2017), 『마르지 않는 티셔츠를 입고』(현대문학, 2019)를 대상으로 하며 이하 시의 제목만 밝힌다.
2) 에이드리언 리치, 『엘비라 샤타예브를 위한 환상곡』, 『공통 언어를 향한 꿈』, 하현숙 옮김, 민음사, 2020, 19쪽.

징후를 보이지만 동시에 그 병을 현실적인 수준에서 지정될 수 없도록 하여 오히려 진정한 투사鬪士의 역할을 해낸다.[3] 김이듬의 시세계는 이러한 모순으로 사랑을 만들고, 그 사랑이 히스테리적이기에 수난을 껴안을 수 있는 교묘한 역설로 축조된다. 이는 첫 시집인 『별 모양의 얼룩』(천년의시작, 2005)부터 최근 발간한 『마르지 않는 티셔츠를 입고』(현대문학, 2019)까지 줄곧 이어져 온 독특한 시세계라 할 수 있다. 다수의 논자들이 분석한 대로 김이듬은 주변으로 밀려난 희생양들을 위한 '실천적 시쓰기'를 감행한다. 다만 김이듬의 '폭력에 맞서는 시작詩作'에는 여타의 시인들과 구별되는 점이 있다는 말이다. 김이듬의 시에는 폭력의 자리인 바깥을 향한 저항과 폭력의 피해자들 사이에서 일어나는 안으로의 충돌이 공존한다. 그는 '한국 문학사 전반의 남성주의'에 대항하는 여성주의를 공고히 하는 길로 가지 않는다. 오히려 여성주의 안의 숱한 실패와 균열을 가시화한다. 이를 통해 폭력에 대항하는 소수자들의 자리에 연대만 있는 것이 아니라 차이와 배반이 있음을 드러낸다. 또한 이들이 쉽게 뭉쳐지지 못 하도록 방해하는 수많은 지배 담론과 체화된 위계가 자신의 시에도 각인되어 있음을 가감 없이 보여준다.

비가 내렸고 나는 방화에서 내렸다 비비안 마이어를 읽느라 화곡과 우장산을 지나왔다 (…) 골목을 돌아 나오다가 공중화장실로 끌려갔다 큰 트럭에 나를 던져 넣었다 저기 내 치마가 걸려 있다 막사와

3) 미셸 푸코, 『정신의학의 권력』, 오트르망(심세광, 전혜리) 옮김, 난장, 2014, 373~374쪽.

막사 사이 산허리에 제8사단 사령부와 고요한 사원 사이에 // 하루에 몇 번 했냐 임질이냐 너도 즐겼냐 친구가 물었다 // 내 치마는 장막으로 펼쳐지고 어두운 치마 속으로 벼락치는 칼날, 총알들이 별처럼 총총 박혔다 // 월요일에는 기병대 화요일에는 공병대 하루도 빠짐없이 한순간도 쉬지 않고 군인들이 줄을 섰다 (…) 여기 치마가 걸려 있다 (…) 빌딩이라는 축사 플래카드와 구름 사이에 (…) 내 목을 꼬아 머리로 퀘스천 마크를 만든다 더듬더듬 문을 두드리는 손 같다 갈고리인지 // 치렁치렁한 밤의 치마 아래 숲에서 내가 잠든 관 속으로 죽은 할머니가 힘찬 숨결을 불어넣는다 / 아 뜨거, 누가 우리 가랑이를 찢어 걸어 놓았나 벌건 노을의 쇠막대기에

(김이듬, 「옷걸이」 부분)

우장산역을 지나 방화역에 내리는, 지하철을 이용하는 현대인인 "나"는 골목을 돌아 나오다가 공중화장실로 끌려간다. 시에 명시되지 않았으나 "나"가 성폭력 피해를 입었음을 짐작할 수 있다. 이러한 폭력을 당한 "나"는 트럭에 내던져지며 줄을 선 군인들에게 유린당하는 일본군 '위안부'가 된다. 현대 여성이 일본군 '위안부'였던 여성을 기억하고 애도하는 것이 아니라 과거의 '위안부'에게로 겹쳐지며 그 당사자가 되는 전개는 주목할 만하다.

일본군 '위안부' 피해자의 증언을 통해 한국의 식민지 경험은 처음으로 젠더화되었다.[4] 여성과 남성이 겪은 식민지 경험의 차이가 분명

---

4) 우에노 지즈코, 『위안부를 둘러싼 기억의 정치학』, 이선이 옮김, 현실문화, 2014, 217쪽.

하다는 말이다. 일본군 '위안부'에는 식민-피식민의 구조 안에서 피식민지인들에게 가해지는 폭력과 젠더 권력의 구조 속에서 여성이 겪게 되는 폭력이 이중으로 겹쳐있다. 그러나 위안부 피해자들을 민족의 수난자로 자리매김하게 하는 과정에서 이러한 중첩은 지워졌다. 이는 민족 공동체로 포섭될 가능성이 제기될 때만 위안부 피해 사실에 대한 고백이 포용되었다는 말이다. 성폭력 피해자들은 민족주의라는 시금석을 통해 철저한 검증을 거쳐야만 '우리'로 선별된다.

김이듬은 시 속에서 피해자를 심문하는 담론을 재심문한다. 그는 일본군 '위안부' 피해자들이 겪은 수난의 역사를 국가나 민족이라는 큰 틀에서 닫힌 사건으로 인식하지 않고 현재 여성들이 겪고 있는 폭력으로 연결해낸다. 이는 위안부 피해를 고정된 역사관 안에서 선택적으로 기억하는 것이 아니라 이어지는 흐름으로 재의미화하는 작업이기에 중요하다. "나"가 위안부 소녀가 되어 듣게 되는 말은 "하루에 몇 번 했냐 임질이냐 너도 즐겼냐"는 피해자를 향한 모독의 말이다. 시에서 이 대사는 아이러니하게도 "친구"의 말로, 가해자의 발화가 아닌 위안부를 열심히 '우리'로 묶으려 했던 공동체 내부의 발화다. 이는 위안부 피해자들을 냉대했던 민족, 국가의 이면을 상기시키며 위안부 사건을 영유하려던 민족주의 담론에 균열을 낸다.

나아가 시인은 위안소 막사에서 다시금 "빌딩"이라는 현재의 시공간을 불러와 겹쳐놓는다. 그리하여 이와 같은 비난이 오늘날 성폭력 피해 여성들이 듣게 되는 '꽃뱀', '창녀' 등의 욕설과 별반 다르지 않다는 점을 상기시킨다. 비로소 일본군 '위안부'의 피해 사실들이 민족주의 담론으로 탈젠더화되었다는 점이 드러난다. 김숨이 『한 명』(현대문학,

2016)에서 집단의 서사가 된 위안부 이야기를 개인의 서사로 복원해냈다면, 김이듬의 시는 그 개인이 여전히 재생성되며 반복되고 있다는 점까지 생각하게 한다. 공중화장실로 끌려가는 지금의 여성들은 트럭에 내던져지는 위안부 소녀들과 피해 경험과 그 감각을 공유한다.

성폭력 피해가 민족이라는 범주로 엮일 수 있는지에 대한 회의는 "퀘스천 마크"로 가시화된다. 어렵사리 빚어낸 이 물음은 젠더 폭력의 자리에 위안부를 다시금 소환한다. "아 뜨거, 누가 우리 가랑이를 찢어 걸어 놓았나 벌건 노을의 쇠막대기에"라는 마지막 시구는 '벌겋게 달군 철막대를 자궁에 넣기도 했다'[5]는 정옥순의 증언에서 착안한 문구일 텐데, 이 발화를 기점으로 "내 치마"로 시작한 개인이 "우리"로 확장된다는 점에 주목할 필요가 있다. "죽은 할머니", 혹은 죽었다고 믿어지는 할머니가 잠든 나에게 찾아와 "힘찬 숨결"을 불어 넣은 후에야 비로소 폭력을 당해온 여성들이 서로를 "우리"라고 부르게 되기 때문이다. 현재의 나가 "관"에서 자고 있다는 점은 내가 죽고, 죽은 할머니가 또다시 소녀로 태어나고, 그 소녀가 다시 내가 되는 악순환을 상징한다. 이는 과거이자 민족의 역사로 닫혀있던 위안부의 자리를 열고 현재의 "나"와 매개한다.

이때 '나'로부터 '우리'로의 확장은 더 이상 민족으로의 뭉뚱그려짐이 아니다. 이는 한국인 사장에게 상습적으로 성폭행을 당하는 베트남 소녀(「내 치마가 저기 걸려 있다」), 미군에게 만삭의 몸으로 가학적 성행위를 강요받는 한국 여자(「철수」), 몽트뢰유에서 사내에게 끌려가는 흑

5) 정옥순, 「지옥의 형벌보다 더 치떨리는 일본군의 만행」, 이토 다카시, 「한겨레 21」 10월호, 1998.10.

인 소녀들(「행복한 음악」)에게로까지 뻗어 나간다. 시대와 국경을 초월한, 일상 어디에서든 성폭력의 대상으로 전락하던 여성 공동체로의 확장이다.

가장 청순했던 아가씨는 환청에 실신했던 밤들을 겪었고
상냥했던 심장의 창이 무너져 절망을 위한 노래마저 접었던 날도 있었으리라
그리하여 지금 / 과거의 한순간이 지금이어서 / 광기의 시계는 그날에 맞춰졌다

오, 나는 바로 지금조차 배겨 내질 못하는데
대부분의 지금은 방금으로 끝나는데

(김이듬, 「생존자」 부분)

그리하여 김이듬의 시는 폭력을 당한 과거의 한순간을 "지금"으로 정의한다. "광기의 시계"는 여전히 "그날"에 맞춰져 있기 때문에 실존하는 고통의 감각은 제 아무리 오랜 시간이 흘렀다 하더라도 표준시간의 개념을 초월한다. 이로써 일본군 위안부는 기억되어야 할 민족 수난의 표상이나 역사적 사건이 아니라 "방금으로 끝나"며 영원히 지속되는 "지금"이 된다. 젠더 폭력의 역사를 끝나지 않는 순환의 선상으로 호출하는 것이다. 그리하여 지금, 이러한 폭력은 그대로 있기에 "나는 살아 있는가"라고 스스로 반문하는 생존자는 현재를 살아가고 있는 모든 여성이 된다. 이를 통해 과거와 현재의 수많은 피해 소녀들,

그 소녀의 기억에서 벗어나지 못하는 여성들, 더 나아가 이들에게 공감하며 죄책감을 느끼는 사람들까지 연결해낸다. "망각으로 살고 있"(「늪」)다고 고백하는 '나'는 망각으로써만 겨우 버티며 존재할 수 있는 생존자이자 지금까지 그 모든 폭력을 지속적으로 견뎌온 '우리'다.

2. '우리'로의 자발적 실패

독특한 점은 어렵사리 구축한 '우리'라는 여성 공동체를 시인이 스스로 폐기한다는 점이다. 그는 우리를 상정하고 결속하는 일에도 균열을 가하며 의도적으로 '우리 되기'에 실패한다.

> 우르르 유령 시인들이 몰려와 여자의 종이를 찢어버립니다. 종이만 찢었을 뿐인데 여자의 가슴에서 피가 흐릅니다. 욕조 안에 핏물이 고입니다. 유령 시인들은 종이에 대고 협박합니다. 자신의 시를 모방했다고, 갖은 기교 범벅 비스킷 같다느니 뭐니 벽돌로 여자의 머리를 빗어줍니다. (…) 전 당신들을 닮을 생각도 없고 오마주도 모르는데요. 우리는 영원히 무한히 우리를 배신하여…… 입에서 두부만 한 핏덩이가 쏟아집니다. (…) 여자는 잠에 빠지듯 혼몽합니다. 몸이 조금씩 빠져나갑니다. 스르르 욕조 구멍에서 빠져나가 다른 세계로 흘러갑니다. (…) 기고 있지만 날아가는 것 같고 유령들과 한패가 된 듯도 하지만 동물들의 울음을 이해합니다. 용감무쌍하지 않고 나약하지 않습니다.
>
> (김이듬, 「유령 시인들의 정원을 지나」 부분)

이 시에서 여자는 우르르 몰려온 유령 시인들에게 협박을 받고 폭력을 당한다. 또다시 피해자의 자리에 놓여 유린당하는 여성은 입에서 피를 쏟으며 괴로워하면서도 "당신들을 닮을 생각도 없고 오마주도 모르는데요"라고 대꾸한다. 그러한 항변의 말과 각혈 사이에 "우리는 영원히 무한히 우리를 배신하여"라는 의미심장한 시구가 틈입한다는 점은 중요하다. 이는 여자의 입에서 흘러나온 말로 해석할 수밖에 없다. 피해자가 자신에게 폭력을 가하는 집단에 우리가 끼어 있을지도 모른다고 의심하는 것이다. 이 여자는 우리를 향한 의심에서 한발 나아가 자신이 "유령들과 한패가 된 듯"한 기분을 느끼게 된다. 이는 "소문을 트위터에 퍼트리는 녀석은 나의 다른 몸"(「공중뿌리」)이라는 자신의 이중성에 대한 폭로와 일맥상통한다.

일본군 '위안부' 피해 여성들은 조선인들이 직접 알선하기도 했었다는 점을 분명히 증언했다. 그러나 위안부 문제가 민족주의로 포섭되며 사죄 받아야 할 피식민 역사의 일환이 되자 제국주의를 체화했던 조선인의 알선은 함구 되었다. 더 나아가 조선인 여성이 직접 위안소로 조선 여성들을 팔아넘긴 것에 대한 언급은 전무하다고 볼 수 있다. 남성성을 체화한 혹은 남성 중심 사회로의 편입을 갈망하는 여성이 여성에게 가하는 폭력에 대한 언급은 남성주의에 대항하는 여성주의에 혼선을 주기 때문에 금기시되어온 셈이다. 김이듬은 금기를 깨고 "봐라! 너도 더럽잖아"라며 딸에게마저 "도덕적 우열을 따지는 엄마"(「유령 시인들의 정원을 지나」)와 같은 여성들을 시에 등장시킨다. 그리하여 연대하고 결속하는 것으로만 비쳐온 여성 공동체 '우리'의 틈을 포착한다.

김이듬은 주저하지 않고 피해자의 자리에서 지배 담론을 내재화한 폭력의 자리로 가 포개진다. 이때의 겹침은 사회에서 여성 피해자에게 부과한 도덕적 기준을 갖추기 위해 여성들이 내적 검열을 거치는 것과는 거리가 멀다. 다만 피해자의 자리에서 자신이 받은 폭력을 또 다른 소수자들에게 대물림하게 되는 스스로에 대한 폭로에 가깝다. 이는 일정한 목적을 달성하기 위해 우선적으로 공동체를 결속하고 구성원들의 공통점을 부각하는 방식과 상반된다. 김이듬은 시에서 구축한 '우리' 공동체 안의 내부적 균열과 상충을 기꺼이 내보인다. 그는 완성된 형태의 공동체를 "미루고 미루고 또 미루"(「오늘도」)어 '우리' 확정을 무한히 연기한다.

굴다리 아래 애 업은 여자가 뛰고 있었다 포대기에서 두상이 떨어졌다 내게 굴러왔다 무심코 발로 차 강으로 보냈다 거지 여자는 미친년이었고 여전히 뛰고 있었다
아저씨네 앞마당에서 암소가 울었다 더 짧게 교복 치마를 접어 올렸다

(김이듬, 「표류하는 흑발」 부분)

위 시에서 김이듬은 "거지 여자"-"미친년"-"암소"-'교복 치마를 더 짧게 접어 올리는 소녀'를 연결해낸다. "거지 여자"는 자본주의에서 도태된 인간이자, 젠더 권력에서도 소외되는 자이며, "미친년"은 정상범주에서 탈락한 여성이다. 이는 스스로 대상화되기 위해 "교복 치마"를 줄이는, 즉 남성 중심의 지배적 시선을 스스로 체화한 청소년

에게로 뻗치는데, 이 소녀는 또다시 성년의 범주로 진입할 수 없는 미성년이기도 하다. 이는 인간의 범주로 편입할 수 없으며 인간에게 억압받아온 동물, "암소"로 이어진다. 여성주의가 미시 파시즘이 되는 것을 막아내며 김이듬은 사이에 존재하는 이들을 불러내 연결시킨다. 그리하여 남성/여성, 어른/아이, 정상/비정상, 부자/거지, 인간/동물, 수컷/암컷과 같은 지배/피지배의 다층적인 구도를 그 구분이 모호해지도록 쌓아 올린다. 이들은 뫼비우스의 띠처럼 어느 쪽이 안이고 밖인지 분간할 수 없기 때문에 묶이지도 구분 지어지지도 못한 채 내부적으로도 충돌을 빚으며 표류하게 된다. 김이듬이 연결지은 소수자들은 이원 젠더를 넘어, 이항 대립을 여러 방향에서 가로지르며 더 많은 가짓수의 성을 생산한다. 위계 구조가 식별 불가능하게 뭉쳐지자 아이러니하게도 구조의 모순이 선명해지며 이를 허물어버릴 틈이 생겨나는 것이다.

이로써 분명해지는 점이 있다. 김이듬의 시가 말하고자 하는 공동체는 단순히 남성주의에 대항하는 여성주의가 아니라는 점이다. 중심에 대항하여 주변에서 탈피하고자 하는 순간, 이는 내용을 달리한 또 다른 파시즘이 된다. 남녀의 이원적 대립을 통해서만 페미니즘을 유지할 수 있다는 명목으로 트렌스젠더리즘을 억압하는, 여성이 주체가 되는 새로운 폭력들을 떠올려보면 이해하기 쉽다. 김이듬은 새로이 확장한 공동체를 통해 체제의 중심을 바꾸려는 것이 아니라 중심 - 주변의 구도를 허물고자 한다. 미시 파시즘, 즉 민족, 편향된 역사, 또 다른 파시즘이 되려는 여성주의 그 모든 것에서 달아나며 동시에 그것들과 싸워내고 있는 것이다. 이를 위해 그는 '여성인 한에서 우리 되기'에 자발적으로 실패한다. 여성이라는 정체성을 확립하기 위해 남성에 다시금 방점을 찍게 되는 오류에서 벗어나 충분히 창조적이고 생산적인 "분자적 여성"[6]이 되고자 한다.

3. 점성(粘性)을 지닌 흐름

김이듬은 더 소수자로 남아 있기 위한 몸부림을 거듭한다. "가끔은 살아 있다고 착각"(「나의 수리공」)하는, "임시로 숨 쉬는 것 같"(「비탄 없이 가난한」)은 '나'는 이 사회에서 부작용하는 존재다. 그러나 김이듬의 시 속에서 '나'는 사회에서 작용하기 위해 스스로를 변형시키지 않는다. 오히려 "실어증을 일부러 앓"(「늪」)으며 다른 나와 "손을 맞잡고 한 걸음도 안"(「하반기」) 나아간다.

> 나는 춤춥니다 / 춤추기 시작했어요 (…) 뒷걸음질이 중요합니다 (…) 당신이 오른쪽으로 움직일 때 / 나는 왼쪽으로 갑니다 (…) 이곳에 살기 위하여 / 피하고 흥분하고 싸우기도 하듯이 / 나는 춤추겠다는 겁니다 (…) 다가오는 죽음을 인정하고 포옹하면서 / 매 순간의 나를 석방합니다 / 나는 춤을 춥니다 // 뒤로 가는 것처럼 보일 거예요
>
> (김이듬, 「나는 춤춘다」 부분)

위 시에서 시적 주체가 추는 춤은 뒷걸음질치는 행위와 맞닿아 있

---

6) 질 들뢰즈 · 펠릭스 가타리, 「천개의 고원」, 김재인 옮김, 새물결, 2001, 523쪽.

다. “하찮아지고 보잘것없이 더 보잘것없어지자”(「하인학교」)고 되뇌는 나는 “당신”이 주류의 표상인 오른쪽으로 움직일 때도 “왼쪽”으로 간다. 김이듬에게 왼쪽은 시 「왼손잡이」에 드러나듯 “천치와 악마”들의 방향으로 낙인찍힌 곳이다. 그럼에도 “나”는 소수자의 자리이자 철저히 소외되는 길을 자신의 방향으로 삼고 그곳으로 자신을 밀고 간다. “이곳”으로 불리는 이 세계에 살기 위하여 역설적이게도 ‘주변으로 흘러가는’(「강물아비」) 몸부림에 가까운 춤을 추는 것이다. 이 춤은 퇴행처럼 보이나 닫힌 세계에 대한 문 두드림이자 그 속에 갇힌 자들을 “석방”하는 행위가 된다. 여성이 영웅이 되는 서사가 아니라 언제든지 다시금 소수자의 자리로 가 그들과 겹쳐지며 영혼을 공유하는 과정은 체제로의 편입이 아닌 체제 자체를 파기하겠다는 다짐이다. 그러므로 김이듬이 시 속에 내세우는 여성은 기고 있지만 날아가는 것 같고 용감무쌍하지 않지만 나약하지 않다. 여성은 소수자로서 여전히 기어 다니며 새로운 중심세력이 되려는 투사이기를 거부한다. 그러나 그 ‘기어 다님’의 행위가 집단적으로 수행될 때, 중심-주변의 구도를 허물며 날아가는 것 같은 새로운 흐름을 창조해내는 것이다. 김이듬은 고통의 자리를 온전하게 견디며 “언제나 죽은 이들과 함께 흐르려”(「노량진」) 할 뿐이다.

이 흐름은 목적한 방향이 없는 표류다. 단, 김이듬의 표류는 단순한 떠돎이 아니라 점성을 가진 흐름이라는 점에서 독특하다. 실로 ‘축축하다’는 형용사를 빈번하게 사용하는 시인은 “물 속”, “욕조”, “바다”, “자궁 속”과 같은 습기를 가진 공간을 구축하고 “피”, “눈물”, “땀”, “물결”, “점액질”처럼 끈적한 촉각으로 흐름을 형상화한다. 점성이 있는 흐름은 주변의 사물 혹은 사람들을 단순히 지나치거나 관통하지 않는다. 이는 주변의 것들을 끈끈하게 데리고 간다. "우리는 잠시 젖은 후 흘러갈 거야"(「함박눈」)라는 시구처럼 다르다고 분류된 이단아들, 소외된 자들을 불러 엮으며 함께 가는 것이다. 정해진 방향으로 홀로 건조하게 나아가는 것이 아니라 '같이 울어주지 못해 미안'(『별 모양의 얼룩』의 서문)해하는 김이듬은 다른 이들의 눈물에 자신을 적시며 같이 구른다.

더 나아가 점성의 정의를 상기해보면 이는 '흐름에 대한 내부의 저항을 안고 흐른다'는 역설적인 의미가 된다. '우리'로 뭉쳐지기 힘든 것들을 잠정적이나마 '우리'로 끈끈하게 엮은 다음, 내부의 마찰과 외부의 비난을 안팎으로 견디면서 더 많은 '우리'를 만들기 위해 구르는 것이다. 그리하여 김이듬이 반복해서 말하는 "구름"[7]은 언제든 흩어지는, 홀로 고고히 떠있는 하늘의 구름이 아니라 땅에 짓밟힌 이름 없는 것들로 기꺼이 흘러내려와 껴안고 가는 축축한 '구르기'가 된다.

4. 소외의 자리로 표류하기

그럼에도 불구하고 남은 문제들이 있다. 시가 소수의 문학임을 자처

---

7) 「별 모양의 얼룩」, 「나는 나무를 이해한다」(『별 모양의 얼룩』); 「여드름투성이 안장」(『명랑하라 팜 파탈』); 「호수의 백일몽」, 「너무 놀라지 마라」(『말할 수 없는 애인』); 「여파」(『히스테리아』); 「옷걸이」(『표류하는 흑발』); 「한 시」, 「짐노페디」(『마르지 않는 티셔츠를 입고』)

하더라도 시는 언어를 전제로 한 예술이다. 언어란 언제나 다수에 의해 향유되는 것이며 그들의 시선을 담는 프레임이 된다. 여기서 다수는 수적인 우위만을 뜻하지 않는다. 이를 고려하여 소수자들이 김이듬의 시적 언어를 통해 현현되는 방식을 살필 때, 다음과 같은 질문이 남는다.

얼굴을 가리려니 다리가 나오고 음부를 숨기자니 젖가슴이 드러난다
성적 흥분을 일으킬 의도가 아니다 그들이
종이 한 장씩 던져 주며 체면을 구기지 말라니까
규격에 맞게 재단하라니까

나는 이 섬의 원주민 발가벗고 다닌다 잔치가 있는 날엔 조개 목걸이 하나 두르는 정도
별안간 장군인지 개척자인지 그런 자가 온다는 이유로
알몸 금지령이 내려졌다

(…) 환영의 표시로 손을 흔들 때
"저 호수 이름은 뭐니?"
"저리 가!"
그들은 저리가 호수라고 썼다

(김이듬, 「A4」 부분)

시인이 "성적 흥분을 일으킬 의도가 아니다"라고 부연설명을 해도

우리는 "음부"와 "젖가슴"이라는 단어에서 이미 대상화된 여성의 신체를 떠올리게 된다. 언어가 갖고 있는 고질적인 재현 불가능함을 차치하더라도 우리는 언어의 한계에 다시금 부딪히고 만다. 피해 여성들을 재현하는 문학에서조차 가해자들의 언어를 빌려야 하는 셈이고, 이는 그들의 관점과 시선이 점철된 언어로 피해자를 다시 가두는 일이 된다. '저 호수 이름은 뭐니? / 저리 가! / 그들은 저리가 호수라고 썼다'라는 구절에서 알 수 있듯이 소외된 자들은 언어를 갖지 못한다. 중심부 권력자들의 사고틀에 기반한 언어는 소수자들의 감각과 사고를 반영할 수 없으므로, 소수자들의 말은 발화되는 순간 왜곡된다. 이처럼 소수자들의 발화는 그 자체가 필연적으로 오역을 동반한다. 이를 고발하는 김이듬의 시도 예외일 수 없다. 김이듬은 소수자들의 편에 서서 그들과 함께 더욱 소외된 곳으로 흐르려 하지만 그 흐름을 언어로 포획하는 순간, 시인은 가해자의 언어로 피해상을 재현하는 공모자가 된다.

그럼에도 김이듬은 오기誤記를 불사한다. 말하고 쓰기 위해 오명汚名을 스스로 뒤집어쓴다. 시인은 "침묵을 말하기에 이르렀다"(「불우 이웃」)고 선언한다. 그는 침묵하는 자리를 고수하지만, 그 침묵을 "말"하기에 이르렀다는 역설적인 발화를 통해 소외의 자리에는 언제나 말이 주어진 적이 없었으며 그러므로 침묵해왔던 자들이 여기에 있어 왔다고 증언한다. 말할 수 없는 것에 대해서는 침묵해야 한다지만 김이듬은 말할 수 없는 것들에 대해 말할 수밖에 없다고 한다. 말할 수 없는 것들을 표현할 말이 우리에게는 없다고, 그렇기에 어긋날 수밖에 없다고, 이미 있어온 말들로 계속 틀리면서 말한다. 침묵을 보고도 침묵해왔다는 말은 필연적으로 잘못 발화되지만 이는 반복되면서 슬프고 끈적한 울림이 되어 얼룩을 남긴다.

이는 시의 차원으로 이어진다. 지금의 시는 어떠한 대중 담론도 형성할 수 없는 지경에 이르렀다. 문학은 언제나 소수의 몫이었으며 시는 본래 주변의 문학이지만, 현재의 시는 죽은 상태에 가깝다는 점을 받아들일 수밖에 없다. 그러나 김이듬의 시는 창조적 독을 기다리며 이 자리에서 앞으로 나아가지 않는다. 퇴행하거나 안주하는 것이 아니라 소외의 자리를 묵묵히 지켜내는 것으로 비가시적인 소외의 자리가 존재함을 증명한다. 김이듬은 스스로의 시를 폐기하며 불가능의 파편을 주워 모으고 한없는 가장자리로 흘러간다, 기어간다, 그러면서 동시에 날아간다. 그는 '우리' 공동체가 내부의 마찰을 안고 있어 실패할 것을 예감하고도 이들을 뭉치고 허물기를 반복했던 것처럼 시 또한 "날마다 새로 세우고 날마다 새로 부수"(「날마다 설날」)는 것이다.

'소수적'이라는 말은 거대한(혹은 기성의) 문학이라고 불리는 것 안에서 만들어지는 모든 문학의 혁명적 조건을 뜻한다.[8] 시는 여전히 무용하다. 그러한 시 중에서도 김이듬의 시는 좀 더 무용하고 소수적이다. 그러나 소수적이기에 문제제기의 시작점이 된다. 김이듬의 시는 '흘러가며 이름이 바뀌는 강'(「누수 그리고 단수」)처럼 스스로 폭력이 될 가능성을 경계하여 중심에서 멀어지면서도 재영토화되지 않으려 끊임없이 흐른다. 단, 그 흐름은 축축하다. 그저 떠내려가는 하나의 출렁임이 아니라 사람들에게로 가서 그들을 적시며, 균열이 뻔히 보이는 이 듬성

8) 질 들뢰즈 · 펠릭스 가타리, 『카프카-소수적인 문학을 위하여』, 이진경 옮김, 동문선, 2001, 48쪽.

듬성한 구름에 동참하기를 요청한다. 그렇기에 문학은 아직 유효한 것이 아닐까. 피에 젖은 소녀들, 나아가 그들을 위해 눈물 흘릴 줄 아는 사람들과 끈끈하게 엮여 표류하고, 더 많은 이들과 뭉치며, 우리는 불가능의 시대에서 문학의 가능성을 발견한다.

당선소감 : 성현아

저를 아래로, 더 아래로 향하게 해주신 하나님 감사합니다. 모두 땅에 붙으면 어디가 하늘인지 모르니 날아다니는 것이 될 수도 있겠지요. 누구도 고통받지 않는 세상을 꿈꾸지만, 누군가 여전히 고통받고 있으므로 저는 반성문 같은 글을 계속 쓰겠습니다. 날개가 돋아나기를 바라는 마음으로요.

아빠, 엄마, 언니 언제나 든든한 품이 되어 줘서 고맙고, 사랑해요. 우리가 가족으로 만난 것이 제게는 자랑이자 축복입니다. 나보다 더 내 글을 소중히 대해주고 당선을 기뻐해 줬던 왕준형, 우리 앞으로도 서로의 행복이 되어주자. 문학의 길이 곧 윤리적인 길일 수 있음을 몸소 보여주신 이경수 교수님, 존경하고 사랑합니다. 늘 함께해준 소중한 내 친구 혜윤, 준형아, 너희 덕분에 내가 있다고 생각해. 깊은 어둠에 빠질 때면 언제든 내 슬픔 속에서 함께 유영해 주던 두환, 동오, 지윤아, 정말 고마워. 같이 고생한 쇠똥구리 · 야생집돼지 멤버 승현, 선율 언니, 재현, 주은, 형태야, 덕분에 무너지지 않고 계속 쓸 수 있었어. 진해 친구들 지민이, 윤재, 찬석아, 곁에 오래 머물러주어 고맙다. 오준아, 네가 지어준 말순이라는 별명처럼 맑고 순수한 글을 써볼게. 현진, 주현, 선희, 은성 언니, 다은, 해람, 영훈, 영신, 민근, 재현 오빠, 당신들이 문학을 대하는 자세에 반하곤 했습니다. 저의 열정을 알아봐 주신 이경진 선생님, 덕분에 저는 계속 문학을 하고 있습니다. 늘 따뜻하게 대해주신 중앙대 국문과 교수님들께 감사드립니다. 제 글을 믿어 주신 심사위원분들께도 감사 인사를 전합니다. 희망과 온기로 쓰겠습니다.

분열하는 힘을 포착하고, 각각의 시를 엮어내는 유려함 돋보여

23편의 응모작 가운데 우리가 주목한 것은 최가은씨의 "문학비평/장과 '여성'", 전서아씨의 "감정의 연금술과 만짐의 기술技術/記述-김초엽, 천선란, 정세랑의 SF소설을 중심으로", 그리고 성현아씨의 "점성의 히스테리아-김이듬론"이었다. 최가은씨의 글은 최근의 비평 현장에서 펼쳐지고 있는 사유의 경합을 주밀히 살피며 하나의 결론을 향해 나아가는 서술의 힘이 인상적이었다. 하지만 기존의 문학사 서술을 남성중심적이라고 뭉뚱그려 파문하기보다 그것을 분절시켜 문학사 '들'을 지향해야 한다고 제안하면서도 정작 이 글이 분석대상으로 삼고 있는 최근의 페미니즘 비평 '들'을 여성본질주의라는 단일한 혐의 아래 뭉뚱그려 비판하는 것은 자가당착으로 생각된다. 전서아씨의 글은 타인과의 뒤엉킴을 가능하게 하는 토대인 '몸'에 착안하여 SF 작품들에서의 몸의 구성 혹은 사용 방식을 검토하면서도 포스트휴먼 논의와는 다른 길을 찾아내려는 시도가 신선하게 느껴졌다. 하지만 이 글이 다루고 있는 세 작품들이 모종의 관계나 구도를 이루기보다 단순히 나열되고 있다는 점, 이 글에서 운용하고 있는 몸과 감정 그리고 만짐이라는 개념에 정밀함이 부족하다는 점을 간과하기 어려웠다.

성현아씨의 "점성의 히스테리아-김이듬론"이 기존의 김이듬론과 현저히 차이 나는 독창적인 것인가, 문학은 언제나 소수의 몫이며 시는 본래 무용한 것이라고 단정하는 대목들이 자신의 사유의 전개 끝에 도달한 자리인가 하는 점에 대해 확신하기는 어려웠다. 그러나 개별 시편 안으로 들어가 그 내부의 분열하는 힘을 포착하면서도 흩어져 있는 각각의 시 분석들을 하나의 흐름으로 엮어 한편의 글로 완성해내는 유려함이 돋보였고, '모순으로 만들어진 사랑'이나 '히스테리적이기 때문에 수난을 껴안을 수 있는 사랑'을 포착하는 능력에도 무엇인가 기대하게 하는 바가 있었다. 짧지 않은 토론 끝에 성현아씨의 글을 당선작으로 선정할 수 있었던 이유다. 성현아씨의 당선을 축하한다. 좋은 글을 보내준 모든 응모자들에게도 심심한 위로와 감사의 인사를 전한다.

심사위원 : 권희철, 양윤의 문학평론가

2021 광남일보 신춘문예 당선 평론

김서라

1991년 광주 출생

2014년 전남대학교 국어국문학과 졸업

2016년 전남대학교 철학과 석사 졸업

2018년 전남대학교 박사과정 수료

2021년 〈광남일보〉 신춘문예 평론부문 당선

eseora@naver.com

역사의 잔해와 무덤 순례자*

- 오종태론

김서라

저것을 어떻게 한다냐

다만 하얀 것 위에 하얀 것

역사도 전쟁도 파묻어 버린

백 년 같은 저 작은 별들을 어떻게 한다냐

— 범대순, 무등산 눈꽃, 무등산 , 문학들, 2013년 부분 인용

1. 도무지 전할 수 없는 이미지

누군가에게 말하고 싶은 대상이 사라졌을 때, 그것을 말하는 것은 어렵다. 하물며 그것이 사라졌을 때, 이미지로 전하는 것은 더더욱 쉽지 않다. 사실상 그것은 불가능에 가까우며 설령 전할 수 있다고 하더라도, 왜곡이나 굴절을 피할 수 없고 심지어 비난의 대상이 될 수 있음을 염두에 두어야만 한다. 가령, 어떤 사진가가 이미 사라져버린 세계

* 사진은 '별첨'으로 첨부한다.

를 사진으로 보여주려고 할 때, 좀체 이미지로 나타낼 수 없는 것을 드러낼 수밖에 없게 '되었다'면 그것이 어떠한 조건 위에서 이루어진 것인지를 들여다보아야 한다. 이를테면, 무수한 시체 더미와 잔해들을 자신의 눈으로 오랜 시간 마주한 사진가에게 그 순간이 종결되었다고 해도, 시신들로 가득한 전할 수 없는 풍경은 유실될 수 없는 풍경으로 신체화되었다고 할 수 있다. 물론 사진가의 신체화된 풍경은 누구도 볼 수 없는 풍경이므로, 풍경일 수 없는 풍경이라고 해야 옳을 터이다.

이런 풍경 속에서 '사유'를 시작한 도미야마 이치로(『폭력의 예감』, 김우자 외 옮김, 그린비, 2009)는 시신의 눈을 통해서 죽음을 예감하는 오키나와 사람들을 포착한 바 있다. 죽은 자들 옆에서, 자기에게 엄습할 죽음을 진저리치면서 받아들이는 산 자들의 위치는 죽은 자들의 옆에서만 존재할 수 있는 방식으로 조직된다. 사진가가 죽은 자들을 반복적으로 혹은 강제적으로 집요하게 찍어야 했다면 시신들의 정면에서, 좌우에서, 위아래에서 들여다볼 때, 그는 죽음을 경유해서만 살아 있을 수 있다는 감각을 가졌을 터이니, 이 풍경을 아로새긴 사진가의 신체적 풍경이란 보여서는 안 될 성질의 것이라고 할 수 있다. 죽은 자들이 아니라면 자신의 존재가 무의미하기라도 한 듯이 말이다. 그러므로 역설적이지만 아무리 전하지 않으려고 해도, 그 사진가는 죽음과 시신의 이미지를 무심결에 드러낼 수밖에 없었을 것이다.

오종태(1917~2008)는 누구나 흔히 볼 수 있는 광주의 풍경들을 찍었지만, 누구나 그 사진들을 더 이상 되새김질하지 않는 사진을 남긴 광주의 역사와 풍경을 기록한 작가로 알려져 있다. 모두가 알고 있지만, 사실상 거의 아무도 모르는 사진을 남긴 작가라고 해도 좋을 정도로,

그에 대한 이해는 거의 전무한 실정이기도 하다. 달리 말해, 지방 작가나 광주의 초기 사진가 혹은 단체 설립자 정도로 '기억' 되는 그의 사진은 광주의 역사적 풍경을 드러내는 기록 정도로 취급되는 게 일반적이라는 의미이다. 이 때문에 그의 사진은 역사 아카이브로 광주 풍속을 이해하는 '자료' 정도로 제한적으로 여겨져 사진가가 이를 찍어놓은 까닭과 이유에 대해서 질문하지 않았다. 아니, 차라리 질문 자체가 일어나지 않았다고 해야 할 것이다.

그런데 그의 사진 작업 가운데 질문을 촉발하고 이를 도저히 외면할 수 없도록 만드는 기묘한 이미지가 그의 사진 작업 전체와 생애사를 추적하도록 유도하고 있다면, 그의 사진이 갖는 생명력은 사진의 형상으로 보이는 것과는 다른 맥락 아래에서 감지되도록 만든다고 말할 수 있을 것이다. 사진으로 포착한 것과는 다른 세계를 지속적으로 읽어내도록 요구하는 오종태의 두 사진(혹은 세 장의 사진)에 붙은 제목은 "아우슈비츠의 잔해"(1, 2) 혹은 "Grave"다. 즉, 해방 이전부터 사진을 찍었던 오종태에게 '아우슈비츠의 잔해'와 '무덤'이라는 제목은 단순한 '기억'의 차원일 수 없기 때문이기도 하고, 궁극적으로 그가 해방 이전에 숱하게 목격하고 찍었던 시신들, 시취들 그리고 향냄새로부터 아주 오랜 시간이 흐른 뒤에도 여전히 벗어나지 못했다는 것을 지시하기 때문이다.

요컨대, 오종태의 사진은 한국의 근현대사를 관통하는 중요한 이미지이며 이를 경유할 때, 사진의 새로운 지평들을 숙고할 수 있는 기회가 될 것이다. 우선 오종태의 사진 이미지를 좀 더 꼼꼼하게 검토해야 할 필요가 있다.

2. 흑백사진의 음영 : 아무것도 아닌 이미지

오종태는 『눈雪』(1987)에서 「조형 6 墓 (Grave) Ⅲ」와 「조형 15」로 붙였던 사진 제목을 『오종태사진집-무등산 · 풍물 · 나무 · 바위 · 눈』(1995)에서 「아우슈비츠의 잔해1」, 「아우슈비츠의 잔해2」라고 바꾸어 남긴다.[1] "조형" 연작 사진이 뜬금없이 "아우슈비츠의 잔해"라는 제목으로 바뀐 것은 작가의 변덕 때문에 이루어진 것이 아니다. 여기에는 단순한 변심이나 착상을 넘어서는 이미지에 대한 사유가 깃들어 있다. 이를 확인하기 위해서는 그의 『눈』 작품집 출간 인터뷰를 경유하는 것이 필요하다. 적어도 이 두 사진에 은밀하게 중첩된 역사적 이미지, 그리

1) 오종태의 사진에 대한 정교한 비교와 추적은 유일하게 김만석에 의해 이루어진 바 있다. 〈광주영화포럼1-비평강좌〉의 일환으로 (사)광주영화영상인연대에서 개최한 〈반딧불 영화들은 소멸했는가?〉에서 김만석은 「항아리필름과 신체카메라」(2020. 6. 23 발표)에서 오종태의 사진이 처해 있는 불안정성을 밝힌 바 있다. 여기에서 「아우슈비츠의 잔해1」과 「아우슈비츠의 잔해2」는 역사적 과정에서 다르게 표기되었고 이 때문에 지금도 공식적인 기관(광주시립미술관)과 시설(광주시청각자료실)에서는 작품의 생산년도와 제목을 상이하게 표기하고 있음을 지적한 바 있다. 원래 이 두 작품의 제작연도는 1960년 혹은 1961년으로 보이고, 배동신과 함께 순천에서 개최한 2인전을 통해 처음으로 작품을 선보였다. 1964년에 서울 신문회관에서 개최한 〈눈 작품 개인전〉을 통해 정리되었다가 1987년 두 번째 작품집에서 「조형6-墓(GRAVE)Ⅲ」, 「조형15」로 기록되었으며 1995년 네 번째 사진집에서 「아우슈비츠의 잔해1」과 「아우슈비츠의 잔해2」로 제목이 바뀌어 출간되었다. 1987년 이전에 붙였던 제목은 확인되지 않지만, 사진집의 제목은 6월 항쟁을 거쳐, 1995년 광주 학살자 처벌에 대한 염원이 이루어지고 있던 시기(7월 7일 공소권 없음으로 결정된 후 이 사진집은 8월 20일 인쇄에 들어간다), 1987년 1월에 '아우슈비츠의 잔해'라는 명명으로 출판된다. 물론 이러한 한국현대사와의 계기는 우연적이지만, 이 속에서 그의 역사적 감각이 사진을 통해서 드러났다는 것이 중요하다고 하겠다.

고 그가 십여 년이 지난 뒤, 제목을 변경한 까닭을 추적하기 위한 하나의 단서가 놓여있다고 해 두자.

> 흑백사진은 마치 동양화에서 남화南畵처럼 다양하고 깊이 있는 맛이 있고 끝도 없는 다양한 기법이 요구되지요.
>
> (중략)
>
> 일본군을 따라다니며 1년간 시체 사진만 찍었더니 사진에 넌더리가 나더군요.
>
> -「노익장 사진작가 7순에 작품집」, ≪조선일보≫ 1987. 1. 21. 7면

그의 직접 발언만을 옮긴 위의 인용에는 사진과 그의 작업이 갖는 중요한 문제의식이 들어 있다. 오종태는 남화를 방법적으로 차용하여 사진 작업을 했다고 할 수 있는데, 이러한 방법을 고안해야 했던 것은 만주에서 1년 동안 찍었던 사진으로부터 벗어나기 위해서였다. 물론 그가 남화의 방법을 무엇으로 이해했는지는 명확하지는 않지만, 적어도 '여백'을 흑백사진이 갖는 음영으로 받아들였던 것으로 판단해볼 수 있다. 달리 말해, 흑백사진은 형상을 여백을 통해서 조직하는 표현방식이고 여백이야말로 이미지가 서식하는 중요한 원천이라는 발상을 가졌던 셈이다. 중요한 사실은 이러한 방법을 고안해야만 했던 이유가 일제 강점기의 그의 행보에서 기인했다는 것을 놓쳐서는 안 된다.

즉 오종태가 『눈』 작품집의 사진을 찍었던 1960년 말에서 1961년으로 넘어가는 겨울의 시점은 해방과 더불어 더 이상 "시체 사진"을 찍

을 수 없다는 자각이 이루어진 시기로, 이 자의식은 역설적으로 역사적 경험을 사진 속에 기입하는 효과를 발생시킨다. 설경을 찍으면서도 정작 "무덤"을 조형할 수밖에 없었고, 곧 애써 외면하고 지우려고 했던 '역사'와 반복해서 마주하게 되었음을 역설적으로 보여준다고 할 수 있는 것이다. 이 때문에 1987년의 사진집 인터뷰에서 "책을 보고 있으면 지난날이 환히 떠오르고, 족적을 남긴 것 같아 뿌듯하다"(위의 신문)고 한 진술은 예사로운 노인의 낭만적 회고일 수 없다. 그의 사진적 방법에 따르면 형상은 고통스러운 역사적 경험의 자리인 여백에서 나타난 결과물이기 때문이다.

그런 점에서 오종태에게 동시대의 향방은 긍정적으로 평가되지 않는다. 그에게 "근대화"는 전쟁과 분별되지 않는 경험으로 주어진다. 달리 말해, 전쟁의 잔해를 찍었던 그는 동시대를 장악해가는 근대화의 폭력으로부터 밀려난 잔해들을 외면할 수 없었던 것이다. 『눈』 사진집에 실린 사진을 찍었던 시기에 촬영한 그의 첫 사진집 『흑산도와 홍도』[2]에서 이를 살펴볼 수 있다. 가령, 고래 아가미뼈를 찍은 사진(「높이 12척의 고래

---

2) 이 사진집은 전남대학교 의과대학의 봉사활동 과정에 오종태가 참여하게 되면서 찍은 것으로, 원래 보고용으로 만들었던 것이지만, 실제 사진을 붙이고 캡션을 달아 출간한 것이다. 현재 전남대학교 도서관에 한 권이 보관되어 있다. 이 사진집에 대해 오종태는 자신의 이력에 첫 번째 사진집으로 기록하고 있다. 중요한 사실은 흑산도와 홍도를 촬영한 사진들이 「조형6-묘(GRAVE)Ⅲ」, 「조형15」 등의 조형 연작을 찍었던 시기와 겹쳐져 있다는 사실이다. 이는 오종태의 사진을 풍경 혹은 기록/보도 사진과 회화주의 사진으로 구분한 이 당시의 사진계의 구도 어느 쪽에도 위치시킬 수 없다는 것을 확인하게 해주는 근거가 된다. 왜냐하면, 그의 풍경사진은 풍경에 기입되는 파국적 원리를 파악하도록 만들고, 회화주의 사진은 풍경의 여백을 보도록 만드는 방식으로 촬영되기 때문이다. 그래서 그의 사진은 사진사에 제대로 기록되지 못했던 여겨진다. 즉, 그의 사

아가미뼈」, 1961) 곁에 정성스레 붙인 캡션의 내용[3]은, 사진 찍은 대상을 사진 내부가 아닌 그 밖의 다른 차원에서 구성하고 있다. 사진 내부의 대상으로서 고래 아가미 뼈는 기록의 대상으로서 어떤 의미도 없다. 오종태는 단지 고래 뼈의 위용이 아니라, 근대화라는 재난으로 급속도로 폐허가 되어가는 세계를 찍지 않을 수 없었던 것이다. 마치 만주에서 넌더리가 나도록 시체 사진을 반복해 찍은 것처럼 말이다.

『흑산도와 홍도』에 따르면, 이 군도에 사는 어린 딸들은 어머니처럼 해녀로 살고 싶지 않고, 고생으로 삶을 다 보낸 늙은 해녀들의 얼굴은 주름살이 그득할 뿐 남들에게 자랑할 만한 과거 따윈 없다. 오직 스쳐 지나갈 그 순간만이 그들이 가진 모든 것이다.(「해녀」, 1960) 해녀의 어린 딸들은 팔뚝시계를 갖고 싶고[4](「홍도의 소녀」, 1960), 섬에는 양주를 파는 가게와(제목 없음, 1960), 서양식으로 지어진 공공기관 건축물과 등대(제목

진이 갖는 의미를 적어도 당대에는 '언어'로 다룰 수 있는 방식이 없었다는 것을 의미한다. 따라서 오종태의 사진은 그 당시를 찍은 것이 아니라, 역사적 폐허를 시각적으로 공유할 수 있는 동료를 기다리는 '잠재성의 사진'이라고 할 수 있다.

3) "12척의 고래 아가미뼈를 동리 입구에 세워놓은 것은 언젠가는 우리도 이런 큰 고래를 잡은 적이 있었다는 지난날의 힘의 자랑인가. 이 뼈에는 그들 자신의 또는 조상의 불굴의 의지가 숨어있는 듯도 하다. 섬 밖은 나가보지 못하여 자전차도 본 일이 없다는 이 윗통벗은 노인에게는 그런 섬 사람의 의지가 숨어 있을게다."(오종태, 『흑산도와 홍도』, 1961에서 인용.)

4) "그러나 소녀들은 뭍이 그립다. 정확한 시간을 알 필요는 없으나 팔뚝시계라는 문명이 그들은 행복을 가져오는 것이라고 동경한다. 어설핀 문명이 오히려 독이라는 것을 알린데도 그들의 뭍에의 동경을 막아낼 수는 없으리라. 돌담 속에 갇혀 조상의 생활을 복유(復留)하는데 진절머리가 난 것이고 자신들의 세월을 자기 어머니처럼 만들기 위하여 참아내기가 싫은 것이리라." (오종태, 『흑산도와 홍도』, 1961 '흑산도에서' 캡션 인용)
"소원 물었더니 시계를 갖고 싶다고 했다." (오종태, 『오종태사진집-무등산 · 풍물 · 나무 · 바위 · 물』, 도서출판라인, 1995, 52쪽 캡션 인용)

없음, 1960)도 생기지만, 오종태는 이를 진보와 발전으로 드러내지 않는다. 외려 이러한 근대화=재난은 누구도 피해갈 수 없음을 알고 있고, 그는 재난의 여파와 함께 사라지기 시작한 것들을 오직 보는 데에만 집중한다. 그가 보고 있는 모든 동시대적인 풍경은 죽은 것들의 바로 옆에서 소멸하기 바로 직전에 놓인 것일 따름이다.

이처럼 오종태의 카메라는 그의 기억과 역사적 맥락을 통하지 않으면 말할 수 없다. 기억과 역사가 겹치는 구간에서 움직였기에 그는 사진을 설명해야 했다. 그의 설명은 역사적 층위에서 사진의 대상이 부재함을 말한다. '아무것도 아닌 이미지'와 그것을 에워싼 사진에 제목을 달고 캡션을 다는 오종태의 행위는 어떻게든 사라진 잔해들 앞에서 말하는 시도이자, 사라진 대상을 향한 애도(불가능성)의 방식이라 해도 좋다. 벤야민이 말한 대로, 사진에 설명과 제목을 달면서 혁명적 사용가치를 부여하는 것까지가 사진가의 능력이라 할 수 있다면[5], 오종태는 그런 사진가 중 한 명이 될 수 있을 것이다. 오종태의 사진집들과 「아우슈비츠의 잔해」라는 명명은 역사를 추켜세우거나 상업적 유행에 맞추는 사진이 아니라, 도리어 역사의 잔해들을 애도하는 비문碑文이기 때문이다.

벤야민은 이를 사진가의 '능력(Fähigkeit)'이라고 말했지만, 오종태에게 있어서는 그것이 능력이라 기보다, 그의 신체에 각인된 기억이 반복된 결과라고밖에 설명할 수 없다. 신체가 습관을 반복하는 것처럼 반복

5) "우리가 사진작가에게 요구해야 할 것은 사진을 유행적 소비품으로 빼내어 그 사진에 혁명적 사용가치를 부여해줄 그런 제목을 달 줄 아는 능력이다." (발터 벤야민, 『생산자로서의 작가』, 『브레히트와 유물론』, 윤미애 · 최성만 옮김, 도서출판 길, 2020. 384쪽.)

되는 역사적 재난 속에서 되살아나는 트라우마와 환각은 사람을 항상 그 재난의 현장으로 되돌려놓는다. 시신들의 이미지가 그가 마지막 사진집을 출간할 때까지도 남아서 사진에서도 '말할 수 없는 무엇'으로 인화되어버렸다는 것이다. 그의 증언은 전할 방도가 없지만, 그럼에도 뱉어낼 수밖에 없는 말이기 때문에 파괴된 시대에 대한 이미지이다. 그래서 그의 이미지는 아무것도 아니면서 동시에 그 시대를 가장 잘 인화한 이미지이다. 오종태의 증언은 모든 것이 종말 바로 앞으로 내몰린 시대에서 사진의 이미지란 무엇인가라는 질문이기도 할 것이다.

3. 모든 것의 무덤 : 무등산

오종태의 사진에 관한 짧은 고백은 사진 찍는 신체에 대해 숙고하게 만든다. 보도사진가가 되고자 했던 그의 열망은 '시체 사진'을 1년간이나 반복해서 찍으면서, 일종의 트라우마로 받아들여졌다고 판단할 수 있다. 식민지 조선인으로, 같은 피해자의 시신을 반복해서 촬영하는 사진가의 눈은 저 죽음이 다만 타인의 죽음으로 치환되는 게 아니라, 즉각적으로 자신의 죽음이나 소멸과 연결될 수밖에 없었다는 것이다. 그런 점에서 오종태는 시체 사진의 촬영이 자신의 죽음을 반복해서 목격하는 일과 구분되기 어려웠으며 헤아릴 수 없는 죽음 속에서 자신의 생명을 가늠해야만 했을 것은 두말할 필요가 없다.[6] 이미 소멸

6) 당시 만주의 사진계는 제국 일본의 오족협화(五族協和) 원리에 충실히 복무하는 사진들이 주류를 이루었는데, 주로 다양한 민족들의 민속지적 기록에서부터 만주의 계절, 일상 풍경 그리고 이른바 신생 만주국의 발전상을 촬영한 사진들이 거의 전부라고 할

한 존재를 반복해서 촬영하는 그의 '신체 감각'은 존재하는 것을 기록하고 회화주의적 프레임을 통해서 표현하는 방식과 거리를 둘 수밖에 없었던 것이다.

그런 점에서 오종태의 카메라와 신체가 움직이는 것은 무덤을 확보하는 일과 구별되지 않는다. 그가 찍은 모든 것들은 무덤이 된다. 오종태가 잔해와 무덤의 연속 선상에서 사진을 촬영하고 있었다는 사실은 그가 택한 '산악인'으로서의 또 다른 인생의 경로에서도 찾을 수 있다. 오종태는 사진가이기도 했지만, 산악인이기도 했으며[7], 그가 이후에 「아우슈비츠의 잔해」로 재명명한 눈 조형 사진을 찍었던 곳은 무등산 일대였다. 그는 무등산, 월출산 일대의 풍광들과 조형사진들을 모아 『눈』 사진집을 출간했으며, 이 중 세 장의 사진에 'Grave'라는 부제를 단다. 그의 렌즈가 산에서 무얼 담든 증언 그 이외의 것이 아니었는데, 그런 사진을 시대가 조형 사진으로만 규정했을 때, 『눈』에 담긴 사진 세 장의 부제이기도 했던 'Grave'는 산속에 뜬금없이 놓인 아무도 찾지 않는 신원불명 묘소가 된다. 그러므로 세 장의 사진들에 있는 조형적 유사성을 찾는 것보다, 그가 조형사진들을 찍었던 그 장소의 의미와 그토록 산행을 번복했던 까닭에서부터 시작해야 할 것이다.

수 있다. 이 과정에서 오종태는 이런 기록과 회화주의적 사진의 구도에서 절대로 포착되지 않는 '시신' 사진을 찍고 있었던 셈이다. 만주의 공식적 사진계의 사진들은 바로 이 시신 더미 위에서 이루어진 기록물이라고 할 수 있다. 만주 관련 사진은 만주제국정부가 간행한 『若き滿洲 : 寫眞に觀る』, 1938년을 보라.

7) 60대산회, 『1960년대 한국의 산악운동』, 조선일보사, 2003. 이 책의 광주편 저자 정순택은 오종태를 산악사진가로 소개하면서 그가 광주에서 했던 산악운동활동들을 소개하고 있다. 그에 따르면 오종태는 무등산악회의 창립멤버이자 부회장이었다.

그가 '산악사진가'였다는 것은 곧 그에게 산이 특별한 의미를 지니고 있었다는 말과 같다. 광주의 산악회에서 직접 주도적인 역할을 했으며, 자신이 만든 '나하나경양식'점에서 창립총회를 했을 정도이니, 산은 그의 삶을 추적할 때 빠져서는 안 되는 것이다. 오종태가 그토록 산에 몰입하여 찍은 사진들은 사물을 가까이서 포착한 조형사진에서부터 산의 기암괴석을 원경에서 담은 것까지 다양하다. 따라서 그의 사진들을 말하기 위해서는 기존의 분류에 끼워 맞추기보다, 그의 산 사진들을 관통하는 줄기를 찾는 것이 적절하다. 그가 산을 사진 찍는 장소이자 활동하는 장소로 삼고자 했던 이유는 그 줄기를 추적하기 위한 출발점이다. 이때 산은 곧 그에게 단지 조형 사진을 찍기 위한 공간이거나, 산을 배경으로 한 삶의 기록 아닌 다른 어떤 것으로서 포착되었다고 볼 수 있다.

근대화가 곧 재난이라고 보았던 오종태에게서 산은 재난들의 잔해가 오랜 시간 모이고 퇴적된 곳이다. 내부와 외부의 경계선이었던 산은, 오종태의 렌즈에서 간신히 생동하는 역사적 잔해로서 비추어진다. 재난을 통해 파괴된 도시 경계에 있는 산과 그 기슭에서 사는 사람들의 삶은 오종태에게 잔해였고, 그런 장소에서 드러나는 조형적 이미지는 흑백의 여백을 통해서 역사적 잔해의 단면을 비춘다. 산은 오종태에게서 무엇을 찍든 역사적 잔해였던 그의 렌즈와 가장 잘 부합하는 장소였을 터다. 적어도 도시는 그에게 증언의 장소는 아니었다.

근대화에 몰입하는 도시에는 죽음과 무덤을 증언할 수 있는 곳이 없다. 높은 시멘트 건축물과 가로가 넓혀지는 도로는 지금의 착취를 거쳐 창창해질 미래를 약속한다. 도로를 넓히고 다리를 건설하느라 판잣

집을 허물고 강바닥은 뒤집히는데 그건 도시에서 '어쩔 수 없는 일'이 된다. 빼앗고 또 빼앗는 통에 더 이상 버티지 못한 사람들이 산으로 피난 간다. 도시에서 허용되는 사진은 아직 오지 않은 것에 대한 약속에 유행을 덧입혀 상품으로 둔갑시키는 것뿐이어서, 소멸되어야 했던 자들을 찍어야 했던 오종태에게 도시라는 공간은 자신의 증언을 받아들일 수 있는 곳이 아니다. 도시는 애도와는 상관없는 곳인 까닭이다. 도시는 지나온 것들을 게걸스레 먹어치우며 앞질러가기 바쁘다. 근대화가 지나온 자리에는 마치 달리는 차에 쓸려 짓이겨진 개처럼, 전사자들이 내팽개쳐져 있다. 항구 앞바다에 수장되거나, 용광로 철물에 녹아버린 자들은 면포 덮을 시신조차 없다.

거대한 무덤 안으로 들어가서야 오종태는 셔터를 누를 수 있는 순간들을 만난다. 무등산 계곡을 바라보는 댕기머리의 소녀들(「원효사 앞뜰에서 무등산을 바라보는 두 소녀」, 1957), 땔감을 짊어진 모녀(「땔감… 삶」, 1957)은 산에 기대어 살고 있는 사람들의 연약한 순간들이다. 오종태는 역사가 사라진 시대의 잔해와 같은 무덤이며, 피난 온 사람들의 마지막 삶의 자리로서 산을 찍는다. 쑥을 캐러 왔다가 원효사 앞뜰에서 무등산 계곡을 바라보고 선 두 소녀의 뒷모습은 역사가 마지막으로 남긴 작은 씨앗처럼 연약하고 시름없다. 무등산 기슭의 마을은 이미 겪은 착취의 상처에서 완전히 벗어나지도 못했는데, 다시 또 닥칠 시대적 재난을 벌거벗은 채 맞이해야 했다.(「방림동 변방에서 본 무등산」, 1956) 근대화의 재난에 의해 완전히 파괴되기 전에 찍었던 이 산을, 오종태는 자신의 마지막 사진집에나마 남겨두고 있다.

1995년 오종태의 마지막 사진집은 역사적 재난들을 끌어안은 한 권의 묘비처럼 잘 정리되어있다. 1980년 광주의 오월은 근대적 도시가 곧 수용소였으며 그 종말은 집단적 학살이라는 것을 여실히 드러냈다. 오종태가 본 오월은 도시가 집단 학살을 위한 예비단계라는 것, 전쟁의 예외상태는 도시에 현재한다는 선고 아닌 다른 것이었을까. 다 늙어버린 사진가 오종태는 광주를 지켜보면서 다시 한번 자기 기억들이 끄집어지는 것을 강제로 확인해야 했을 것이다. 그는 자신의 지나간 사진집을 펼친다. 자신의 두 번째 사진집 『눈』의 조형적 이미지 중 두 사진은 다시 한번 그가 증언하게 되는 장소가 된다. 그는 사진의 이름을 다시 붙이고, 다시 말했다. 산에서 떠오른 이미지는 오월 이후에 다시 재생된다. 그제야 그가 어렴풋이 감지한 것은, 아우슈비츠의 잔해라는 이미지가 무등산에 올랐던 1960년에도, 지금도 신체에 깃들어 언제든지 되풀이되고 있다는 것이다. 오종태 그 스스로는 의식하지 못할지 몰라도, 그의 신체가 기억하는 아우슈비츠는 결국은 오종태를 도시의 무덤인 산으로 이끌었다.

4. 아우슈비츠 이후의 아우슈비츠

오종태의 사진들은 근대적 맥락 위에서가 아니라 그에게 남겨진 신체적 기억과 역사를 동원하여 인화되었다. 그런 점에서 그의 사진이 「아우슈비츠의 잔해」라는 제목으로 재명명되었다는 것은, '아우슈비츠의 잔해'를 통해서, 그의 사진 전체를 재설정하게 만든다. 오종태의 사진에 기입된 이미지는 실제로 '그런 이미지'를 제시하지 않는다고 해도, 근대화의 재난과 만주경험과 여순항쟁, 5.18로 되새김질되어야 할 것으로 주어진다. 심지어 무등산을 그저 찍었다고 해도, 미치도록 무등산을 오르내렸던 연유도 마찬가지다. 「아우슈비츠의 잔해」로 자신의 사진을 달리 명명할 때, 한국근현대사의 둔중한 망각들이 동시다발적으로 출현하게 되며 그의 사진에 갖은 통증들이 잠재적으로 주어져 있다는 것을 시사한다. 그러므로 「아우슈비츠의 잔해」는 그가 87년 6월 항쟁을 말하는 와중에도 캡션으로도 발화되지 않은 경험을 잠재적으로 함축하고 있다고 말할 수 있다. 달리 말해, 재난이 우리 사회에서 소거되지 않는다면, 그가 만약 사진집을 다시 발간한다면, 그러한 '재난'이나 '참사'에 따라 달리 명명될 수 있기 때문이다. 따라서 「아우슈비츠의 잔해」가 5.18에 관한 직접적 사진과 무관해 보이는 조건에도 불구하고 이 사진은 불변하는 '작품'의 위상과는 아무 상관 없이 참혹한 역사를 수용하는 데 전혀 무리가 없게 된다.

전쟁과 재난이 언제 일어났는지를 기록하고 이를 남기는 일이 불필요한 것은 아니다. 적어도 아우슈비츠가 현재한다는 것에 대한 감각, 곧 신체 반응(이 반응은 수동적인 수용이 아니라 능동적인 해석적 행위이다)이 일으키는 '행위'가 기존에 확정적으로 존재하는 사물이나 세계를 다르게 명명하도록 추동한다면, 사진 기록의 '고정성'은 역사를 통해서 변주될 수 있는 것이다. 즉 오종태에게 사진은 고정된 시공간이 아니라 유동하는 이미지이자 역사적 이미지이고 파괴와 소멸 바로 직전에 놓인 동시대적 시공간적 이미지라고 할 수 있다. 해방 이후 한국사회에 펼쳐진 갖은 재난들에서 상실되는 세계를 아무것도 아닌 이미지로 제시하면서 카메라의 무자비한 '수렵'과 '채집'의 원리와 달리, 근대화가 사상한 것들이 기입될 수 있는 여백을 제공하고 남은 잔해를 그러모아 무덤을 만들고 묘비를 쓰는 역할을 스스로에게 부여하고 있다. 그 역할은 그가 겪은 역사적 당사자로서의 경험 없이 떠맡을 수 없었던 것이며, 그의 역사적 신체가 만들어낸 반응과도 같은 것이다.

오종태는 이론적이기보다 경험, 신체적 사진을 무의식적으로 구상했다. 오종태의 그 무엇도 아닌 이미지는, 역사적 신체와 비가시적인 세계가 어떤 방식으로든 출현할 수 있다는 것 또한 드러낸다. 역사적 신체 그리고 동시대적 삶이 여전히 지금도 신음하고 있다면, 오종태의 사진은 그 신음을 함께 듣기를 안내하고 있다고 할 수 있다. 모두가 역사적 당사자이고, 도시는 물론 더 이상 무등산과 같은 자연조차 근대화의 문턱의 역할을 할 수 없는 지금, 또 다른 형태의 아우슈비츠로 삶과 세계가 조직되면서 비가시적 존재들이 양산되고 있다. 이른바 "셀카"라는 디지털 사진의 주요한 현상이 그저 나르시시즘이 아니라 자신을 지키고 유지하는 하나의 방식이 된 것이 이를 잘 보여준다. 그러므로 "셀카"의 광범위한 확산은 우리가 완결적이고 자족적인 것이 아니라, 타자의 시선 혹은 신체와 결합해야만 겨우 존재를 유지할 정도로 취약하다는 것을 의미한다. 그러니까, 우리가 취약한 자기 이미지로부터 공통 신체를 조직하는 방식을 무의식적으로 알고 있듯이, 오종태의 신체적 사진은 우리를 그의 사진에 연결시킨다고 할 수 있을 것이다. 그의 사진이 우리를 엮고 묶어주리라.

별첨)

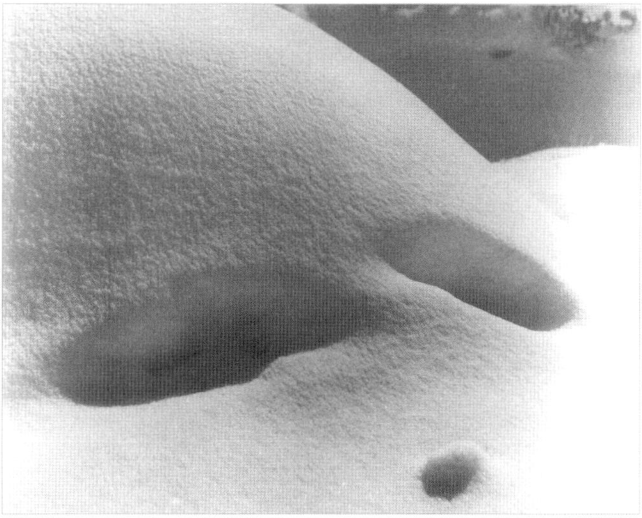

오종태, 「조형 6-墓(Grave) Ⅲ」, 『눈(雪)』, 아방가르드, 1987.
이 사진은 오종태의 마지막 사진집 『오종태사진집-무등산·풍물·나무·바위·눈』(1995)에서 「아우슈비츠의 잔해 1」로 재명명된다.

오종태, 「조형 15」, 『눈(雪)』, 아방가르드, 1987.
이 사진은 오종태의 마지막 사진집 『오종태사진집-무등산 · 풍물 · 나무 · 바위 · 눈』(1995)에서 「아우슈비츠의 잔해 2」로 재명명된다.

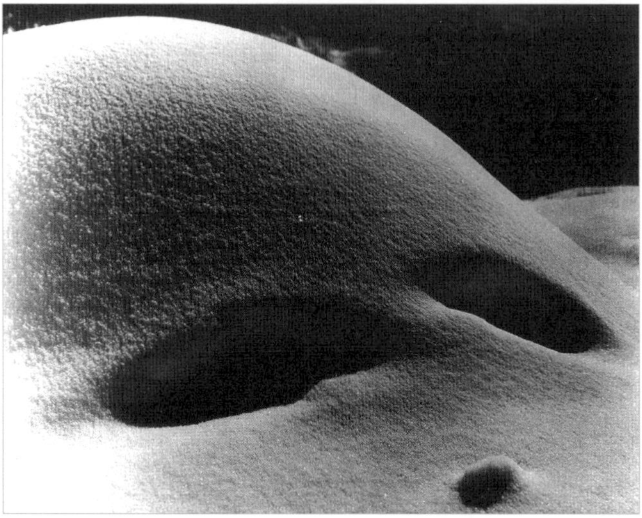

오종태, 「아우슈비츠의 잔해 1」, (『오종태사진집-무등산 · 풍물 · 나무 · 바위 · 눈』, 도서출판 라인, 1995)

오종태, 「아우슈비츠의 잔해2」, (『오종태사진집-무등산 · 풍물 · 나무 · 바위 · 눈』, 도서출판 라인, 1995)

오종태, 「높이 12척의 고래 아가미뼈」(1960), (『흑산도와 홍도』, 1960)

오종태, 「해녀(잠녀)」(1960) (『흑산도와 홍도』, 1960, 『오종태사진집-무등산 · 풍물 · 나무 · 바위 · 눈』, 도서출판 라인, 1995)

오종태, 「홍도의 소녀」(1960) (『오종태사진집-무등산 · 풍물 · 나무 · 바위 · 눈』, 도서출판 라인, 1995)

오종태, 제목 없음,
「홍도의 소녀」,1960

오종태, 제목 없음, 「홍도의 소녀」,1960

오종태,「원효사 앞뜰에서 무등산을 바라보는 두 소녀」(1957),『오종태사진집-무등산 · 풍물 · 나무 · 바위 · 눈』, 도서출판 라인, 1995)

오종태,「 땔감… 삶」(1957) (『오종태사진집-무등산 · 풍물 · 나무 · 바위 · 눈』, 도서출판 라인, 1995)

오종태, 방림동 변방에서 본 무등산」(1956), 『오종태사진집-무등산 · 풍물 · 나무 · 바위 · 눈』, 도서출판 라인, 1995)

오종태, 「1987년 흑산도에서」,
『향토 · 담양-사진과 기록』, 전일실업출판국, 1993.

당선소감 : 김서라

오종태 작가의 첫 번째 사진집 『흑산도와 홍도』(1961)를 우연히 전남대학교 도서관에서 발견하고 머리털이 쭈뼛 설 정도로 놀라웠던 기억이 있습니다. 현재 이 사진집은 전남대학교 도서관에서만 찾을 수 있는 유일본으로서, 오종태 작가가 손수 사진을 붙이고 캡션을 달아 제작한 것이었습니다. 유물을 넘어 하나의 예술작품이라 해도 좋을 사진집인데, 안타깝게도 보관상태가 좋지 않아 절반 이상의 사진들이 소실되고 책장들은 바스러져 있었습니다. 약 60년 동안 잠들어 있었던 이 사진집은 폐허의 모습 자체였습니다. 놀라운 '발굴'이면서도 이 사진집이 여기 이대로 있어도 되는지 안타까웠습니다. (부디 『흑산도와 홍도』가 어서 더 나은 환경에서 보관되기를 바랍니다.)

광주의 오종태 작가도 이 사진집의 처지와 별반 다를 바 없었습니다. 그의 무등산 사진들은 어느 정도 익숙할지라도, 그와 시절을 함께 했던 사람들을 제외하고는 그를 제대로 기억하는 사람이 드뭅니다. 광주와 담양의 예전 모습을 단지 '기록'했다던 사진가로 남겨져 있었던 이 작가는 역사적 경험들을 재난으로서 겪었던 사람입니다. 그가 사진으로 남긴 증언들은 지금의 우리도 역사적 재난에서 자유롭지 못하다는 사실, 그리고 상처를 겪어버렸다면 다시는 그 이전으로 돌아갈 수 없다는 것 또한 알려줍니다.

글을 써가는 과정을 돌이켜보니 노트북 앞에서 끙끙거렸던 시간이 반 이상이었습니다. 오종태 작가의 역사적 경험치를 드러내기 위해서는 이 사진들을 그저 잘 감상하는 것으로 그쳐서는 안 되었기에, 사진 위에 떠도는 맥락들을 다시 구성하는 작업이 필요했습니다. 확신을 가졌던 순간들이 있었지만 쓰면서 다시 갈팡질팡 휘청거리기 일쑤였습니다. 주변의 도움, 우연한 순간과 만남이 없었다면 글의 맥락을 지속적으로 잡아갈 수 없었을 겁니다. 글쓰기는 오로지 홀로 하는 일임은 틀림없지만, 만남 없이는 가능하지 않습니다. 만남이 귀한 시절에, 엄청난 지지를 보내주신 연구자 선생님들과 또래의 유승, 지수 작가님과 하얀 기획자님, 철학과 태준샘을 비롯한 선배님들과 동료 찬혁 님, 난주 님 모두 앞으로도 계속 만나고 싶은 소중한 사람들입니다.

앞으로는 평론이라는 무게 아래서 글을 생산해야 하는 처지구나, 무섭고 두렵습니다. 그렇지만 굉장한 행운입니다. 주어진 행운을 기쁘게 받아들이고, 앞으로 광주의 여성 연구자로서 해야 할 일을 하고자 합니다. 지역의 여성으로서 작가 혹은 연구자로 살면 생존이 위협받는다는 것을 알고 있습니다. 그럼에도 서로 보살피고 연대하면, 살아남는 일이 곤욕이 되지 않고 조금 더 즐거울 것이라 믿습니다. 광주의 많은 작가들, 연구자들이 분투하고 있는 모습을 보며, 간신히 걸음마를

뗍니다. 거친 문장들을 헤치고 글을 주의 깊게 살펴주신 심사위원님께 정말 감사드립니다. 그리고 항상 도움과 응원을 보내주신 심종식 외할아버지, 부모님과 여동생 사라, 전남대학교 철학과의 박구용 지도교수님, 태백미술연구소 선생님들, 그리고 가장 큰 지지자이자 조력자이신 김만석 선생님을 비롯한 〈광주모더니즘〉 세미나 멤버들께 특별한 감사를 보냅니다.

강한 필연성의 힘…
읽는 이의 내면 긴장시킨다

비평을 어떻게 써야 하는지 알려주는 마땅한 교과서가 없다. 비평 이론 운운하는 책도 인문사회과학 이론을 정리해 놓은 것이 대부분이다. 어디서부터 시작해야 할까. 우선 이해해야 할 것은 단순한 감상문과 본격적인 비평문의 차이이다. 내가 어떤 작품을 보았는데, 그 작품은 이런저런 내용이고, 나는 이런저런 생각을 해봤다, 라는 식으로 쓰인 글들을 감상문이라고 한다. 이런 글이 담을 수 있는 가치는 무엇일까. 기껏해야 작품에 대한 1차 정보이거나 글쓴이의 취향 정도일 것이다. 그러나 정보는 검색만 하면 금방 알 수 있고, 낯선 필자의 취향을 궁금해 할 독자는 거의 없다. 응모작 중에 절반 정도는 이런 자리에 머물러 있었다.

본격적인 비평문은 대체로 하나의 질문으로부터 시작된다. 어디서 온 질문인가. 어떤 작품이 내게 건넨 질문이다. 좀 과장하면 이렇게 한 작품과의 만남은 운명적이다. 답은 어디 있는가. 그것도 작품 속에 있다. 그러니 작품을 열심히 들여다볼 수밖에 없다. 답을 찾으면 어떻게 하는가. 이 작품 속에 중요한 질문과 답이 담겨 있다고 세상에 알려야 한다. 그때 글이 시작될 수 있고 또 되어야 한다. 그래서 이런 글은 강한 필연성('왜 이 작품이어야만 하는가')의 힘으로 전진해 나간다. 이런 글이 생각보다 많지 않다. 질문과 답이 작품으로부터 나온 것이 아니라 다른 인문사회과학 공부에서 먼저 오면, 작품은 이미 정해진 이야기를 하기 위한 도구로 동원되고 만다.

그렇지 않은 한 편의 글이 있었다. 거의 잊힌 사진작가 오종태, 광주의 풍경을 주로 찍은 그가 뜻밖에도 '아우슈비츠의 잔해'라는 제목의 사진을 수수께끼처럼 남겨 놓았다. 이 사진을 발견한 비평가는 저 기이한 간극 앞에서 생각에 잠긴다. 작품으로부터 질문을 건네받은 것이다. 그리고 답을 오종태의 다른 작품 안에서 찾아 나선다. 이 모든 과정은 필연적인 것으로 보이고, 그렇기 때문에 읽는 이의 내면을 긴장시킨다. 이런 경우 설사 답을 못 찾아도 된다. 답을 찾는 과정 자체의 치열함이 답이 되기도 하므로. 오랜만에 경험하는 이 비평적 드라마의 힘 앞에서 나는 내 글쓰기를 돌아보게 됐다.

당선작이 되진 못했지만, 양안다 시인을 대상으로 '아포칼립스 시대의 연인들'의 징후를 발견해낸 글, 김애란 최은영 등의 작가와 함께 '죄책감의 알레고리와 여성-노동의 주체성'을 사유한 글, 신화의 프레임으로 한강 작품을 비판적으로 성찰한 글 등은 비평문의 기본 형태를 갖추고 있는 사례들이었다. 이분들은 이론을 더 정확하게 적용하는 연습, 작품의 표면이 아니라 심층으로 들어가는 연습, 정확하고 힘 있는 문장을 쓰는 연습 등도 더해야 하겠지만, 그보다 더 중요한 것, 즉 '강한 필연성의 힘'이 무엇인지를 숙고했으면 싶다. 나와 함께, 이번 당선작으로부터 배우기로 하자.

심사위원 : 신형철 조선대 교수

2021 동아일보 신춘문예 당선 영화평론

김명진

1997년 대구 출생
부경대 국어국문학과 재학
2021년 〈동아일보〉 신춘문예 영화평론 부문 당선
audwls3013@naver.com

오랜 세월이 흘러도 잊을 수 없는 존재에 대하여, 〈윤희에게〉

김 명 진

시간이 약이라는 말이 있다. 하지만 삶을 살아가면서 시간이
결코 해결해주지 못하는 순간을 마주할 수도 있다.
영화 <윤희에게>는 그 지점을 건드린다.

퀴어 영화가 그려내는 사랑

최근 영화 제작 동향을 살펴보면 여성 서사를 담은 영화들이 저력을 입증하고 있다. 페미니즘을 다룬 〈82년생 김지영〉, 여성 노동 환경에 대한 문제의식을 제기한 〈삼진그룹 영어토익반〉, 여성 중심 스릴러 〈콜〉과 같이 주체적 여성을 그린 작품들이 빛을 발하고 있다. 오랫동안 남성 캐릭터 중심의 영화를 비중 있게 다루었으나 몇 년 사이에 여성 캐릭터 중심의 영화가 연속적으로 흥행에 성공하면서 커다란 전환점을 맞이했다. 그 바탕에는 과거 가부장적 분위기에서 억압받던 여성들의 사회적 위치가 올라감에 따라 목소리를 높이려는 여성들의 시대적 요구가 반영되어 있다. 주목할 만한 점은 여성 서사 중에서도

'퀴어' 장르가 영화계를 넘어서 하나의 새로운 예술 경향으로 떠오르고 있다는 점이다. 근래 출판계에서는 퀴어 소설의 판매량이 급증했는데 이 또한 현재 퀴어 자체를 갈망하는 대중문화 소비자들이 많음을 증명하는 셈이다. 달리 말하면 퀴어는 이제 더 이상 소수만이 향유하는 문화의 패턴이 아니라 어느 정도의 대중성을 확보했다는 의미이기도 하다.

국내외에서 대중들의 뜨거운 호응을 받은 여성 퀴어 영화를 꼽으라면 〈가장 따뜻한 색, 블루〉, 〈캐롤〉, 〈아가씨〉, 〈타오르는 여인의 초상〉, 〈윤희에게〉 정도라고 할 수 있겠다. 이들의 공통점은 감각적이고 아름다운 영상미를 구현한다는 점이다. 여기에는 영화를 보는 관객들이 동성애에 대한 거부감을 느끼지 않기를 바라는 감독의 의도가 내포되어 있다. 그렇다면 앞에 언급한 퀴어 영화들과는 차별화되는 〈윤희에게〉만의 특색이 있는데 그것은 무엇일까? 〈윤희에게〉에는 성적 욕망을 표출하는 장면이 어디에도 나타나지 않는다. 흔히 퀴어 영화라면 노골적 시선이나 육체적 접촉은 자연스러운 요소라고 여겨지는데 〈윤희에게〉에는 이것이 전혀 나타나지 않고 있다. 이는 관객들의 상상이나 기대를 벗어나는 지점일 수도 있겠지만 〈윤희에게〉에는 그럴만한 이유가 있다. 주인공인 윤희와 쥰은 20년이라는 시간 동안 서로를 보지 못한 채, 그리워하기만 한 인물들이다. 오랜 세월의 공백 끝에 만난 두 사람이 원하는 것은 함께 있는 순간일 테지, 성性적인 욕구는 아닐 테다. 실제로 쥰 역을 맡은 나카무라 유코 배우는 촬영 전, 윤희 역을 맡은 김희애 배우의 고교 시절 사진을 핸드폰에 저장하여 매일 바라봤다고 한다. 찰나의 순간, 서로를 바라보는 눈빛에 세월의 공백을 온전히 담기 위함이다. 그 결과, 윤희와 쥰이 20년 만에 처음 재회하여 한동안 아무 말 없이 서로를 바라보는 장면에는 그리워했던 시간과 애틋한 감정이 그대로 스며들어 있다. 이처럼 〈윤희에게〉는 비록 퀴어 소재를 사용하고 있기는 하지만 퀴어적 시선에만 국한되어 바라볼 영화는 아니다. 성별에만 초점을 맞추기보다 사람에 초점을 두고 영화를 본다면 영화가 내포하는 의미 혹은 영화가 관객들에게 전하고자 하는 바를 더욱 잘 느낄 수 있다. 살면서 누군가를 한 번이라도 그리워했던 적이 있다면 아마 윤희와 쥰의 감정에 충분히 공감할 수 있을 것이다. 영화 속에서 윤희의 세계는 쥰의 세계와 만나 하나의 교집합을 이루고 있으며 이곳은 감히 타자가 침범할 수 없는 둘만의 비밀스러운 영역에 속한다.

느림의 미학

영화 〈윤희에게〉의 시간은 느리게 흘러간다. 영화 속 눈 내리는 겨울 풍경은 지쳤던 일상에서 벗어나 주위를 돌아보게 한다. 영화는 극에서 중요한 소재인 편지와 필름 카메라를 통해 관객들에게 느림의 미학을 선사한다. 쥰은 볼 수도 없는 사람의 행복을 바라고 부치지도 않을 편지를 쓰는 사람이다. 어느 날, 그녀의 책상 위에 있던 편지를 마사코 고모가 발견하고 우체통에 넣어버림으로써 영화는 본격적으로 시작된다. 일본에서 출발한 쥰의 편지는 수신자 윤희가 있는 한국으로 이동하는데 여기서 편지는 디지털에 익숙한 관객들의 아날로그 감성을 자극한다. 메일이나 전화와 같은 소재는 즉각적으로 확인하고 반응할 수 있지만 이에 비해 편지라는 소재는 전달되기까지 기다림의 시간이 필요하다. 편지는 영화가 잔잔하고 느린 템포를 이어갈 수 있도록 한다. 쥰의 편지와 그에 대한 윤희의 답장은 덤덤한 독백으로 읊어지면서 두 사람의 진심을 느낄 수 있는데 이는 묵직한 울림을 자아낸다.

하물며 윤희와 쥰은 20년 동안이나 서로의 추억이 담긴 사진을 사진첩 혹은 액자에 넣어두며 고이 간직하고 있었다. 그렇게 두 사람은 각자의 방식으로 흘러가는 세월을 포착하려 했다. 윤희의 딸 새봄은 필름 카메라에 대한 각별한 애정을 가진 인물이다. 아름다운 것만 찍는다고 했던 새봄은 땅에 버려져 흙이 묻어있고 다 찢어진 장갑을 향해 셔터를 누른다. 사소하고 보잘것없는 것에도 시선을 주고 사람들이 무심코 지나치는 것들을 카메라에 담아낸다. 영화에 잔잔한 감성을 더하는 필름 카메라는 디지털의 선명함과는 확연히 다른 차원의 느낌을 준다. 필름 카메라는 필름을 현상하기 전까지 찍은 사진을 확인할 수 없다는 점에서 기록적인 가치가 있다. 당장 겉으로 보이는 결과물이 아니라 사진을 찍으며 추억을 만들어가는 과정 자체에 의미를 두는 필름 카메라에는 느림의 미학이 깃들여져 있다. 때로는 편지처럼, 때로는 필름 카메라처럼 기다리는 즐거움을 소중히 여기는 영화라서 더욱 애틋하다.

겨울 배경이 주는 따뜻함

임대형 감독이 겨울을 바라보는 시선은 기본적으로 따뜻하다. 임대형 감독의 전작인 〈메리 크리스마스 미스터 모〉와 〈윤희에게〉의 시간적 배경은 둘 다 겨울에 해당한다. 그렇다면 〈메리 크리스마스 미스터 모〉에서 겨울은 어떻게 기능하는가. 모금산은 암 선고를 받은 후, 크리스마스에 개봉하는 영화 한 편을 만들겠노라 결심하는데 거기서 자신은 주연인 찰리 채플린 역할이다. 아들 도움으로 우여곡절 끝에 완성된 자신의 영화 시사회에 결국 가지 못하나, 그와 가까운 사이였던 관객들은 영화를 보며 각자 그를 기억한다. 〈메리 크리스마스 미스터 모〉의 주인공이 자신의 영화 시사회 날짜를 크리스마스로 설정한 이유는 죽은 아내의 기일이기 때문이다. 가장 소중한 날, 자신의 영화를 세상 밖으로 꺼내고 싶었을 것이다. 암이라는 최악의 상황에도 불구하고 찰리 채플린처럼 세상에 웃음을 선사하려는 그의 모습은 따뜻한 감동을 준다. 역설적이게도 절망으로부터 희망을 꺼내놓고 있다. 전체적으로 이 영화는 액자식 구성을 띤다. 영화 속에 또 하나의 영화가 존재하는 모습이다. 이를 통해 삶은 액자 구조로 이루어져 있으며 삶은 곧 영화 그 자체임을 역설하고 있다. 미스터 모는 영화 안의 관객들에게도, 영화 밖의 관객들에게도 따뜻한 겨울을 선물한다.

다음으로 〈윤희에게〉에서 겨울은 어떻게 기능하는가. 이 영화는 겨울을 더욱 낭만적으로 표현하기 위한 공간적 배경으로 일본 홋카이도의 소도시 '오타루'를 설정했다. 오타루의 하얀 설원 풍경은 겨울의 환상적 분위기를 느끼게 해준다. 겨울과 오타루는 서로를 위해 존재하는 듯이 절묘하게 어우러진다. 마치 윤희와 쥰처럼. 그녀들의 겨울은 따뜻했을까. 영화에서 윤희와 쥰이 재회할 것이라는 사실을 관객들은 모두가 알고 있지만 정작 재회 당사자들은 그러한 사실을 끝까지 알지 못한다. 이러한 극적 아이러니는 극 중 인물들이 알고 있는 것과 관객들이 아는 것 사이에 약간의 틈이 생기게 하면서 관객들의 흥미를 유발하는 동시에 윤희와 쥰에 대해 연민의 감정을 품게 하는 장치인 것이다. 두 사람은 하늘에서 눈이 내리던 날, 마침내 극적으로 재회하게 된다. 함께 길을 걸어가는 윤희와 쥰의 뒷모습은 프레임을 가득 채우며 관객들의 마음을 편안하게 한다. 영화는 곧 페이드 아웃(fade-out)으로 처리하면서 검정색 화면 안에는 두 사람의 발소리만 들리는데 이 청각적 효과는 낭만적 분위기를 조성하며 깊은 여운을 남긴다. 쥰의 고모는 "눈이 언제 그치려나."라는 대사를 툭 내뱉는다. 흔히 '눈'이란 소재는 문학 작품에서 순수함을 상징하는데 영화 안에서 이야기의 흐름을 볼 때, 순수함보다는 사랑하는 사람을 향한 그리움 정도로 해석할 수 있겠다. 시간이 지나도 도저히 무뎌지지 않는 그리움에 대하여 언제쯤이면 잊을 수 있을지 근원적인 물음을 던진다. 감독은 겨울을 그리움에 대한 감정을 복합적으로 표현하는 수단으로 사용하고 있다. 그렇다고 영화를 겨울에만 머무르게 하지는 않았다. 윤희는 겨울과 잘 어울리는 인물이지만 윤희의 딸 새봄은 이름 그대로 봄을 상징하는 인물이다. 후반부에는 윤희가 새봄과 함께 이사 가서 새 출발을 하는 것처럼 영화는 윤희의 인생도 새로운 봄을 맞이하는 것으로 그 의미를 확장하고 있다.

추운 겨울에서 따뜻함을 찾아내고야 마는 임대형 감독의 〈메리 크리스마스 미스터 모〉와 〈윤희에게〉에서 제목은 그 자체로 상징적 의미를 지닌다. 주어진 삶을 살아오면서 정작 자기 자신을 잃어버렸던 존재들을 수면 위로 끌어올리고 이름을 불러준다. 작금의 시대는 시국적으로 혼란스러운 시기이다. 그래서일까. 사람들의 마음에 돋친 뾰족한 가시는 서로에게로 향한다. 저마다 아픔이 있는 사람들끼리 서로를 위로해주지는 못할망정 아픔의 크기를 저울질한다. 어느새 상처 주는 것이 습관이 되어버린 사람들 속에서 임대형 감독의 두 작품은 세상 모든 존재에게 의미를 부여하는 동시에 모두를 위로하고 있다.

이 땅이 낯선 이방인들

가장 완전한 모습으로 태어나 시간이 지날수록 불완전해지는 존재가 있다면 그것은 인간이다. 영화 〈윤희에게〉는 어른도 끝없이 흔들리는 위치에 있으며 성장통을 겪는다는 것을 적나라하게 보여준다. 윤희에게 한국은 어떤 공간적 의미를 지니고 있을까. 윤희에게는 태어나고 자라온 공간인 한국은 어쩐지 안 맞는 옷을 억지로 걸치고 있는 것처럼 불편해 보인다. 오히려 윤희는 딸 새봄과 함께 떠난 오타루라는 낯선 공간에서 가장 편안해 보였다. 늘 어둡고 무기력한 표정을 지어 보이는 윤희의 모습은 그녀가 과거에 어떤 시간을 살아왔는지 짐작하게 한다. 사람은 살아가면서 다른 사람과 관계를 맺을 수밖에 없는 사회적 존재이기에 타인의 눈을 의식하지 않는다는 건 쉽지 않다. 그렇기에 많은 이들이 사회적으로 구축된 이미지 또는 타인의 기대에 부응하기 위하여 내면에 있는 또 다른 자아들을 억누르곤 한다. 사회는 개인이 사랑하고 사랑받을 자격에 대하여 간섭할 권리가 있는가. 윤희는 이 땅에서 이방인의 삶을 살았던 사람이다. 동성애자라서, 또 이혼한 중년여성이라서 남들과는 다른 시선을 받고 소외되었던 윤희는 오랜 세월 동안 그 어디에도 안착하지 못하고 겉돌아야 했다. 극 중에서 엄마랑 왜 헤어졌냐는 딸 새봄의 질문에 아빠는 "너네 엄마는 뭐랄까. 사람을 좀 외롭게 하는 사람이야."라고 답한다. 윤희는 처음부터 다른 사람을 외롭게 하는 사람이었을까? 결국에 사회가 윤희를 그런 사람으로 만들어갔을 뿐, 윤희에게는 아무런 죄가 없다.

윤희는 사회적 통념의 굴레에 갇혀 쳇바퀴 도는 삶으로부터 늘 도망치고 싶었을지도 모른다. 동성애자라는 이유만으로 정신병원에 입원해야 하는 윤희가 허물어야 할 벽은 너무도 두껍고 단단했을 것이다. 어떤 형태의 사랑이 이상적일까? 사회적 기준에서 보편적 사랑이라 불리는 남녀 간의 사랑만이 정답일까? 사회가 정한 테두리 안에 들어오기 위해 안간힘을 썼을 윤희. 오욕의 세월과 강요된 삶 앞에서 무력했을 윤희의 시간은 그 어떤 것으로도 보상될 수 없다. 극 중에 나오는 '담배'는 윤희의 삶을 표상하는 것이라 볼 수 있다. 예전보다 남녀를 바라보는 사회적 차별의 시선이 나아지고는 있다지만 담배 피우는 남자는 자연스럽고 담배 피우는 여자는 부자연스럽다고 보는 시선은 아직도 존재한다. 〈윤희에게〉에서 아름다운 것만 찍는다던 새봄의 카메라는 담배를 피우는 윤희에게로 향한다. 이 장면을 통해 윤희의 있는 그대로의 모습과 그 아름다움을 느낄 수 있으며 여기서 담배는 윤희를 둘러싼 억압과 편견에 대한 스트레스를 해소하는 기능을 한다. 여분의 인생을 벌이라고 생각하며 살아온 윤희가 지고 있던 마음의 짐을 덜어내고 홀가분해지는 날이 오기를 바라며. 또 그저 누군가의 딸, 누군가의 아내, 누군가의 엄마가 아닌 '윤희'라는 이름을 찾아가기를 바라며. 오랜 세월 동안 흑백의 삶을 살았던 윤희가 이제는 색칠된 삶을 살아갈 수 있도록 이 땅이 낯선 이방인들에 대한 환대가 필요하다.

"인생은 B(Birth)와 D(Death) 사이의 C(Choice)다." 프랑스의 철학자인 사르트르의 명언처럼 인생은 선택의 연속이고 그러한 선택들이 모여 현재의 '나'를 만든다. 대학을 갈지 말지, 결혼할지 말지, 앞으로 무엇을 하며 살아갈지 등등... 이 모든 것들은 개인의 선택이어야 하고 혹여나 그 선택이 잘못된 선택이었을 지라도 그것 또한 본인이 마땅히 감당할 몫이다. 인간은 선택할 수 있는 권리를 가진 선택받은 존재이다. 인간에게 주어진 선택할 권리를 박탈하는 것은 일종의 폭력 행위와 다름없다. 영화 〈윤희에게〉는 보는 이로 하여금 지금까지 살면서 세상을 바라보았던 두 눈에 편협한 시각은 없었는지 사색에 잠기게 한다.

꿈에서라도 만나고 싶은 사람

프로이트에 의하면 '꿈'은 소망 충족의 수단이므로 꿈을 해석하는 것은 인간의 내면에 숨겨져 있는 욕망을 들여다보는 것을 의미한다. 꿈을 꾼다는 것은 우연성보다 인과성이 더 크게 작용한 결과이다. 좋은 꿈이든 나쁜 꿈이든 어떠한 원인이 있기에 그것이 꿈으로 나타난다. 잠재된 무의식은 생각 이상으로 큰 힘을 가졌고 그것은 꿈이라는 시각적 발현으로 이어지며 그 존재감을 적나라하게 드러낸다.

쥰 : 요즘 꿈에 자꾸 윤희가 보이네

고모 : 무슨 꿈을 꿨니?

쥰 : 그냥 같이 있어. 꿈에서.

이는 영화 〈윤희에게〉에서 쥰과 마사코 고모의 대화 중 일부이며, 쥰이 윤희와 같이 있는 순간을 얼마나 간절히 소망하는지를 느낄 수 있는 대목이다. 꿈이라는 공간은 누구도 관여할 수 없는 자신만의 공간이다. 사회적 시선에서부터 벗어나 자신의 소망을 이룰 수도 있고, 자신이 그리워하던 대상을 마음껏 그리워할 수도 있는 곳이다. 그렇기에 만일 영화의 제목 '윤희에게'에 부제를 붙인다면 '꿈에서라도 만나고 싶은 사람' 정도가 좋겠다. 윤희의 대사를 통해서도 꿈의 속성은 여실히 드러난다. "추신. 나도 가끔 네 꿈을 꿔." 영화 마지막 장면에서 윤희의 독백은 관객들이 영화를 보는 내내 차곡차곡 쌓아온 감정을 한꺼번에 터트린다. 마지막 대사 한 마디 안에 수많은 감정이 함축되어 있기 때문이다. 여기에서 관객들의 마음이 동요되는 이유는 윤희가 보여준 성격 때문이기도 하다. 윤희는 무뚝뚝하고 진심을 숨기는 것에 익숙한 성격의 소유자이다. 그런 윤희의 진심 어린 독백은 쥰을 아주 많이 그리워했음을 보여준다. 윤희의 독백은 중의적 해석이 가능하다. 윤희의 꿈에 등장하는 쥰의 모습은 20년 전에 함께 추억을 쌓았던 과거의 쥰일까? 아니면 같이 있고 싶은 현재의 쥰일까?

영화는 해피엔딩도 새드엔딩도 아니다. 윤희와 쥰은 오랜만에 재회했으나 두 사람이 앞으로 연인으로서의 관계를 이어갈지에 대한 향방은 불투명하다. 하지만 꿈에서라도 만나고 싶은 사람과 현실에서 재회하여 같이 있는 순간을 간직했단 이유 하나만으로 그녀들은 삶을 살아갈 용기를 얻었을지도 모른다. 윤희와 쥰 각자의 가슴 속에 맺힌 응어리가 조금은 풀리지 않았을까.

그녀들의 연대

영화 〈윤희에게〉는 모든 인물을 입체적으로 고찰하고 있다. 여기서 특별히 주목할 점이 있다면 인물들 사이의 섬세한 관계성이다. 먼저 윤희와 딸 새봄의 관계성을 탐색해보면 흥미로운 지점이 많다. 필름 카메라의 주인이 윤희에서 딸 새봄으로 자연스럽게 바뀌는 부분에서 윤희와 새봄 사이의 연결고리는 강화된다. 관객들은 새봄의 젊음을 통해서 윤희의 청춘을 떠올려볼 수 있다. 사회적 편견이나 고정관념이 없었더라면 윤희의 청춘은 더욱 빛날 수 있었을 텐데. 영화 초반부에서 새봄의 남자친구 경수는 새봄에게 다 찢어진 장갑을 리폼하여 선물하고 있는데 이것은 하나의 복선으로 깔아놓은 것이다. 실제로 새봄은 자신의 엄마인 윤희의 상처받은 마음을 꿰매어주는 역할을 충실히 수행한다. 새봄은 윤희가 과거로부터 받은 기억의 상처들을 봉합하고 가장 가까이서 윤희의 삶을 응원한다. 새봄은 자식으로서 부모의 이혼이라는 커다란 사건을 겪으면서 그것을 최대한 덤덤하게 받아들인다. 각자의 상황과 마음을 이해하는 속 깊은 딸의 모습이다. 윤희와 딸 새봄은 얼핏 서로 무심한 듯 보이지만 실은 서로를 향한 관심 가지기를 멈추지 않는 사이이다. 윤희는 새봄의 남자친구 경수의 존재를 알고, 새봄이 담배를 피운다는 사실을 알면서 모른 척 해왔다. 윤희는 딸이 자신에게 먼저 말해주기를 기다린 것이다. 영화에서 새봄의 역할은 상당히 중요하다. 새봄은 윤희의 딸이면서 윤희의 관찰자이고, 또 윤희와 새로운 여정을 떠나는 동행자인 동시에 윤희가 첫사랑 쥰과 만날 수 있도록 돕는 조력자이다. 자칫 무겁고 슬픔으로 가득할 수 있는 영화에 새봄이 개입함으로써 순간순간마다 환기하고 있다. 애초에 쥰이 윤희에게 쓴 편지를 받은 사람이 윤희가 아니라 새봄인 것은 너무도 다행스러운 일이다. 행여나 윤희가 쥰의 편지를 새봄보다 먼저 봤더라면 윤희와 쥰의 재회는 일어날 수 없었을지도 모른다. 윤희와 새봄의 성격에 차이점이 있다면 윤희는 항상 머뭇거리고 생각이 많은데, 새봄은 생각에서 멈추지 않고 행동으로 바로 이어가는 실행력을 보여준다는 점이다. 이러한 새봄의 성격은 윤희와 쥰이 재회하는 데 결정적 역할을 했다. 한 통의 편지로부터 시작된 윤희와 새봄의 오타루 여행은 모녀간의 추억을 쌓으면서 서로에 대해 더 많은 것들을 알아가는 과정을 보여주고 그 속에서 두 사람이 느끼는 연대를 그리고 있다.

다음은 쥰과 마사코 고모의 관계성이다. 쥰과 고모는 서로에게 각별한 존재이다. 비록 부모와 자식의 관계는 아니나, 그 이상의 유대감을 가지고 있다. 두 사람은 그리운 존재에 대한 감정을 공유하는 사이이다. 20년이라는 시간 동안 윤희를 그리워한 쥰의 모습과 "가끔 그 사람 생각이 나. 겨우 6개월인가 만났는데 이제 나는 죽을 날이 얼마 안 남았으니까 평생 잊지 않은 셈이 되겠네."라며 옛 연인을 그리워하는 고모의 모습은 묘하게 겹쳐 보인다. 누군가와 같은 감정을 공유한다는 것만으로 서로에게 큰 위안을 얻기도 한다. 쥰과 고모 사이에서 인상 깊었던 부분은 위로의 방식이다. 쥰에게 위로가 필요했던 날, 고모는 쥰에게 다가가서 직접 안아주는 것이 아니라, 쥰이 안길 때까지 두 팔을 벌린 채 그 자리에서 가만히 기다리는 방식으로 쥰을 위로한다. 상대방을 섣불리 위로하지 않고 진심으로 생각하고 공감해주는 따뜻한 위로의 방식을 취하고 있다. 더욱이 쥰과 고모는 서로의 취향을 있는 그대로 인정하고 존중해준다. 동성애자 쥰과 SF 장르 소설을 좋아하는 고모가 서로를 바라보는 시선은 유별나거나 낯설지 않고 늘 똑같다. 공감을 바탕으로 숨김없이 자신의 내면적 고유성을 드러내는 두 사람의 관계는 그 무엇보다 견고하고 호혜적이다.

마지막으로 윤희와 쥰의 관계성을 탐색해보자. 윤희와 쥰은 서로의 첫사랑이다. 그저 사람이 사람을 사랑하는 지극히 평범한 일이었을 뿐인데, 두 사람의 사랑은 금단의 사랑으로 치부된다. 둘 사이에는 20년이라는 오랜 세월의 공백이 있었지만 사실 그 공백기마저도 같은 아픔을 겪고 공유한 사람들이기 때문에 두 사람의 사이는 여전히 애틋할 수밖에 없다. 공장 조리사이자 엄마가 된 윤희와 동물병원 수의사이자 미혼인 쥰. 두 사람이 걸어온 각자의 삶은 너무도 다를 테지만 이들이 서로를 바라보는 시선과 관계는 수평적이다. 윤희는 용기를 내고 싶었지만 끝내 쥰에게 편지를 부치지 못한다. 윤희가 쓴 편지에는 진심이 꾹꾹 눌러 담겨 있으며 그 편지에서도 윤희와 쥰 사이의 관계성은 잘 드러난다. '너와 만났던 시절에 나는 진정한 행복을 느꼈어. 그렇게 충만했던 시절은 또 오지 못할 거야.'라는 부분에서 두 사람이 함께했던 그때 그 시절은 어리고 미숙했지만, 두 사람이 쌓아온 감정과 사랑의 깊이는 어리지 않았음을 알 수 있다. 영화 〈윤희에게〉를 보고 나면 잔잔한 소설 한 편을 읽은 기분을 느낄 수 있다. 흘러간 세월을 포착하는 영화이면서도 과거를 회상하는 장면은 단 한 곳에도 나오지 않고 있다. 대신 윤희와 쥰의 과거에 대한 흔적을 영화 곳곳에 배치해둔다. 친절하지 않은데 이상하게 다정한 느낌이 나는 영화이다. 그 이유는 인물들의 미묘한 감정선을 놓치지 않은 채 극이 전개되고 과장된 부분이 없으며 전반적으로 모든 인물이 영화 속에 따뜻하게 스며들어 있기 때문이다. 하물며 버릴 대사가 하나도 없다. 불필요한 대사를 생략한 여백의 미는 관객들에게 깊은 여운을 남긴다. 짧고 간결한 대사에 의미를 함축하여 겉멋을 최대한 덜어내고 속을 채운 영화의 진수를 보여준다.

시대와 영화, 관객과 감독은 끊임없이 상호작용하며 세상 밖으로 나오고 있다. 점점 주체적 여성에 대한 시대적 요구가 늘어가는 시점에서 여성들의 연대와 성장을 다룬 영화는 무한한 가능성을 보여준다.

꼭 여성에 초점을 맞추지 않더라도 다양한 삶의 가치를 담아 현대사회의 인간군상을 그려낸 영화는 언제라도 관객들에게 사랑받는다.

추신. 좋은 영화를 발견하는 것은 온전한 행복을 느끼게 한다.

-영화 〈윤희에게〉의 관객이-

당선소감 : 김명진

그저 영화가 좋았고 글이 좋았다. 돌이켜보면 대학교 시험과 과제로 정신없이 바쁜 와중에도 늘 마음 한구석에 영화를 위한 자리만은 남겨두었다. 마음이 지칠 때면 걸음을 멈추고 잠시 쉬어갈 수 있는 곳. 나에게 영화는 그런 존재였다. 영화를 사랑하는 관객으로서 글을 썼을 뿐인데 당선이라는 은덕을 입어 얼떨떨하기만 하다. 어떤 방향으로든 영화를 사랑하는 마음을 멈추지 말라는 의미로 받아들이고 더욱 정진할 것이다.

변함없이 묵묵히 나를 응원해주는 가족에게 진심으로 고맙다고, 또 사랑한다고 전하고 싶다. 항상 곁에서 용기를 주는 사랑스러운 친구들에게도 고마움을 전한다. 무료한 일상 속 영화를 통해서 활력을 얻는 날들이 참 많다. 좋은 영화를 감상할 수 있는 것은 너무도 큰 행운이다. 영화를 만드는 일에 동참하시는 모든 이들에게도 이 자리를 빌려 감사를 표한다. 2020년은 코로나로 인해 영화계뿐만 아니라 사회가 전반적으로 침체에 빠져있었다. 2021년에는 영화계에도, 우리 사회에도 봄이 오기를 소망한다.

연출자와 관객의 성장 가능성 이뤄내

신종 코로나바이러스 감염증(코로나19)으로 인해 영화산업이 얼어붙은 작금의 상황에도 영화평론가를 지망하는 문학청년들의 글을 마주하니 뜨거움이 가슴으로부터 솟아올랐다. 소중한 글 뭉치 한 편 한 편을 자세히 들여다볼 수밖에 없었던 까닭이다.

심사하며 적잖이 안타까웠던 것은 '단평短評'에 관한 부분이었다. 단평은 짧은 글이지만 스스로 당당한 평론 한 편이다. '장평長評'을 요약하거나 작품 줄거리를 늘어놓은 글, 리뷰를 간단히 적은 응모작이 많아 안타까웠다.

세 편까지 줄여 가며 후보작을 골랐다. 일반 독자와 관객이 읽고 이해하기 쉬운 것에 중점을 뒀다. '오랜 세월이 흘러도 잊을 수 없는 존재에 대하여' '영화적 파동의 중첩' '영화 한 편이 우리 삶에 조용히 던지는 질문'이 깊은 고민과 자성을 불러일으키며 마지막까지 놓여 있었다.

당선작 '오랜 세월이 흘러도 잊을 수 없는 존재에 대하여'는 영화

'윤희에게'를 퀴어 영화로 보고 관객의 연대, 겨울의 따스함과 느림의 미학으로 분석했다. 또한 사회적 통념에 갇혀 버린 현대사회 인간 군상으로서 이 땅의 관객을 비판하며 연출자와 관객의 성장 가능성을 작품 분석을 통해 이뤄냈다. 단평 '테러 현장으로부터 바라본 인간의 존엄성과 가치-호텔 뭄바이'는 휴머니즘으로 본 영화적 해석을 간결하게 잘 정리했다.

당분간 코로나 상황으로 온 세상이 무겁게 침잠할 것 같다. 하지만 날카로운 분석 뒤에 감춰진 밝은 희망과 세상을 향한 따스한 어루만짐은 평론가의 소명이고, 지속적인 작품 제작은 영화인의 운명일 것이다.

심사위원 : 정지욱 영화평론가

2021 동아일보 신춘문예 당선 문학평론

진기환

1992년 인천 출생
한신대학교 문예창작과 졸업
인하대학교 한국어문학과 석사,
동대학원 박사과정 재학 중
수상-2021년 〈동아일보〉 신춘문예 문학평론 부문 당선

공감과 자기반성의 공동체
- 최은영론

진 기 환

1. 공감의 힘

문학이 힘을 잃은 건 어제오늘 일이 아니다. 여기서 문학이 힘을 잃었다는 건 사회 전체의 문제를 떠맡던 '근대문학'으로서의 힘을 잃었다는 것이 아니다. 그러한 변화는 우리 사회경제적 변화와 정확하게 맞물려 있는 것[1]으로서 필연적인 것이다. 변화가 필연적인 것이라면 문제는 변화 이후의 문학이 어떠한 방법을 선택했는가이다. 모든 것을 감당할 수 없음을 깨달은 문학이 택한 것은 미시적이고 개인적인 영역을 깊게 파고드는 "내시경"(신형철)의 역할이다. 거대담론이 몰락한 지점에서 문학은 그것에 짓눌려있던 개인들을 호출했고, 그들의 삶을 보듬음으로써 새로운 문학적 주체들을 세우고자 했다. 이른바 '억압된 것들의 귀환'이라 불리는 것들인데, 문제는 이러한 움직임이 과연 얼마만큼의 성과를 거뒀는가에 있다.

문학이 사회의 아틀라스이기를 포기한 만큼 개인의 확실한 유희거

1) 김영찬, 「끝에서 바라본 한국문학」, 『비평의 우울』, 문예중앙, 2011, 15쪽.

리 혹은 위로와 치유의 영역으로 자리 잡았어야 했는데, 문학은 그렇지 못했다. 억압된 것들이 귀환했지만 '개인들'은 그들의 귀환에 주목하지 않았다. '개인들'은 영화와 게임을 자신의 유희거리 삼았고, 자기계발서를 위시한 각종 에세이를 통해 치유받고 위로받고자 했다. 어떠한 위치도 확보하지 못한 문학은 과거 '근대문학'으로서의 가치, 유희거리, 치유와 위로의 영역이 어정쩡하게 혼재된 채로 버림받았다. '개인들'에게 버림받은 문학은 일부 지식인들만이 읽고 소비하는 지적담론의 매개체로서 소위 '그들만의 리그'를 운영하는 것으로 치부되었다. 문단에서 좋은 평가를 받았어도 대중들은 작품을 읽지 않았고, 대중들이 관심을 가진 작품에는 평단이 소홀했다. 이처럼 한국문학은 다소 기형적인 위치에 놓여있다.

이 글에서 최은영[2)]을 주목하고자 하는 이유는 그의 작품이 이러한 기형적인 한국문학을 돌파하기 위한 한 가지 방법으로 보이기 때문이다. 최근에 최은영처럼 평단과 독자들의 관심을 한꺼번에 받은 작가는 찾기 힘들다. 이 작가가 가진 무언가가 우리들의 마음을 움직였다는 소리인데, 그것은 많은 평자들이 지적하듯 이 작가의 공감하는 능력에 기인한다. 최은영이 개인의 삶을 조망한다는 점은 여타의 한국문학과 같다. 그럼에도 최은영이 특별한 이유는 정서적인 공감력을 계몽의 양식[3)]삼아 분열된 개인들을 하나의 공동체로 이어주려 하기 때문이다. 최은영은 누구보다 개인의 삶에 깊이 침투하여, 개인의 삶을 사

2) 이 글에서 다룰 최은영의 작품은 다음과 같다. 『쇼코의 미소』(문학동네, 2016), 『내게 무해한 사람』(문학동네, 2018). 앞으로 본문에 인용 시 제목과 쪽수만을 표시한다.

3) 서영채, 「순하고 맑은 서사의 힘」, 『쇼코의 미소』 해설, 문학동네, 2017년, 290쪽.

회 속의 개인으로 환원시킨다. 이를 통해 최은영은 개인의 아픔이 개인의 영역에만 머물러 있지 않다는 사실, 더 나아가 누군가의 아픔이 나의 아픔이 될 수 있다는 사실을 환기한다. 최은영 소설의 이런 특징은 물리적인 거리, 국적, 시대를 초월하여 다양한 양상으로 변주된다.

이런 특징에 대해 말해본다면 최은영이라는 작가에 대해, 더 나아가 우리 시대 소설의 역할에 대해서도 논할 수 있으리라. 또한 "공허한 대문자주의와, 소인주의와 쾌락주의의 미시세계에 자족하는 자폐적 소문자주의로 나뉘어 오래도록 정체"[4]되어 있었던 우리 문학이 나아갈 길에 대해서도 말해볼 수 있을 것이다. 지금부터 그것이 어떤 방식으로 갖춰져 있는지를 살펴보자.

2. 우울증의 세계에서 앓는 '여성'들

서영채가 『쇼코의 미소』의 해설에서 지적하고 있는 것처럼 최은영의 소설은 우울증의 현실에 기초해있으며, 그 세계 안에 거친 남자 어른들을 위한 자리는 존재하지 않는다.[5] 그 자리를 대신 채우고 있는 것은 여성들인데, 여기에서 여성은 물리적인 성별로서의 여성만을 의미하는 것은 아니다. 성별과는 상관없이 남성중심 사회 혹은 주류적 질서에서 배제된 사람을 뜻한다. 라캉의 성차공식[6]을 빌린다면 최은

---

4) 김명인, 「죽은 시인의 사회-문학에서의 도덕과 윤리」, 『계간 시작』 16권, 2017년 3월, 29쪽.

5) 서영채, 위의 글, 284~285쪽.

6) 라캉이 제시한 도표는 다음과 같다. 인용은 브루스 핑크, 『라캉의 주체』, 이성민 옮김 , 203쪽, 도서출판b, 2010년.

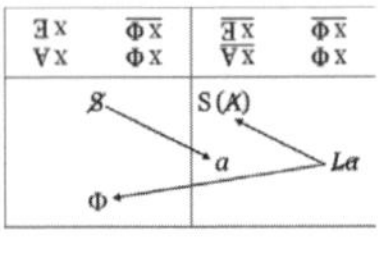

영 소설의 '여성'들에 대해 자세히 말하는 것이 가능하다.

라캉의 성차공식에 따르면 남성은 '모든 사람은 거세되어 있다(전체)/어떤 사람은 거세되어 있지 않다(예외)'의 짝으로 구성되어 있고, 여성은 '누구도 거세되어 있지 않은 사람은 없다(개별)/모두가 거세되어 있는 것은 아니다(비-전체)'의 짝으로 이뤄져있다. 이런 성별의 차이는 언어의 수행차원, 즉 발화의 방식에서 차이를 드러낸다. 우선 남성발화는 전체를 규정하고 나머지를 예외로 돌리는 형태로 진행된다. 전체에 포함되지 않은 예외들은 질서를 장악하고 있는 주체들의 완전성을 위해 배제된다. 그것이 배제됨으로 인해 주체들은 예외가 존재하지 않는 절대적인 존재가 될 수 있다. 남성발화는 절대적인 담론이나 질서의 유지를 위해 소수자나 예외적 존재들을 배제하는 형태로 나타나는 것이다. 그러나 예외 없이는 전체가 존재하지 않는다는 짐에서 예외는 전체를 보완해주기 위해 반드시 존재해야 하는 것이다. 마치 "검정"이라는 단어가 의미를 갖기 위해서 "하양"을 비롯한 여타 다른 색들과의 대립이 있어야만 하는 것 처럼[7]말이다.

여성발화는 전체를 규정짓고 나머지를 예외로 돌리는 남성발화와 달리 개별에서부터 시작한다. 전체를 확정하지 않은 채 개별적인 단수주어들이 확산되는 형태로 나타난다. 이들 개별은 언제나 전체가 되지 못한 '비-전체'로 남아있다. 이들은 상징적으로 거세되지 않아 상징적 질서에 제대로 편입되지 못한 개별주어들이다. 그러나 그들이 완전히 거세되어 있지는 않더라도 존재하는 한 상징적 질서의 어딘가에는 놓

7) 브루스 핑크, 같은 책, 205쪽.

여있는 것이다. 여성발화는 상징적 질서의 어딘가에서 개별주어의 이름으로 전체에 균열을 가하고 거부감을 표시하는 발화라 할 수 있다. 전체와 개별에 대한 입장차이에서 시작되는 성차는, 남성적 길은 욕망의 길로 여성적 길은 사랑의 길[8]에 도달하게 된다. 이는 주체의 완전성을 추구하는 남성발화와 개별의 고유성을 통해 유지되는 여성발화의 차이에서 비롯된 것이다. 최은영의 소설을 지배하고 있는 것은 여성발화다. 조금 더 구체적으로 말하자면 남성발화가 지배적인 구조에서 그것에 대항하고 저항하는 형태로 여성발화가 나타난다. 아래와 같은 대목이 대표적이다.

"너도, 우리 후배라면 그런 여성적인 태도는 좀 버려야 할 것 같다? 말투도 그렇고 옷차림도 그렇고…… 나도 여자지만, 사회에 나와보면 참 융화가 안 되는 여자들이 많아. 툭하면 삐지고, 불평불만에. 남자들은 안 그러거든. 우리 대학 여자들이 좋다는 게 뭐야. 제3의 성이잖아. 여자지만 다른 여자들의 열등함은 지양해야지. 네 선배니까 말해주는 거지 누가 너한테 이런 말 해주겠니? 이렇게 말해주는 사람 없으면 사회 나가서 욕먹는다, 너."

(중략)

"김연숙씨나 잘하세요. 여자인 게 그렇게 부끄럽고 괴로운 일이었어요? 여자들은 감정적이고, 분란 일으키고, 이기적이어서 조직 배반하기 쉽고, 여자의 적은 여자고. 그런 자기부정이 김연숙씨가 말하는

8) 브루스 핑크, 같은 책, 215쪽.

건강함이었습니까? 여자 후배들 앞에서 부끄러운 줄 아세요.”

-「먼 곳에서 온 노래」, 197쪽-

해부학적인 의미에서의 여성은 우리 사회에서 주류질서에 도달하기 위해서는 상당히 많은 것들을 포기해야 한다. 여성이 포기해야 하는 것 중 가장 큰 것은 바로 여성으로서의 ‘정체성’이다. 주로 남성집단이 주류를 이루고 있는 사회에서 예외적 위치로 벗어나지 않으려면, 여성이라는 정체성을 버린 채 남성이라는 탈을 써야 한다. 이 사회에서는 오빠를 ‘형’이라고 불러야 하고, 매니큐어를 칠한 손톱과 가는 목소리, 그리고 내성적인 성격까지 부정당해야지만 주류적 질서에 편입할 수 있다. 미진은 그런 것에 반감을 품은 인물이다. 그녀는 노래패에서 진해 내려오는 “엄격한 선후배 문화, 남학생 중심으로 운영되는 집행부, 상명하복식 문화”에 하나하나 문제를 제기하며, 그 자리를 “개인의 자율적 선택과 평등한 관계맺음, 여성주의 교육”으로 채우고자 했다. 그러나 그것은 뜻대로 되지 않았고, 노래패는 미진이 러시아로 떠난 지 세 달 뒤에 문을 닫게 된다. 미진이 노래패에서의 실패를 맛본 후 러시아로 도피를 떠난 형국인데, 그녀의 러시아행을 도피라고만 단정지을 수는 없다. 소은이라는 인물이 있기 때문이다.

여성발화는 개별주어의 발화라는 특성상 독단적인 힘으로 세계에 균열을 가하기는 힘들다. 그것이 제대로 힘을 발휘하기 위해서는 개별주어들이 확산되며 하나의 서사를 이루어야 한다. 전체에 포함되지 않는 여러 개별주어들이 계속해서 호명될 때, 우리는 전체만이 다가 아니라는 사실을 인지하게 된다. 마치 미진의 사랑이 소은을 러시아로 호출하고, 율라와의 관계를 싹트게 하는 것처럼 말이다. 미진이라는 사람의 삶은 소은에게로, 율라에게로 옮겨가 새로운 관계를 형성시킨다. 이들은 서로 아프게 하고 많이 다퉜지만 결국 사랑으로 통하게 된다. 사랑은 이들을 이어지게 만들고 "지나가는 사람들"에게까지 눈을 돌리게 만든다. 소설이 대체로 개별주어들을 통해 접근한다는 사실을 상기해본다면, 여성발화를 소설적 발화라 부를 수도 있을 것이다. 소설적 발화를 충실히 이행하고 있는 최은영의 소설은 그 자체로 서사의 힘이며, 우울증의 세계 안에 마련해놓은 위안의 공간이다. 이 위안의 공간 안에서 쇼코와 소유는 서로 가까워질 수 있었고(「쇼코의 미소」), 우드스탁은 투이에게 미안하다고 말할 수 있었으며(「씬짜오, 씬짜오」), 엄마는 죽은 이모의 영혼을 만날 수 있었다(「언니, 나의 작은, 순애 언니」). 또한 주희와 윤희는 서로 그리워했고(「지나가는 밤」) 이경과 수이는 서로를 마음껏 안을 수 있었다(「그 여름」). 우리는 그들이 서로를 위로하는 것을 통해, '개인'의 공감이 사회를 움직이는 하나의 힘이 될 수 있음을 깨닫게 된다.

3. 자기반성의 서사

최은영의 소설에는 베트남 전쟁, 간첩조작사건 등 역사적으로 특수한 사건들이 자주 등장한다. 소설가가 역사적 사건을 다루는 일은 특이한 일은 아니다. 문제는 역사를 다루는 방식에 있다. 최은영은 역사적 사건을 거대담론의 차원이나 거시적인 관점에서 접근하지 않는다. 여기서도 중요한 것은 바로 개인이다. 최은영은 그들은 통해 상징적 질서에 편입되지 못한 개별주어인줄 알았던 '나'가 혹시나 상징적 질서가 유지되는데 일조하지 않았을까라는 자기반성의 이야기를 이끌어낸다. 역사를 비판하기 이전에 자기 자신을 점검하는 것인데, 이러한 자기반성은 역설적으로 '역사'라는 남성발화에 균열을 가한다. 「씬짜오 씬짜오」를 살펴보자.

소설의 주인공 '나'는 독일의 한 마을에서 유년을 보낸다. 거기서 한 베트남 가족들과 각별한 관계를 맺었다. '나'의 부모는 평소에 "서로를 투명 인간처럼 대"하다가도 그들과 식사를 할 때는 자연스레 웃기도 하고 대화를 나누며 좋은 시간을 보냈다. '나' 또한 친구인 투이와 상당히 좋은 관계를 맺고, 응웬아줌마와 호아저씨의 사랑을 듬뿍 받는다. 이들의 좋은 관계가 깨진 것은 식사자리에서 우연히 언급된 베트남 전쟁 때문이다.

> 일본의 식민 통치에 대한 이야기가 나왔을 때, 어른들의 말에 동요한 것은 그런 이유에서였다. 드디어 나도 한마디 할 수 있는 기회가 왔다고 생각했다. 한국의 역사에 대해서라면 투이네 식구들보다 내가 더 잘 아니까, 아는 척을 한다면 엄마 아빠가 꽤나 뿌듯하게 생각해줄 것 같았다.
>
> "한국은 다른 나라를 침략한 적 없어요." 나는 그 말을 하고 동의를 구하기 위해 엄마 아빠를 쳐다봤다. 아빠는 아무 얘기도 못들었다는 듯이 내 쪽으로 눈을 돌리지 않았고, 엄마는 조용히 하라는 눈빛을 보냈다. "국물이 짜지는 않은지 모르겠네." 호 아저씨가 말을 돌렸다. 모두들 내 말을 무시하는 것 같아 서운했다. "정말이에요. 우린 아무

도 해치지 않았어요." 내가 말했다. 한국은 선한 나라라는 인상을 남기고 싶었고, 어른들의 대화에 자연스레 참여해 칭찬받고 싶었다.

(중략)

나는 마지막 용기를 쥐어짜서 독일어로 말했다. "한국에서 그렇게 배웠는데. 우린 아무에게도 잘못한 게 없다고. 우린 당하기만 했다고. 선생님께서 그렇게 말했는데……"

-「씬짜오 씬짜오」, 79쪽-

'나'는 어른들에게 인정받고 싶다는 욕구로, 한국에 대한 좋은 이미지를 심어주고 싶다는 선한 의도로 "한국은 다른 나라를 침략한 적 없"다고 말했다. 학교에서 배운 것이 지식의 거의 대부분을 차지하는 어린 학생입장에서는 한국을 "당하기만" 한 나라라 말할 수 있다. 그러나 베트남 전쟁에 참전한 한국군에게 가족을 잃은 응웬아줌마의 입장에서는 절대 용납할 수 없는 말이다. 그러나 문제는 여기서 그치지 않는다. 주인공의 삼촌 또한 전쟁에서 죽었기 때문이다. 그것도 참전 군인의 신분으로. 아버지는 전쟁을 기억하는 방식이 응웬아줌마와는 달랐다. 응웬아줌마가 베트남 전쟁을 "구역질나는 학살"이라고 기억한다면, 아버지는 "누가 베트콩인지 누가 민간인인지 알아볼 수 없는 상황"이었을 거라며 학살을 두둔하는 듯한 발언을 한다. 아버지는 더 나아가 "이미 끝난 일"이라며 더 이상은 잘못을 빌 필요가 없다고 말한다. 사실상 두 가족의 유대관계는 여기서 끝나게 된다. 여기서 우리가 주목해야 할 것은 '나'의 태도다. '나'는 베트남 전쟁을 단지 "미국 정부의 실책이었고, 미국으로서는 아무런 득도 보지 못한 전쟁"이라고 설명하는 것에 대해 "그런 식의 설명을 하는 건 가슴 아픈 일"이라 생각하며 어렴풋이 문제점을 느낀다. '나'가 그것을 감지한 것은 우연히 응웬아줌마의 가족사진을 본 후부터다. '나'는 "내 또래의 여자아이, 다연이 또래의 아기 사진"을 본 후로 "그 사람들의 얼굴이 내 등 뒤에 달라붙기라도 한 것"같은 느낌을 받는다. 이 이상한 느낌은 이내 "막연한 두려움"으로 바뀌는데, 그것은 그 일에 대해 말하는 것을 막아 사건의 진실에 접근하지 못하게 한다. 사건의 진실에 접근하는 것을 막는 "막연한 두려움"의 기저에는 자신이 혹시 그 일에 연루되어 있을지도 모른다는 두려움과 자신도 모르는 사이 개별주어의 고통을 "이백만 명"이라는 숫자로 치환하는 질서를 유지하지는 않았는가라는 생각이 깔려있다.

'나'가 투이에게 "아무것도 몰랐던 거, 미안해."라고 말하는 것은 이러한 생각 때문이다. 기실 "아무것도 몰랐던 거"의 이면에는 "알려고 하지 않았던 거"라는 말이 숨어있다. 알려고만 했다면 알 기회는 많이 있었을 것이다. 삼촌의 죽음에 대한 것을 아버지에게 물었을 수도 있고, 응웬아줌마의 가족사진을 보고 물었을 수도 있다. 그러나 "막연한 두려움"을 무서워한 나머지 진실에 접근하지 못했다. 아무것도 아닌 것 같은 이런 행동이 오히려 사건의 진실을 뒤덮는 행동이었다는 사실을 깨달을 때, 미안하다는 말이 "아무것도 되돌릴 수 없다는 사실을 알면서도" 사과를 할 수밖에 없게 된다. 이런 자기반성을 통해 우리는 주류질서에 균열을 가할 수 있게 된다.

「언니, 나의 작은, 순애 언니」 또한 비슷한 양상을 지닌 소설이다. 이 소설은 순애언니와 끝까지 함께 하지 못했던 죄책감을 담은 회고록 형태의 소설이다. 화자로 선택된 사람이 당사자가 아니라 딸이라는 점에서 대신 써준 회고록이라 할 수 있을 것이다. 이 소설에서 회고하는 것은 박정희 정권시기의 간첩조작 사건이다. 엄마는 먼 친척이자 말벗인 순애언니는 엄마 친구의 오빠와 결혼한다. 너무나 행복한 순애언니의 결혼생활은 그리고 오래가지 못하는데, 언니의 남편이 간첩조작 사건에 연루되었기 때문이다. 너무나 순진했던 엄마는 대통령이 형부의 억울함을 풀어줄 수 있다고 생각하고, 그에게 편지를 보내는 등 형부를 구하기 위해 다양한 노력을 한다. 그러나 돌아오는 것은 세상의 조소와 변하지 않은 1심 결과였다. "나라에서 그렇다면 그런 거겠지. 눈도 막고 귀도 막고 그렇게 믿"어야 하는 세상이었으니, "아무리 애써도 달라지는 건 아무것도 없"다는 부장의 말처럼 엄마의 노력은 헛된 것이었다. 엄마가 그토록 노력했으나 사형수들은 가족들을 만나보지도 못하고 사형되었고, 형부는 불구가 되어 처제 앞에서 오줌을 지리는 사람이 되었다. 그에 반해 엄마의 생활은 날로 안정되어갔다. 엄마와 순애언니의 거리감은 이때부터 생긴다.

> 엄마의 생활이 안정되어갈수록 이모는 부담스러운 사람이 되었다. 엄마는 이모가 불편했다. 화장기 없는 푸석푸석한 얼굴, 싸구려 샌들 바깥으로 삐져나온 새끼발가락, 자신없는 표정과 목소리, 관심의 전부를 아이에게 두고 있는 모습, 안경알에 묻어 있는 눈물 마른 자국, 돈이 부족하면서도 매번 밥을 사주려는 모습, 마치 자기는 어떤 도움도 필요 없는 사람이라는 듯이 태연한 척하는 모습, 형부의 억울함에

대해서 큰 소리로 말도 못하는 모습. 언니, 언니의 그런 태도는 형부에게 죄가 있다는 사람들의 말을 증명할 뿐이라고 생각했던 엄마. 차가운 얼굴의 엄마에게 어떻게든 따뜻한 태도로 대하려고 노력하면서 나는 네가 절실하게 필요하다고 에둘러 말하는 이모. 어쩌다 서울에 올라와서 땀에 젖은 얼굴로 엄마의 아들을 안고 슬픈 표정으로 그 애를 보던 이모의 얼굴. 그 눈. 죽은 개에 대한 지겨운 레퍼토리.

-「언니, 나의 작은, 순애 언니」, 114~115쪽-

순애언니의 고통을 외면하는 엄마의 태도는 "상대의 고통을 나눠 질 수 없다면, 상대의 삶을 일정 부분 같이 살아낼 용기가 없다면 어설픈 애정보다는 무정함을 택하는 것이" 낫다는 할머니의 태도와 궤를 같이한다. 질서에서 배제된 순애언니의 삶을 품어줄 자신이 없었던 엄마는 순애언니를 뭍에 버려둔 채 혼자 세상이라는 호수로 나아갔다.

그렇게 순애언니를 잊은 엄마는 병실에서 순애 이모의 영혼을 만난다. 그 만남을 통해 순애언니에게 어렴풋이 용서받았다고 느끼는데, 실상 순애언니에게 용서받았다는 감각은 죄의식으로 인한 희망사항이었을 것이다. 언니의 삶을 고독하게 만들었던 것이 세상의 멸시와 조롱이 아니라 언니를 "스쳐간 사람으로 기록"한 자신 때문이라는 죄의식. 만일 엄마가 순애언니의 지갑 속에 있는 사진을 조금만 더 일찍 기억했더라면 그들의 삶은 조금 더 행복했을까. 최은영이 만들어 놓은 자기반성의 서사 속에서 우리는 그들의 삶에 대해, 우리의 삶에 대해 생각해 볼 수 있을 것이다. 그리고 이러한 생각은 우리를 '개인'을 넘어선 공동체의 가능성으로 이끈다.

4. '비밀'의 공동체

「비밀」[9]은 손녀인 지민을 그리워하는 말자의 이야기다. 지민은 표면상으로는 "중국 시골에서 선생님 한다구"중국에 간 것이지만, 그 이면에는 이 소설의 비밀이 숨어있다. 말자의 가족들은 고령에다가 암까지 걸린 말자가 이 사실을 알게 된다면 충격을 크게 받을까봐, 말자에게 그 비밀을 전하지 않는다. 독자들은 소설을 끝까지 읽어야 이 비밀을 겨우 눈치 챌 수 있다. 단순한 가족이야기 인줄만 알았던 소설에서, 우리 시대의 공공연한 비밀인 세월호를 읽을 수 있기 때문이다. 이 소설을 끝까지 읽은 독자라면, 지민이 중국에 간 것이 아니라 세월호 참사로 희생당한 기간제 교사라는 사실을 알 수 있을 것이다.

이 소설에서 말자는 사건의 외부에 있는 사람이다. 지민이 중국에 간 이후부터 "허리와 허벅지가 가늘어"져서 "몸집이 작아진" 박 서방과 "작은 일에도 매번 미안하다고 말하는" 딸을 보면서도, 사건의 진실에 대해 깨닫지 못한다. 누구보다 사건에 가까운 위치에 놓여 있지만 그것이 자신의 삶에 미치는 영향에 대해 알지 못한다. 독자가 말자의 고통에 공감할 수 있는 이유가 바로 여기에 있다. 말자의 위치가 우리의 위치와 같기 때문이다. 말자가 지민의 고통에 대해 제대로 알지 못하지만 그 사건에 깊이 연루되어 있듯, 우리 또한 고통의 크기는 정확히 알 수 없지만 사건에 깊이 연루되어 있다는 점에서는 같다. 세월

---

9) 이 소설의 비밀에 대해 자세히 알고 싶다면 양재훈, 「다시, 입체적인 세계를 위해」, 『자음과 모음』, 2016년 봄호를 참고 할 것.

호라는 사건이 우리에게 집단적 죄의식을 불러일으켰기 때문이다. 그들의 고통이 언젠가는 우리가 겪어야 할 고통일지도 모른다는 점, 그리고 누군가의 고통이 개인의 문제가 아니라 사회와 긴밀히 연결되어 있다는 점, 최은영은 이 지점을 포착함으로써 '개인'을 공동체의 영역으로 이끈다. 「비밀」에서는 말자의 편지를 통해 공공연한 '비밀'인 지민의 죽음을 공유한다. 이 비밀을 공유함으로써 우리는 하나의 공동체를 형성하게 된다. 이처럼 최은영의 소설엔 등장인물들의 죄 혹은 비밀들이 고백되며, 그 고백을 통해 화자와 청자 사이는 연대감이 조성된다.

「고백」을 살펴보자. 이 소설은 미주가 여고생 시절에 겪었던 일을 '나'에게 고백하는 형태의 소설이다. 미주는 여고생 시절 자신의 단짝이었던 진희의 자살에 자신이 연루되어 있음을 고백한다. 진희는 자신이 레즈비언이라는 사실을 미주와 주나에게 고백하는데, 그 둘은 매우 혐오스러운 반응을 보인다. 그들의 반응에 충격 받은 진희는 자살을 했고, 미주와 주나는 심한 죄의식을 느낀다. 진희의 자살 이후, 미주와 주나는 점점 사이가 멀어지는데, 이는 자신들이 진희의 자살에 연루되어 있다는 사실을 외면하기 위함이다. 시간이 흘러 그들은 다시 조우하는데, 만나면 만날수록 짙어지는 진희의 흔적 때문에 그들은 괴로워한다.

> 진희에 대해 말하지 않고 공유할 수 있는 추억은 없었다. '우리'라는 말에는 늘 진희가 포함되어 있었으므로 결국 미주와 주나가 함께 했던 시간은 없던 일이 됐다. 주나는 달라진 표정과 말투로 진희가

있던 시간의 자신과 지금의 자신이 다른 사람이라는 걸 증명하려는 것 같았다. 그렇게 애쓰는 주나의 모습을 보며 미주는 입술을 깨물었다. 우리는 솔직해질 수 없구나. 아무것도 터놓고 나눌 수가 없어.

-「고백」, 204쪽-

아무것도 터놓을 수 없다고 절망하던 이들은 끝내 자신들의 치부를 서로 공격한다. 그것은 바로 진희가 레즈비언임을 고백할 때, "정말 역겹다."며 폭언을 퍼부었던 것과 "사람도 아닌 것처럼 경멸하듯 봤"다는 사실이다. 서로의 치부를 모두 드러낸 그들은 이후 관계를 끊고, 미주는 진희의 죽음으로부터 시작된 이 사연을 사제인 '나'에게 털어놓는다. '나'는 미주의 고백을 듣고 미주와 연인이었을 때, 미주가 흘렸던 눈물을 떠올린다. 그리고 "미주의 몸에 갇혀있던 이야기"가 바로 진희의 죽음이었음을 깨달으며, 미주의 내면과 미주라는 사람의 삶을 깊이 이해하게 된다.

이처럼 고백을 통한 자기반성은 한 개인을 개인의 영역에 머무르게 하는 것이 아니라, 타인과의 연대를 이루게 한다. 죄와 부채는 혼자서 짊어져야 하는 것이지만, 타인과 나눌 때 심리적 무게감은 한결 줄어든다. 「지나가는 밤」의 주희와 윤희, 「601, 602」의 효진과 나, 「손길」의 혜인과 숙모는 죄와 부채를 함께 나누는 모습을 통해 하나의 심리적 집단을 형성한다. 최은영의 인물들은 이 안에서 서로 아파하고 울고 절망하지만, 결코 주저앉지는 않는다. 그들은 자신들 '개인'이 하나의 집단으로서 연결되어 있음을, 그 안에서 함께 슬퍼하고 아파할 수 있다는 사실을 잘 알기 때문이다. 이를 통해 그들은 '전체'와 '비-전체'

의 경계를 허무는 공동체를 형성한다.

5. 2010년대 작가 최은영

발터 벤야민은 소설에 대해 "제3자의 운명을 우리들에게 제시해주기 때문에 그런 것이 아니라 이러한 제3자의 운명이, 그 운명을 불태우는 불꽃을 통해서 우리들 스스로의 운명으로부터는 결코 얻을 수 없는 따듯함을 우리들에게 안겨주고 있기 때문"[10]이라 정의했다. 마치 최은영의 소설에 대한 정의로 읽히는 이 문장은 우리에게 한 가지 시사점을 제공한다. 소설을 통해 우리가 생각할 수 있는 가장 큰 것이 바로 우리의 삶이라는 점이다. 소설은 타자를 이해하는 일이지만 근본적으로는 자신을 이해하는 일이다. 쇼코의 미소를 확인하는 과정은 자기 자신을 탐색하는 길이라는 양재훈의 적절한 지적[11]처럼, 우리 주변의 쇼코와 투이, 미진을 비롯한 '여성'들의 삶을 통해 '나'를 돌아볼 때, 비로소 우리는 '여성'의 위치에 자신이 놓여있는 것은 아닌지에 대해 생각할 수 있다.

최은영은 이러한 '여성'의 삶을 자기반성과 공동체라는 측면에서 차분히 성찰하였다. 최은영의 성찰이 낯선 것은 아니다. 오히려 매우 익숙한 형태이며 2000년대 이후의 우리 문학이 지금껏 주력으로 삼은 형태이다. 그럼에도 최은영의 소설이 우리에게 매우 익숙하지 않은 형

---

10) 발터 벤야민, 반성완 역, 「얘기꾼과 소설가」『발터 벤야민의 문예이론』, 민음사, 185쪽.
11) 양재훈, 「그들은 다시 만나야 한다」, 『제5회 젊은작가상 수상작품집』, 문학동네, 2014년.

태로 다가온 이유는, '나'가 자폐적 개인이 아니라 사회의 일부임을 제대로 조망해주었기 때문이다. 이는 2000년대 이후의 한국문학이 놓쳐온 부분이라 할 수 있는데, 최근의 한국문학이 외쳐온 공동체의 가능성이 최은영에 이르러서야 비로소 제대로 구현되는 것으로 보인다. 최은영이 보여주는 이러한 가능성이 보다 넓고 깊어지기를, 최은영을 통해 우리의 삶이 조금 더 풍성해지기를 바라는 맘을 담아, 그의 소설을 한 대목 인용하며 글을 맺는다.

> 그런 밤이 있었다. 사람에게 기대고 싶은 밤. 나를 오해하고 조롱하고 비난하고 이용할지도 모를, 그리하여 나를 낙담하게 하고 상처입힐 수도 있는 사람이라는 피조물에게 나의 마음을 열어 보여주고 싶은 밤이 있었다. 사람에게 이야기해서만 구할 수 있는 마음이 존재할지도 모른다고 나의 신에게 조용히 털어놓았던 밤이 있었다.
>
> -「고백」, 209쪽-

당선소감 : 진기환

문학 같은 거 읽어서 뭐하냐는 사람들이 있다. 그 시간에 생산적인 일을 하라고. 그런데 세상에는 여전히 문학을 통해서 위로받고, 치유받고, 마음을 성장시키는 사람들이 있다. 나는 사람의 마음이 움직이는 게 가장 위대한 일이며, 가장 생산적인 일이라 믿는다. 그리고 비평은 그 순간을 논리적으로 성실하게 기록하는 일이라 믿는다. 이런 믿음으로 글을 써왔다. 믿음이 헛되지 않았던 거 같아 기쁘다. 믿음이 틀리지 않았다는 확신을 주신 심사위원들께 감사드린다.

한신대와 인하대에서 나를 가르쳐 주신 선생님들께 감사드린다. 특히 문학비평이라는 장르의 매력을 가르쳐 주신 서영채 선생님, 부족한 학생을 제자로 받아주시고 격려해 주신 김동식 선생님. 두 분을 만났기에 지금의 내가 있을 수 있었다. 너무나 감사하다.

당선 소식을 듣고 자기 일처럼 기뻐해 준 친구, 선배들에게도 감사하다. 10년째 우정을 이어가고 있는 (구)파피루스 멤버들과 한신팸 친구들, 인하대 학우들. 이들과는 앞으로도 같이 읽고 쓰고 대화하며 삶의 소중한 부분들을 함께 나누고 싶다.

군 복무 중인 내가 글을 쓸 수 있도록 배려해주신 김복찬 중령님, 이민형 중령님, 김다운 대위님, 이경우 중위님, 고석순 상사님, 이병준 중사님. 이분들의 격려 덕분에 군 복무 중임에도 읽고 쓰는 일을 계속할 수 있었다. 훌륭한 지휘관 밑에서 복무할 수 있어 기쁘다. 이처럼 소중한 인연을 만들어주시고 기적 같은 선물을 주신 하느님께도 감사하다. 마지막으로 엄마와 하나밖에 없는 내 동생. 글 쓰고 공부하는 아들 뒷바라지를 위해 많은 부분을 희생한 우리 엄마. 앞으로 당신의 삶을 생각하며 부끄럽지 않은 글을 쓰는 평론가가 되겠습니다. 감사하고 사랑합니다.

개인서 공동체로의 연결 과정 잘 짚어

매년 신춘문예에 응모한 신인들의 작품을 보면서 현재의 우리 문학을 가늠해 보는 일은 즐거운 연례행사다. 관문에 들어선 이들의 글은 한편으로는 우리 문학에 대한 동시대 독자들의 자연스러운 감각과 관심의 표현이며, 또 한편으로 그 감각이 의미와 가치를 획득해 가는 논리의 경로이기 때문이다.

응모작들을 읽으면서 우리 시대의 문학에 대한 독자들의 평균적 감각이나, 혹은 문학을 이해해가는 논리의 경향성을 쉽게 찾을 수 없어서 아쉬웠다. 이 역시 하나의 경향이라면, 우리 시대의 문학이 동시대의 삶과 영향을 주고받는 밀도가 약해졌다는 징후라고도 할 수 있겠다. 작품 해석에 큰 도움이 되지 않는 이론의 불필요한 인용이나 독자를 설득하지 못하는 주관적 단언들이 완성도를 떨어뜨리는 글도 적지 않았다.

숙고 끝에 '공감과 자기반성의 공동체-최은영 론'을 최종 당선작으로 결정한 이유는 최은영의 개성을 차분히 밝혀가면서 개인으로부터 출발한 소설이 공동체로 연결되는 과정을 적절히 짚어내고 있다고 생각했기 때문이다. 좋은 평론은 잘 읽는 일에서부터 시작된다.

그러나 거기에서 끝나지 않고 독자들이 함께 그 작품을 잘 읽어야 할 이유를 설득할 수 있어야 한다. 그리고 그 과정에서 독자들이 작품에서 얻은 감동과 공감을 설명할 수 있어야 한다.

당선작은 그 덕목을 갖추고 있다. 첨언하자면 이론에 기댄 앞부분보다 작품을 중심으로 논의를 전개해 나간 뒷부분이 더 설득력 있게 읽혔다. 그 설득력이 더욱 풍부하고 섬세해지기를 기대한다. 당선을 진심으로 축하드린다.

심사위원 : 정과리 · 서영인 문학평론가

2021 문화일보 신춘문예 당선 평론

김진석

1994년 부산 출생
동의대학교 문예창작학과 졸업
2021년 〈문화일보〉 신춘문예 평론부문 당선
rlawlstjr56@naver.com

착란의 시간, 착상의 언어

- 김민정 시세계의 변모 과정

김진석

1. 술래잡기의 악몽

시는 자꾸만 달아나려고 한다. 자신을 둘러싼 형식으로부터, 시가 갖추어야 할 당위적 개념으로부터 시는 결별을 선언한 채 시가 아닌 곳으로 이탈하여, 시가 아닌 것을 시로 피어나게 한다. 도주하는 시, 다시 말해 모호하고 추상적인 모종의 형상을 언어로 재단하여 구체화된 텍스트로 발화시키는 것이 시인에게 주어진 지상과제라면, 시인은 필연적으로 시를 쫓는 술래의 책무를 지니게 된다.

그러나 김민정이 자신의 첫 번째 시집 『날으는 고슴도치 아가씨』(열림원, 2005)를 통해 보여준 모습은 쫓는 자/발견하는 자의 모습이 아니다. 시인의 시에 드러난 화자는 "대머리 물미역 장수가 나를 쫓아"(「엄마, 학교 다녀오겠습니다 -나는 안 닮고 나를 닮은 검은 나나들 3」)오는 상황이거나, 때로는 "오리발 같은 손바닥을 펼쳐 따박따박 도망치"(「자…살…자」)는 자이다. 술래여야 할 시인이 도망자가 된 역전된 상황은 인용한 다음 시에서 보다 면밀히 드러난다.

한 발에는 침실용 슬리퍼
한 발에는 은비늘색 하이힐을 신고서 여태 나는
도망치고 있어요
새끼발가락에 박힌 티눈 하나가 줄곧
내 뿌리를 노리고 있었거든요 그래도 나는
넘어지지 않아요 아직 내 사타구니에 머리 박은
옷솔 같은 털들이 쑥쑥 자라
날 숨겨주고 있거든요
아직까지는……

-「잠들어 거울 속에서 눈 뜬 검은 나나」 부분

도주 행위는 그것이 발각되었을 경우의 위험을 내포하고 있다. 화자가 당면한 위험은 "뿌리"가 노려지는 위험, 즉 존재론적 근원에 위협이 가해지는 상황이며 이러한 위협을 주는 대상은 다름 아닌 자신의 "새끼발가락에 박힌 티눈 하나"이다. 신체의 일부가 존재에 위협을 가하는 상황에서 화자를 "숨겨주고 있"는 것도 신체의 다른 부분, "사타구니에 머리 박은 옷솔 같은 털"이다. 하지만 "아직까지는……"이란 말미의 한탄을 통해 화자의 은폐가 한시적임을 알 수 있다.

물론 술래잡기에서 영원한 도주는 없으며, 은폐는 항상 한시적이어야 한다. 그 이유는 술래가 아닌 자의 본령이 쉽게 발견되지 않는 것, 뒤집어 말하면 어렵게 발견되는 것에 있기 때문이다. 철저히 은폐된 존재와의 술래잡기에서 술래는 망연한 공간을 표류하는 방랑자에 지나지 않으며, 발견되지 않는 자 역시 광막한 공간에 홀로 남겨진 미아와 다르지 않다. 아득한 상실의 시간에 마침표를 찍기 위해, 즉 술래잡기를 끝내고 집으로 돌아가기 위해서 두 존재는 서로를 찾아 나서게 된다.

그러나 술래잡기의 관계 양상이 발견하는 자(주체)-발견 되는 자(객체)의 관계에서 발견하는 자(주체)-발견하는 자(주체)의 관계로 변모되면, 지체된 술래잡기의 결말은 혼돈 속에서 서로가 서로를 찾아 헤매는 무연한 외침으로 귀결된다. 주체가 객체가 되고, 객체가 주체가 되는 방랑의 과정 속에서 당연히 술래잡기의 승자와 패자를 구분 짓는 이분법적 구별은 불가능하다.「잠들어 거울 속에서 눈 뜬 검은 나나」 속의 술래잡기 역시 승자와 패자가 불분명하다. 발견되었으므로, 시의 화자는 패자의 위치에 규정되는 것이 마땅하지만 발견한 자 역시 화자의 일부인 "새끼발가락에 박힌 티눈 하나"이다. 숨는 자, 숨겨주는 자, 발견하는 자가 모두 '나'의 일부라는 점에서, 시에서 드러난 술래잡기는 '나'를 찾는 탐색의 과정이자 '나'로부터의 도주의 과정으로 이해가 가능하다.

그러나 표면적으로 시에서 드러나는 술래잡기의 양상은 탐색자로서의 '나'의 모습이 배제된, 은폐자로서의 '나'의 모습뿐이다. 그 이유를 찾기 위해서 우리는 인용된 시의 제목과 다른 부분에 주목할 필요가 있다.

셀로판지같이 얇은 스킨으로 몸을 도배한 공 하나가, 공 두 개가,
나를 닮은 제각각의 공 하나 하나들이 우당탕 입 밖으로 굴러나왔다
너 여기 있었구나, 나도 여기 있었는데…… 그럼 재는, 그럼 그 옆에

재는, 그럼 그 옆에 옆에 재는, 그럼 옆에 옆에 옆에 재들은 다……누구세요?

-「잠들어 거울 속에서 눈 뜬 검은 나나」 부분

"셀로판지같이 얇은 스킨으로 몸을 도배한 공"은 "나를 닮"아 있다. 공들은 "너 여기 있었구나, 나도 여기 있었는데……"라며 서로를 알아보지만, 공의 개수가 늘어남에 따라 서로를 알아볼 수 없게 되며 결국에는 "누구세요?"라는 질문을 던지게 된다. 그리고 이 모든 상황은 「잠들어 거울 속에서 눈 뜬 검은 나나」라는 제목이 시사하듯 "거울 속에서"벌어진다.

거울은 실재하는 존재를 비춤으로써 존재의 현상을 만들어낸다. 거울 속에서 '나'는 무한히 증식할 수 있지만, '나'-실재와 구분되지 않는 '나'-현상의 무한한 증식은 역설적으로 '나'-실재의 존재를 모호하고 불분명하게 만든다. 이러한 자기 복제의 혼돈 속에서 독자는 물론 "공"들 또한 서로가 서로의 실재인지, 혹은 현상인지를 명확히 구분해내지 못한다. 그들에게 있어서 서로는 "누구세요?"라는 질문을 던질 만큼 서로에게 타자에 다름 아닌 존재이며, 이러한 상황에서 존재들은 서로의 외형적 닮음과 맞물리며 시의 세계를 친숙함과 낯섦의 기이한 공존 상태로 만들어낸다. 그러나 당연하게도 자가 증식의 기이한 현장 속에는 시인이 찾는 '나', 실재하는 '나'는 부재한다. 복제의 장소는 어디까지나 "거울 속"의 공간이며, 실재하는 '나'는 거울 밖 외부에 존재하기 때문이다.

결론적으로 「잠들어 거울 속에서 눈 뜬 검은 나나」를 통해 알 수 있는 시인의 술래잡기 양상은 환영으로서의 '나'에게 쫓기는 과정이자 실재하는 '나'를 추적하는 악순환적인 꼬리잡기의 과정이다. 그러나 실재의 '나'는 거울 밖의 외부에 존재하며, 따라서 시/내부의 모습에 드러나는 화자의 역할은 언제나 도망자의 역할로 규정된다. 이를 통해 두 가지 사실을 유추해낼 수 있다. 하나는 시인의 술래잡기가 주체와 객체, 승자와 패자의 구분이 불가능한 양상에 도달하기까지 방랑자/미아로서의 지난한 과정을 겪어왔다는 점이며, 또 다른 하나는 실재하는 '나'가 거울 밖의 외부에 존재하는 한 내부에서의 '나'를 발견한다고 해도, 이는 결국 방랑자/미아로서의 나의 역할을 자각하는 데 불과하다는 것이다.

포획의 가능성이 없는 추격과, 탈출의 가능성이 없는 도주는 "도돌이표 도돌이표로 다시 밤마다"(「고통에 찬 빨래 되기-나는 안 닮고 나를 닮은 검은 나나들 3」)재현되며 이는 무한한 궤도를 그리는 악몽의 연속과 다르지 않다. 악몽 속에서 시인은 끊임없이 분화/미립화되고 이는 "눈알"로 묘사된 탈중심화된 기관이 "눈알나무"라는 유기체를 거부하는 풍경으로 연출된다.

2. 생성의 시간

나는 한 그루의 거대한 눈알나무, 밤마다 내 몸에서는 사랑스런 난자 대신 눈알들이 자라났다 개중 뼈가 휘도록 탱탱하게 살찐 녀석들은 고무공처럼 이리 팅 저리 팅 튀겨다니더니 나만 모르게 꼭꼭 숨어버리곤 했다 어디 갔을까, 어디로 사라져버렸을까 어느 날 맞아죽은 개의 악다문 입 속에서 말똥말똥 눈동자를 굴리고 있는 눈알 한 개를 찾아냈다 하지만 망치로 개의 이빨을 깨부수는 동안 부풀 대로 부푼 눈알은 오히려 죽은 개를 한입에 삼켜버리고 마는 것이었다

-「멀리 개 짖는 소리 들리더니」 전문

시의 화자는 "난자 대신 눈알들이 자라나"는 "거대한 눈알나무"이다. 화자는 "꼭꼭 숨어버린" "눈알"을 찾다가 "맞아죽은 개의 악다문 입 속"에서 "눈알 한 개"를 발견해낸다. 그러나 개의 입 속에서 눈알을 꺼내려는 화자의 의지와 무관하게 "눈알은 오히려 죽은 개를 한입에 삼켜버리고"만다. 이러한 시의 풍경은 눈알나무-눈알의 관계가 통념적인 나무-열매의 개념으로 도식화되지 않으며, 눈알이 자신의 생의 발원지인 눈알나무로부터 도주/탈주를 선포했음을 의미한다. 이를 통해 시인-유기체의 기관은 더 이상 중심에 종속된 대상이 아니며, 눈알나무와 눈알이 내포하고 있는 강밀도(intensity)의 역전된 상황은 오히려 기관에 의해 신체가 위협에 처할 가능성을 함의한다는 것을 알 수 있다. 다시 말해, 이 작품은 화자가 미립화된 분신에게 느끼는 공포의 발화이며 이는 들뢰즈/가타리의 개념을 빌려 말하자면, 기관 없는 신체(corps sans organs)가 꾸는 악몽의 현현이다.

기관 없는 신체가 '-되기(devenir)'의 바탕이자 궁극적 목표임을 고려해본다면 시인은 "티눈 하나가 줄곧/내 뿌리를 노"릴 때까지, 그리고 눈알이 "오히려 죽은 개를 한입에 삼켜버리"기 전까지 무수한 '-되기'의 과정을 거쳤을 것이다. 실제로 『날으는 고슴도치 아가씨』의 1부, '그녀들의 메르헨'에서 시인은 "거북이를 찾아나"선다. 그리고

"불가사리처럼 내 안에 포복해 있는 붉은 네 그림자"(「거북 속의 내 거북이」)를 발견해냄으로써 '거북-되기'의 가능성을 제시한다. 뿐만 아니라 "길고 긴 입맞춤으로/두꺼비 왕자의 감추었던 물갈퀴를 찾아"내며 (「두꺼비 왕자는 냄새나서 슬퍼」) '두꺼비-되기'의 가능성 또한 보여준다. 이렇듯 시인의 강밀도는 시인 자신-중심을 제외한 모든 것에 가담하며 리좀(rizhome)적인 탈주와 생성의 곡선을 그린다.[1)]

자물쇠 단단한 철창 안에서만 잠들 줄 아는 날 내다 팔기 위해 오늘도 아빠는 포수로 그림자를 갈아입는다 나는 도망치지만 발빠르게 헛돌아가는 외발자전거는 땅속 깊이 층층 계단으로 쌓아 내린 뼈 마디마디를 뭉그러뜨리며 또 다른 사각의 메인 스타디움 안에 발 빠진다 끝도 없이 페달을 감아대는 레이스 끝에 홈스트레치에 접어들자 관중석마다 빽빽이 들어차 있던 나들이 일제히 일어나 박수로 내 나침반을 겨냥한다 (중략) 아빠가 나눠준 족집게로 오뚝이들 차례차례 내 머리칼을 뽑아댄다 나이스 풀러, 예 좋아요, 좋아 그치만 한 번에 딱 한 가닥씩이오 머리칼이 뽑혀 나가 입 벌어진 모공 속에다 엄마는 색색의 셀로판지로 깃대 단 이쑤시개를 꽂아 넣는다 쑥쑥 잘 크거라 내 나무야 엄마가 물 조리개로 물을 뿌려주자 나는 화살이었다가 우산이었다가 낚싯대였다가 장대높이뛰기용 장대로 키 자라는 한 마리의 거대한 고슴도치가 되어 뾰쪽뾰쪽한 털들을 비벼대기 시작한다 울울창창한 가시 숲에서 색색의 단풍이 물들어 나리자 여기저기 날

1) 질 들뢰즈 · 펠릭스 가타리, 『천개의 고원』(김재인 옮김, 새물결, 2001)

아든 담뱃불로 지져진 내가 폭죽처럼 하늘을 향해 쏘여진다 색색의 꽃방석을 뒤집어쓴 채 날으는 고슴도치 한 마리, 사방팔방 불붙은 가시를 발사한다

-「날으는 고슴도치 아가씨」 부분

1부, '그녀들의 메르헨'에 마지막으로 수록되어있는 위 시는 시인의 초기 시 세계를 가장 선명하게 드러낸다. 인용한 시에서 "아빠"와 "엄마"는 화자가 자신의 원류源流로서, 자신이 믿고 의지할 수 있는 대상이 아니다. 오히려 무정형으로 분열된 화자의 분신이, 악몽 속에서 '아빠'와 '엄마'의 형상으로 현현한 결과물에 더욱 가깝다. 타자화된 '나'-"아빠"는 "날 내다 팔기 위해" "포수로 그림자를 갈아입"으며, 화자는 이로부터 "도망치지만" 결국 "또 다른 사각의 메인 스타디움 안에 발"이 빠져서 도주에 실패하고 만다. 화자가 뒤이어 맞이한 국면은, "관중석마다 빽빽이 들어차 있던 나"의 발견이다. 관중석에서 술래잡기를 조망하는 인물들 역시 '나'의 분화이며 분열된 주체들이다. 「잠들어 거울 속에서 눈 뜬 검은 나나」에서 우리가 "입 밖으로 굴러나"오던 "공"들을 구분할 수 없었듯이, 위 시에서도 마찬가지로 도망치는 '나'와 관중석에 있는 '나'들은 구분될 수 없다. 따라서 도망치는 화자 역시 실재의 공간-외부로부터 허구의 공간-내부로 파생된 분신이란 유추가 가능해지며, 이는 관중석의 수많은 '나'들 역시 도주의 과정을 후험적으로 겪었다는 사실을 가리킨다. 정리하자면, 「날으는 고슴도치 아가씨」라는 발랄한 제목의 시 속 공간은 사실, 증식과 분열의 지옥도이자 '나'와 '나의 분열'이 서로 쫓고 쫓기며 착종되는 착란적인 술래잡기의 장

이며, 이 모든 악몽이 공전公轉하고 공전空轉하는 윤회의 수레바퀴이다.

덧없는 윤회 속에서 화자의 방향성, "나침반"은 "겨냥"당한다. 화자는 "아빠가 나눠준 족집게"에 "머리칼"이 뽑히고, 그런 화자의 몸에 "엄마"는 "색색의 셀로판지로 깃대 단 이쑤시개"를 박는다. 폭력적 행위와 탈구된 이미지의 연속에서 화자는 "화살, 우산, 낚싯대, 장대높이뛰기용 장대"와 같은 사물로 변주되며 첨예화 과정을 거친 뒤, 마침내 "뾰쪽뾰쪽한 털"을 가진 고슴도치로 거듭난다.

장미의 가시가 그렇듯, 가시의 임무는 대상에 대한 공격성이 아닌 대상으로부터의 접근 불가능을 의미한다. 가시를 지니게 되었다는 점에서 이를 술래잡기에서 백기를 흔드는 행위, 혹은 자기 방어의 일환으로 볼 수도 있으나 가시를 지닌 주체가 "날으는 고슴도치"이고 그 고슴도치가 지니고 있는 가시가 "불붙은 가시"라면 얘기는 달라진다. 날개를 지니지 않은 존재가 비행하기 위해서는 내재되어있는 힘의 발산이 필요하며, "폭죽처럼 하늘을 향해 쏘여진다"는 점에서 그것은 내부에 응축된 힘의 폭발이다.

그 힘은 "사방팔방"으로 퍼져나간다. 시인이 보여주었던 세계가 '나'의 증폭과 복제가 반복되는 내부의 공간이었다면, 그 공간의 밀도가 포화 상태에 이르렀을 때 내부의 존재들이 외부로 터져 나오는 것은 당연하다.

> 이제 내가 불신하는 건 나의 지문, 나의 배내똥
> 이제 내가 머리 두는 땅은 피 끓는 너의 단속곳
> 다시 무정란 속으로 역류하여 들이차는

이 달짝지근한 액취……

오오 버려짐의 축복이여!

-「다시 무정란 속으로」 부분

흔히 알은 세계에 비유된다. 그것은 인류가 오래전부터 상상해온 우주란宇宙卵의 연장이며 내부에 무엇을 내재하고 있을지 모르는 가능성의 세계이자, 내재된 무언가에 의해 깨진다는 점에서 새로운 세계의 출현을 예고하는 상징이다. 그런데 「다시 무정란 속으로」 제목이 드러내듯이 시인의 세계는 무정란이다. 무정란은 정자와 수정하지 못한 난자의 세계이며, 존재생성의 가능성이 없는 불완전한 세계이다. "지문"과 "배내똥"이란 존새의 증거가 "불신"의 대상에 지나지 않는다는 점에서 「다시 무정란 속으로」란 제목은 시의 화자가 존재의 존재없음을 지향하거나, 혹은 무정란 속으로의 칩잠을 간구하는 것으로 이해되기 쉽다.

그러나 시에서 주목을 요하는 부분은 "다시 무정란 속으로 역류하여 들이차는/이 달짝지근한 액취"이다. 알이 세계로 환원된다면, 무정란은 시인의 세계이다. 『날으는 고슴도치 아가씨』에서 시인이 보여준 세계가 '나'의 증식이 반복되는 생성의 세계였다면, 무정란은 빼곡히 밀집된 난자들이 자기 복제를 이어가는 증폭의 공간으로 이해 가능하다. 이는 고슴도치가 "불붙은 가시"처럼 "사방팔방"(「날으는 고슴도치 아가씨」) 발산되는 동력이 무엇인지 암시한다. 즉, '나'의 부단한 증식으로 인해 내부의 공간이 포화상태에 이르러, "역류하여 들이차는/이 달짝지근한 액취"가 마침내 무정란 속을 가득 채우게 되면서 내부에 응축되어 있던 힘이 발산하게 되는 것이다.

병아리가 알을 깨고 나와 땅을 밟듯이 한 세계로부터의 탈출이 다른 세계로의 진입을 이끌어낸다면, "역류하여 들이차는" 힘에 의한 무정란 내부의 진동은 시인의 시작詩作의 방향이 기존의 세계에서 또 다른 세계로 진입하리란 암시로 해석할 수 있다. 그러나 정자와 수정되지 못한 불완전한 난자의 세계에서 온전한 생산의 결과물-병아리가 나올 리 없다. 그렇다고 해서 무정란이 아무것도 생성하지 못하는 것은 아니다. 김민정의 무정란에서 나오는 것은 당위적인 가치체계 속에 포함되지 못한 결여들이 탄생한다. 결여된 존재의 자리는 언제나 변두리에 지정된다는 점에서 이들은 시인의 시에서 중심으로 귀속되지 못한 잉여의 형상, 즉 '똥'의 모습으로 나타난다.

3. 표류하는 똥

응축된 존재들의 발산이 시인이 지향하는 시 세계의 향방과 연관된다면, 발산의 양상이 변모해가는 과정을 추적함으로써 시인이 도달해 가는 시 세계의 면모를 짐작해볼 수 있을 것이다. 『날으는 고슴도치 아가씨』에서 인용한 「숨은 집 찾기 놀이」와 시인의 두 번째 시집인 『그녀가 처음, 느끼기 시작했다』(문학과지성사, 2009)속에 수록된 「별의별」, 마지막으로 세 번째 시집인 『아름답고 쓸모없기를』(문학동네, 2016)의 「소서라치자」까지 총 세 편의 시는 내부의 '나'-똥을 내보내는 시인의 태도가 시간차를 두고 점진적으로 변화해왔음을 면밀히 드러낸다.

1) 자다 똥독이 올라 죽었다는 내 묘비명을 읽고 벌써부터 내 손자란 놈이 저만치에서 달려오고 있다

-「숨은 집 찾기 놀이」 부분

2) 오줌을 누고 밑을 닦은 휴지에 빨간 고춧가루 한 점 하마터면 별인가, 콕 집을 만큼 반짝거렸습니다 변비에는 역시 비코그린보다 알알이 다시마 환이 최고라는 생각입니다

-「별의별」 부분

3) 내가 손으로 그랬듯 그들 또한
날달걀에 비빈 밥을 더는 비려하지 않을 나이 마흔이면
모르긴 몰라도 똥 하나는 기차게 싸게 될 거야

-「소서라 치자」 부분

1)의 화자는 "똥독이 올라 죽었다는" 자신의 묘비명을 읽고 있다. 여기서 "똥독"이라는 사인死因은 내보내야 할 것을 내보내지 못해서 생긴 결과, 즉 분열과 복제를 이어나가던 '나'의 분신들이 끝내 밀폐된 공간 속에서 배출되지 못했음을 시사한다. 그러나 "내 묘비명"을 화자 자신이 읽고 있다는 점에서 화자의 죽음은 실제로 발생한 사건이 아니라 머지않아 일어날 일에 대한 예견에 가깝다. 따라서 1)의 시가 드러내고 있는 것은 화자 자신이 똥을 누지 못하는 상황의 심각성을 깨닫고 있다는 뜻이며, 방치가 빚어낼 끔찍한 결말을 예지한 시인

이 그 결과를 회피하기 위해 몸부림치는 것은 당연하다. 그리고 이 몸부림은 2)에서 "비코그린"과 "다시마 환"이란 치료책을 강구하는 모습으로 나타난다. "다시마 환"의 덕택인지, "날달걀에 비빈 밥을 더는 비려하지 않을 나이 마흔"에 이르러서인지 "똥 하나는 기차게" 싸는 걸로 보아 3)의 화자에게 배출의 과정은 더 이상 지난한 고행의 과정이 아니다.

질병-치료-극복으로 이어지는 병리학적 치료과정을 떠올리게 하는 세 편의 시를 통해서 우리는 시인이 내재된 존재를 발산하는 양상이 변화했음을 짐작할 수 있다. 내부의 공간이 포화상태에 이르기까지 인고의 시간을 거친 뒤 가까스로 터트리는 단속적인 발산의 모습에서 자연스럽고 주기적인 순환의 단계로 접어든 것이다. 발산의 빈도가 증가함과 더불어 "날달걀에 비빈 밥"이라는 외부의 실재를 체내화(incorporation)하고 결과물을 생산하는 데 소모되는 힘의 수치가 낮아졌다는 점에서, 시인의 세계가 거울 속과 무정란 속의 세계에서 외부의 세계로 성공적으로 진입했다고 말할 수 있다.

그러나 이렇게 세계에 진입한 똥의 실체는 무엇인가? 포획의 가능성이 없는 추격과 탈출의 가능성이 없는 도주 끝에 가시를 세운 무정란 속에서 증식하던 '나'들이 그 밀도를 이기지 못하고 터져 나온 생성물이 아니던가. 따라서 성공적인 진입이 외부와의 합일, 혹은 외부와의 완전한 동화를 이루었다는 의미는 아니다. 똥은 자연의 측면에서는 분명 순환의 일원이지만 신체의 측면에서는 버려진 잉여의 총체에 불과하다. 또한 똥은 내부로부터 발화된 '나'들의 집적물이 외부로 배출된 것이라는 점에서, 생산의 결과물이자 동시에 '나'가 세계에 거주하는 하나의 방식으로 이해된다. 그리하여 나-똥은 세계 내에 자리잡게 됨으로써 환경 속에 포함된 환경의 일부로서 또 다른 일부를 담당하는 타자들과 관계맺음을 이어나가지만, 타자들 또한 시인과 마찬가지로 당위적 가치체계 속에 포함되지 못하고 버려진 결여되고 불완전한 존재들이다. 비규범과 비도덕에 속한 자들의 관계는 대체적으로 "순종하지 않는 년은 바로 죽인다"(「아내라는 이름의 아, 네」)라는 협박과 "뭘 째려 이 썅년아, 너도 인하대 나가요지?"(「미혼과 마흔」)라는 욕설 섞인 비아냥을 발생시키지만, 그악스럽고 조야한 양자의 관계 속에서 시인은 "하마터면 별인가, 콕 집을 만큼 반짝거"리는 순간을 발견해내기도 한다.

천안역이었다
연착된 막차를 홀로 기다리고 있을 때였다
플랫폼 위에서 한 노숙자가 발톱을 깎고 있었다
해진 군용 점퍼 그 아래로는 팬티 바람이었다
가랑이 새로 굽슬 삐져나온 털이 더럽게도 까맸다
아가씨, 나 삼백 원만 너무 추워서 그래
육백 원짜리 네스카페를 뽑아 그 앞에 놓았다
이거 말고 자판기 커피 말이야 거 달달한 거
삼백 원짜리 밀크 커피를 뽑아 그 앞에 놓았다
서울행 열차가 10분 더 연착될 예정이라는 문구가
전광판 속에서 빠르게 흘러갔다 천안두리인력파출소
안내시스템 여성부 대표전화 041-566-1989

순간 다급하게 펜을 찾는 손이 있어
코트 주머니를 뒤적거리는데
게서 따뜻한 커피 캔이 만져졌다
기다리지 않아도 봄이 온다던 그 시였던가
여성부를 이성부로 읽던 밤이었다

-「그녀가 처음, 느끼기 시작했다」 전문

인용한 시에 등장하는 타자 역시 갈취라는 이름의 폭력을 행하는 부정적인 타자의 모습으로 보인다. 생을 이어나간다는 점에서 그는 자연의 순환구조 속에 가담한 인물이지만, 사회가 지향하는 가치체계 속에서 누락된 "노숙자"라는 점에서 화자와 마찬가지로 똥에 다름 아닌 존재로 볼 수 있다.

그러나 그는 "코트 주머니를 뒤적거리는데/게서 따뜻한 커피 캔이 만져졌다"라는 화자의 말을 통해 그는 기존의 부정적인 타자들과 차이를 가지게 된다. 돌려받은 "육백원 짜리 네스카페"는 불화의 시간 속에서 타자가 내민 화해의 손이며, 그 체온은 흡사 봄의 온도와 닮아있다. 이 온기의 감지는 지상의 가장 낮은 곳에서 가장 미천한 존재로 현현한 천상의 가장 높은 가치-별을 발견해낸 것과 다르지 않다. 하지만 시인의 시를 통해 드러난 가치가 천상의 숭고함을 닮았다 해도, 그것이 현현한 장소가 하수구와 다를 바 없는 똥들의 세계임을 고려해본다면 그 현현은 영원불멸의 상태로 남을 수 없다. 다시 말해, "빨간 고춧가루 한 점"에서 별을 발견한다고 한들 발견의 순간은 찰나에 불과하며 고춧가루는 어디까지나 "오줌을 누고 밑을 닦은 휴지"에 귀속된 비천한 존재라는 의미이다.

시인은 이러한 찰나의 순간을 발견해내기 위해 부단히 노력하지 않는다. 이는 시인이 시세계를 통해 태양이 존재하는 천상으로 나아가지 않으며, 마찬가지로 태양을 하수구 속에 끌어들이는 노력 또한 하지 않는다는 말이다. 그렇기에 시인의 시는 인위적이지 않으며 또한 가식적이지 않다. 정리하자면, "육백 원짜리 네스카페"를 돌려받는 순간은 하수下水에서 상수上水로 거슬러 올라갈 수 있는 이탈의 가능성이 아니라 하수구 속에서 흘러 다니는 똥들의 절절한 사연이자, 그 속을 표류해나갈 수 있는 추동의 힘인 것이다.

『날으는 고슴도치 아가씨』의 세계가 '나'의 허상이 갖가지 형상으로 변주되고 증식하는 만화경 속의 술래잡기였다면, 『그녀가 처음, 느끼기 시작했다』는 증식체들이 외부로 발산됨으로써, 외부의 존재들과 결탁해나가는 세계이다. 그러나 시인의 시세계는 여기서 멈추지 않는다. 시인의 시는 하수를 표류하는 다른 똥들과의 관계 맺음을 넘어, 이제 하수구 속에서마저 이탈해버린 똥들에 대한 위무慰撫의 세계에 다다른다.

4. 진혼의 언어와 고통의 전달자

검은 침대보 위에
희고 마른 부스러기
그건 빵가루가 아니라고 노인이 말했다
소금은 역사 속에

설탕은 커피 크림 옆에
건선으로
반평생 몸을 긁던 노인이 말했다
(중략)
노인은 대접에 밥을 푼다
끓인 물을 붓는다
그후로
오래
그렇게
꽂혀 있던 숟가락 하나

-「놋」 부분

가장자리는 쉽게 떨어져나간다. 중심에서 가장 먼 곳에 위치하며 내부에 결속되지 못했기 때문에, 가장자리는 외부의 자극에 기다렸다는 듯이 이탈의 행정行程을 걷는다. 닿아있는 접점이 적었으므로, 그리고 차지했던 면적이 좁았으므로 가장자리의 공백은 빠르게 잊히며 쉽게 메워진다. 인용한 시에 등장하는 노인 역시 가장자리의 존재이다. 미식美食이 주는 즐거움을 아는 중심의 존재들과는 달리, 그에게 식食은 살기 위한 최소한의 몸부림으로 보인다. "소금은 역사 속에", "설탕은 커피 크림 옆에" 있으며 자신의 옆에 있는 건 "건선으로" "반평생 몸을 긁"어 생긴 "희고 마른" 각질뿐이다. 맨 밥에 "끓인 물"을 붓는 게 식사의 전부지만, 노인은 그 식사마저도 끝마치지 못한 채, 황망히 생을 이탈해 버린 듯하다.

화자의 시선은 "그후로/오래/그렇게/꽂혀 있던 숟가락 하나"에 멈춰 있다. 살아있던 자가 죽음의 경계를 넘었으므로, 물을 만 밥은 더 이상 산자의 양식이 아니라 죽은 자의 양식이 된다. 다시 말해 "꽂혀 있던 숟가락 하나"는 식사의 방식이 아니라 제의祭儀의 방식인 삽시정저插匙正箸로 보는 게 마땅하다. 시인이 "숟가락 하나"에 시의 초점을 집요하게 맞추면서 식의 의미를 전복시키고 있다면, 시 전체의 의미를 축약하고 있는 시의 제목 또한 "숟가락 하나"와 연관 지어 볼 수 있다. 즉, 시에서 등장하는 "숟가락 하나"는 제의에 사용하는 '놋숟가락'. 제구祭具의 의미를 가진다. 정리하자면, 물을 만 밥은 노인이 준비하던 생에서의 마지막 음식이자 동시에 스스로 차린 단출한 제사상이며, 시인은 제삿밥에 꽂혀있는 숟가락을 오래 조명함으로써 시에 제사의 현장을 담아내고 있다. 이는 이탈한 가상자리의 공백을 기억해내고 세상에 알리기 위한 시인의 노력이며, 떨어져 나간 가장자리에게 건네는 위로와 안타까움이다.

죽은 자를 위로하는 진혼鎭魂은 사실 사제司祭들의 오래된 책무 중 하나이다. 그들은 신과 인간을 연결하는 매개자로서 생과 사의 지점에 가교를 놓아 대면할 수 없는 두 세계의 접점을 구현해낸다. 그리하여 사제들은 이승에서 부르는 위로의 목소리를 저승에 위치한 망자들에게 전달한다.

『아름답고 쓸모없기를』의 시세계에 이르러 시인은 '지금-여기'에 부재한 자들을 조명하고, 또 호명한다. "영정사진 속"에 있어 "여태 안 돌아오는" "그녀"의 흔적을 찾아 나서듯(「밤에 뜨는 여인들」), 시인은 찬찬히 사제의 영역으로 나아간다.

편집자 황예인과의 채팅

-나 〈대감놀이〉 듣는다

-언니 대감 복장도 어쩐지 어울리심

-굿 듣고 싶어 미치겠다 밤새 틀어놔

-무당 기운이 흐르나봐요 옆집에서 안 무서워하게 살살 틀어놔요

-요령 흔들고 싶고 장구도 치고 싶고

-요령 어서 구할 수 있지? 뭔가 해소해보아요

-요령 사고 싶다 진짜

-뒤져보니 방울처럼 생긴 건 안 나오고 종처럼 생긴 것만 나오네요

-엥? 어디서 파냐 이러다 작두도 사겠어, 나

-http://shopping.naver.com/search/all_search.nhn?query=%EC%9A%94%EB%A0%B9&cat_id=%frm=NVSHATC&nlu=true

-쥐마켓과 11번가에서 요령 파는 세상

-나 이 구절 시로 써도 되냐

-언니와 나눈 대화…… 언니 다 가져요……

-「수단과 방법으로 배워갑니다」 부분

위 시는 시인이 편집자와 나눈 "채팅"의 기록을 옮긴 것이다. "-쥐마켓과 11번가에서 요령 파는 세상"이라는 구절에 주목해보자. '무당방울'이라고도 불리는 "요령"은 무당이 굿을 할 때 사용하는 무구巫具이다. 무당은 무교巫教의 사제이며 그들 역시 신과 인간의 매개자 역할을 수임하는 존재들이다. 죽은 자의 영혼을 위무하기 위한 신물神物인 "요령"을 "사고 싶다 진짜"라고 말하며, 더불어 "〈대감놀이〉 듣는다", "굿

듣고 싶어 미치겠다", "장구도 치고 싶고", "이러다 작두도 사겠어, 나" 라는 시인의 발언에서 우리는 그녀에게 무당의 피가 흐르고 있음을 짐작할 수 있다.

사제에게 성역聖域에 발을 들이기 위해 통과해야 할 의례로서 서품식敍品式이 존재한다면, 무당에게도 마찬가지로 신령을 받아들이기 위한 의례인 '내림굿'이 존재한다. 그리고 내림굿을 받기 전에 무당 후보자들은 원인 없이 앓는 병인 신병神病을 겪어내야만 한다. 육체적인 고통과 환시幻視, 환청幻聽을 수반하는 형극의 과정은 무당을 속인俗人과는 구분되는 성스러운 존재로 거듭나게 만든다. 저승으로 가 아버지의 약을 구해 와 무당의 조상이 된 바리공주의 이야기가 말해주듯이 지상의 존재에서 천상의 존재로 환골탈태換骨奪胎하기 위해서는 자신에게 주어진 난처한 과업을 수임하고 인내하며 마침내 해결해야 하는 과정이 필요하다.

시인이 세 번째 시집에서 자신에게 샤먼의 기운이 들끓고 있음을 밝혔다면, 이전의 시집에서 무당-매개자로 거듭나기까지의 시인이 인내한 형극의 과정을 확인할 수 있어야 할 것이다. 무당이 겪어야하는 고난이 신병이며, 그것이 환청과 환시, 악몽의 증상을 통해 드러남을 고려해본다면 『날으는 고슴도치 아가씨』의 시세계는 시인이 무당으로 거듭나기 위해 신병을 앓는 과정으로 이해할 수 있다. 포획의 가능성이 없는 추격과, 탈출의 가능성이 없는 도주 속에서 '나'에게 쫓고 쫓기는 술래잡기는 분명 놀이의 과정이 아니라 악몽을 꾸는 과정이다.

신병은 속인에게 고통을 부여하여 그의 속된 영혼을 정화하고 속세를 초월한 자로 거듭나게 만든다. 그러나 무당은 전능한 신이 아니라 인간, 즉 반성인적半聖人的인 존재이므로 하늘의 뜻을 지상에 전달하는 일 뿐만 아니라 인간의 뜻을 하늘에 전달할 필요도 있다. 대체로 하늘의 뜻을 묻거나 자신의 뜻을 전달하려고 하는 자들은 현세의 고통과 어려움으로 인해 무당을 찾는 경우가 많다. 이 점이 바로 무당이 신병의 고통을 견뎌내야 하는 또 다른 이유이다. 무당은 고통에 내성耐性이 있어야 한다. 타자의 고통을 감수하기 위해서 그들은 고통을 들이마실 줄 알아야만 한다.[2)]

『그녀가 처음, 느끼기 시작했다』에서 드러난 시세계는 악몽 속에서 증식하던 시인의 자아가 외부로 분출되고, 그 곳에 존재하던 타자들과 관계를 맺어가는 곳이었다. 이를테면, "이미죽은내가 엄마아빠의 살을 조근조근 손톱깎이로 뜯어 홈을 판다"(「살수제비 끓이는 아이」)라고 말하던 시인이 "나 삼백 원만 너무 추워서 그래"라고 말하는 "노숙자"에게 "육백 원짜리 네스카페를 뽑아 그 앞에 놓"(「그녀가 처음, 느끼기 시작했다」)을 수 있게 된 곳이다. 시인의 시세계가 "요령"을 들기까지의 과정이라면, 이러한 태도의 변모양상은 신병을 겪고 고통을 체득한 시인이 마침내 타자의 고통을 이해하고 도울 수 있게 된 모습으로 이해할 수 있다.

---

2) 신병의 역할과 필요성에 관한 서술은 최준식의 『무교-권력에 밀린 한국인의 근본신앙』(모시는사람들, 2009)을 참고했다.

4월 16일
네 생일인데 네가 없구나
그리움을 드리움이라 썼다가
유치해서 빡빡 지운다지만
네가 없구나 얘야,
네 생일인데 나만 있는 건 성가심이니 대략
아주 착한 나쁜 사람들이라 해두자
늙은 곡예사가 기괴하게 휘두르던 채찍에
매일같이 맞던 아기 코끼리가 너라고 해두자
어미 코끼리가 되어서도 잊지는 말자
지폐를 줍느라 등 구부린 곡예사의 척추를
보란듯이 밟고 지나간대도 그건 너만의 재주니까
보무도 당당하게 당연한 일이라고 해두자
뼈가 내는 아작 소리를 아삭하게 묘사해야
고통에서 고통으로 고통이 전해질 수 있는 거니까

-「엇그제 곡우」 부분

시인-시의 관계가 무당-요령의 관계와 견주어지고 나아가 관계양상이 시인-요령의 관계로 치환됨에 따라서, 시인의 시는 요령방울이 흔들리고 장구 소리가 낭자한 씻김 굿의 현장이 된다.

2014년에 있었던 안타까운 참사를 조명한 「엇그제 곡우」는 '너'의 부재로 인한 "그리움"과 안타까움의 정서를 전달하고 있다. 『아름답고 쓸모없기를』의 발문을 쓴 이원의 말마따나 시인이 말하고 있는 곡우는 곡식이 윤택해지는 절기인 곡우穀雨가 아니라 곡소리를 내는 비, 곡우哭雨로 읽어진다.[3] 무당이 고통에 내성을 지닌 존재이며 단절된 두 세계의 가교로써 기능한다면, 요령방울을 든 시인 역시 무당의 특성과 책무를 지니고 있을 것이다. 시인은 "고통에서 고통으로 고통이 전해질 수 있는 거니까"라고 말하며 산 자에게는 죽은 자의 아픔을, 죽은 자에게는 산 자의 슬픔을 전달하고 있다. 이러한 시인의 행동은 매개자로서의 무당의 역할에 다름아니며, 시인은 아픔의 상호교류를 가능하게 만드는 '고통의 전달자'이다.

「엊그제 곡우」가 텍스트로 펼쳐진 진혼의 장이며, 시인이 무당의 역할을 자처하고 있더라도 시인이 양자에게 고통을 전달하는 방식은 기존의 무당과 구별된다. 시인은 "뼈가 내는 아작 소리를 아삭하게 묘사해야" 고통의 전달이 원활하다고 말한다. 이는 시인의 전달법이 아픔으로 인해서 내지르는 비명을, 과일이나 채소를 베어 물 때의 청량한 소리로 변주하는 방식임을 말해준다.

〈동물의 왕국〉을 보는 일요일 오후
톰슨가젤의 목덜미를 물고 늘어진 사자처럼
내 위에 올라탄 네가
어떤 여유도 없이 그만
한쪽 다리를 들어 방귀를 뀐다
(중략)

---

3) 이원 발문 「시집 김민정」, 김민정 『아름답고 쓸모없기를』(문학동네, 2016)

언젠가 자다 깼을 때
등에 배긴 그 물컹이
갓 낳은 새끼 강아지였다며
너는 이제 와 소용없는 일을
오늘의 근심처럼 말한다
쓸데없다
비는 요통처럼 절구 찧는데

-「엊그제 곡우」 부분

"일요일 오후"의 나른함과 "내 위에 올라탄 네가" "방귀"를 뀌어버리는 실수는 '아삭'소리가 날 만큼 안온하다. 그러나 '아삭'소리가 실은 '아작'소리의 묘사이므로 위 시에는 여지없이 고통이 자리하고 있다. 그러나 김민정은 호들갑떨지 않는다. "갓 낳은 새끼 강아지"의 죽음에 대성통곡하지 않고 "이제 와 소용없는 일"이며 "쓸데없다"고 말한다. 그러나 우리는 "요통"처럼 은근한 아픔을 느낄 수 있다.

이는 시인이 대면하기도 힘든 고통의 총체를 여과 없이 드러내어 사람들을 심연 속으로 몰아넣기보다는 "형부는 세상 빨고 빠는 일 중에/좆 빠는 일이 가장 쉽고/브라자 빠는 일이 가장 어렵다 하셨어"(「엊그제 곡우」)라던가, "시고 나발이고 일단 양파나 좀 까라고"(「시를 재는 열두 시간」) 말하는 재치와 말장난을 통하여 고통 대신, 그 뒤꼍에 머물고 있는 씁쓸함을 상기시키는 방식을 채택한 것으로 볼 수 있다. 아마 이러한 방식이 "쥐마켓과 11번가에서 요령 파는 세상"(「수단과 방법으로 배워갑니다」)에서 시인이 선택한 매개의 방법론이 아닐까.

악몽 같은 술래잡기의 과정을 거치고 발산과 발견의 시간을 지나서, 진혼의 언어를 낳기까지 시인은 지난한 여정을 거쳐 왔다. 『날으는 고슴도치 아가씨』에서 시인이 보여준 세계는 속박되지 않은 언어를 자유롭게 접합하고 증식시킴으로써 시가 보여줄 수 있는 상상력의 극한을 드러내주었다. 그리고 두 번째 시집 『그녀가 처음, 느끼기 시작했다』에서 시인은 특유의 상상력과 고유의 직설적 화법의 끈을 놓지 않으면서 일상을 시로 발화시켰으며, 나아가 『아름답고 쓸모없기를』에 이르러 포장이나 미화의 과정을 거치지 않은 생생한 언어로 일상에서 이탈한 존재들이 위치하는 곳, 그러니까 우리의 이해가 닿지 못한 부분까지 어루만져내는 데 성공했다. 이처럼 시인의 시세계는 내부에서 외부로, 그 너머의 지점으로 끊임없이 확장된다. 그리고 도달한 세계를 바라보는 시인의 시선은 언제나 쓸모없는 것에 머물러 있으며, 이는 불경의 언어로 우리들 앞에 현시된다. "뿌쭉뿌쭉한"(「날으는 고슴도치 아가씨」)털을 세운 고슴도치 아가씨에서 "찌른다고 해서 죄다 무기가 되는 게 아니란 걸/이미 알아버린 마흔"(「시집 세계의 파편들」)에 이른 시인이 향해가는 또 다른 시의 세계를 기다려 본다.

당선소감 : 김진석

의자 차지하는 승객처럼 남의 글 옆에 앉아있을 것

내가 쓰지 않은 글들이 좋았다. 이해되지 않는 문장들은 위험하지 않아서 오랫동안 테두리를 만지기가 편했다. 소설집보다는 시집을 많이 쌓아둔 이유도 그 때문이라고 생각한다. 나와는 무관한 언어를 가깝지 않게 붙잡아두고 싶었다.

시 평론을 쓸 바에 차라리 시를 쓰라는 말을 들은 적이 있다. '글쎄'라고 답했지만 사실은 '겁이 많아서'라고 답하고 싶었다. 아무도 상처 줄 수 없으나 나만을 찌를 수 있는 칼을 만드는 것 같아 무서웠다. 그래도 뭔가를 써야겠다 싶은 날이면 내가 쓰지 않은 글들에 대해 썼다. 세계를 말하기엔 치졸하고 나를 말하기엔 수치스러웠다.

테두리를 만지다 생각지도 못하게 베이는 순간에는 날카로운 면을 반대로 돌렸다. 시로 인해서 나는 적당히 아프고 다른 사람들은 많이 아팠으면 좋겠다. 느낌표를 잘 쓰지 않는 이유는 자존심 때문이었다.

남의 글을 고치는 낮과 남의 글에 대해 쓰는 밤을 살고 있다. 의자를 오랫동안 차지하는 승객처럼, 나는 내가 말하지 않은 문장들 옆에 부디 계속 앉아 있고 싶다.

문학 옆에서 꾸준히 앉아 있을 방법을 가르쳐 주신 전동균 교수님께 감사드린다. 생각해보면 벽을 마주하는 느낌이 들 때마다 교수님을 찾아뵈었던 것 같다. 이제는 항상 좋은 소식으로 연락을 드리고 싶다. 윤지영 교수님께도 감사를 전한다. 교수님과의 두 시간 남짓한 대화가 없었더라면 이렇게까지 평론을 사랑하지는 않았을 것 같다. 평론가의 자세를 가르쳐주신 하상일 교수님, 나의 가능성을 발견해 준 문화일보와 심사위원분, 긴 시간 붙잡았던 김민정 시인께도 감사를 전한다. 언제나 나를 믿어주는 엄마와 언제나 나를 의심하는 동생에게도 고맙다고 전하며, 마지막으로 남의 축하를 싣고 나른다고 당신의 축하는 미뤄두시는 아빠에게 사랑한다는 말을 하고 싶다.

시인의 언어와 이미지, 다시쓰기 하듯 자신의 문장으로 옮겨와

좋은 평론은 텍스트의 선택에서 시작된다. 다룰 만한, 혹은 다뤄야만 하는 작품을 선별할 줄 아는 시야, 그것이 평론가의 기본이다. 그 다음은 문장력이다. 평론에도 구성이 있고 스타일이 있기 때문이다. 두 기준에 부합한다 싶은 글들을 골라놓고 보니, 열 편이 남았다. 재독했다. 결국 세 편을 두고 오래 망설였다.

'외계인들의 기억방식-김초엽 소설세계의 존재론' '소설의 존재론, 독자의 플레이-이상우론' '착란의 시간, 착상의 언어-김민정 시세계의 변모 과정'이 그 글들이다.

김초엽론은 신선했다. '장소 없음'이라는 키워드를 중심으로 김초엽의 과학소설(SF)들을 요모조모 분석한 전반부, 그리고 후반부는 한국 문학장 내에서 김초엽이 자리하는 장소에 대한 이야기다. 흥미로운 문제제기와 아이디어가 많았다. 그러나 구성이 매끄럽지 못해 전·후반부가 단절적이라는 인상을 지우기 힘들었다. 문체에 대한 고민도 더 필요해 보였다.

이상우론은 깔끔했다. 되블린의 '영화적 글쓰기'로부터 논의를 시작해서, 얼핏 그와 유사해 보이는 이상우의 소설이 어떻게 그런 식의 글쓰기를 교란하고 넘어서는지를 분석한다. 분석은 형태론적이라 해도 좋을 만큼 치밀하다. 오래 눈이 가는 평론이었으나 끝내 이 글을 선택하지 못한 것은 역설적이게도 일관된 논지 탓이었다. '독자가 플레이하는 소설'이라는 결론에 이르기까지 이 글은 전혀 한눈팔지 않는다. 그러나 과하게 일관된 전개가 글쓴이의 시야를 제한한다.

반면 김민정론은 풍성했다. 평론은 이론적 재단을 가급적 줄이고, 작품과의 접면을 최대한 늘릴 때 풍성해진다. 김민정의 중요한 시어와 이미지들을 마치 다시 쓰기 하듯 자신의 문장들 속으로 옮겨 오는 솜씨에서 대상에 대한 글쓴이의 애정이 느껴졌다. 김민정의 전체 시세계를 비평적으로 서사화해내는 통시적 안목도 탁월했다. 다만 한 가지 아쉬운 것은 이 글이 한국 문학장의 최근 흐름과 어떻게 연동될 수 있는지에 대한 고민이 부족하다는 점이었다. 그러나 그런 아쉬움은 단 한 편의 글만을 세상에 내놓은 신인에게는 과한 것이리라. 당선자에게 축하의 말을 전한다.

심사위원 : 김형중 문학평론가

2021 부산일보 신춘문예 당선 평론

강희정

1996년 부산 출생
동아대학교 한국어문학과 졸업
2021년 〈부산일보〉 신춘문예 평론부문 당선
onlyhope9221@naver.com

백신이 되는 증언과 이야기 유물론
-김숨론

강희정

1. 각오하라

다시 쓰기 위해서는 각오가 필요하다. 양피지나 화선지, 종이가 아니어도, 커서를 움직여 타이핑된 문자들을 삭제하거나 변형하고 대체하는 데도 그렇다. 기록된 것에 일정한 변형을 가하는 것은 기록된 것을 왜곡할 위험이 있고 힘겹게 희미한 언어로 나타날 수 있었던 문자를 어둠의 장막으로 가려버리는 우를 범할 수 있기 때문이기도 하다. 그만큼 이미 진술된 것을 다시 쓰는 데에는 그 기록이 다루는 역사 그리고 그것이 작성된 시공간과 다시 쓰이는 동시대를 모두 아울러야 하는 부담을 다시 쓰는 존재가 감당하지 않을 수 없다는 의미이다. 설령 다시 쓰여야 할 기록이 고쳐 쓰고자 하는 '나'에 의해 작성된 것이라 해도, 단순한 자구 수정이나 오탈자, 비문을 바로 잡는 수준을 넘어서 있는 것이라면 기록된 것을 다시 쓰는 일은 제도적, 미학적, 정치적 차원에서 심대한 파문을 일으킬 수밖에 없다.

한 소설 텍스트를 다시 고쳐 쓰는 일은 그것이 원래 처해 있던 물질적 조건들에 동요를 일으킨다. 만약 그 텍스트가 '책'으로 출간된 것이라면, 다시 고쳐 쓰기 이전에 출간된 것과 고쳐 써서 출간된 것 사이를 구분하는 것은 결코 손쉬운 일이 아니다. 저 텍스트를 동일한 것으로 다룰 수 있는지의 문제에서부터 출판시장 등 자본과 결부된 제도적 균열을 마주할 수밖에 없다. 이는 확정된 원본에 대한 동의 체계를 흔들게 되며, 작가의 분열이나 작가의 위치를 심문하도록 이끌기까지 한다. 달리 말해, 어떤 시기의 작가가 더 확실한 '작가'가 될 수 있는지와 같은 미학적 문제들을 산출한다. 지배적 서술자/발화자가 불투명한 '문제'가 될 때, 고쳐 쓰인 텍스트는 수정이나 왜곡의 차원이 아니라 주체의 생산/구성이라는 차원으로 확장된다는 점에서 간단하게 정리될 수 있는 것이 아니다.

더군다나 다시 고쳐 쓰기가 연루되어 있는 제도적, 미학적, 정치적 차원은 고정된 텍스트를 뛰어 넘어, 서로 다른 신체적 연결을 모색한다는 점에서 주목해야 한다. 다시 고쳐 쓰기가 '흔적'을 남기는 행위라면, 비록 그것이 '나'에 의해 이루어졌다고 해도 텍스트에는 서로 다른 신체가 교접한 '자국'을 남기기 마련이다. 하물며 서로 다른 텍스트를 고쳐 쓰는 일이라면 두말할 필요가 없다. 물론 연결된 신체는 서로를 알아볼 수도 있고 서로 알아보지 못할 수도 있지만, 이들은 하나의 텍스트에 여럿으로 존재하면서 이웃들로 어우러진다. 즉 소설에서의 다시 고쳐 쓰기는 텍스트를 신체와 언어의 누적 그리고 이 양자를 상호적 연속체로 조직하는 일과 다르지 않은 것이기도 하다. '#'을 통해, 증언을 통해, 보태지고 이어지는 텍스트, 나의 자리에 초대함과 동시에 너와 연루된다는 이중화된 감각이 한 몸으로 이루어지는 순간, 그곳은 그간 특수하고 고착화된 '증언'이 새로운 몸으로 펼쳐지는 장소로 고안된다.

김숨의 소설을 읽는 일에 각오가 필요한 것은 이 때문이다. 김숨이 전하는 '각오'는 '나'의 확실성과는 상관 없다. 오히려 나의 취약성을 감각하는 것에 가깝다. 다시 고쳐 쓰기가 텍스트의 고정성과 완전무결함에 도전하는 것이 듯이, 다시 고쳐 쓰기를 통해서 '나'는 수없는 '너'를 초대하고 환대하는 역량인 '취약성'을 선물로 할당받는다는 것이다. 김숨의 소설이 동시대적일 수 있는 이유도 바로 여기에 있다. 서로의 불완전함을 밑천으로, 서로의 신체를 의지 삼아, 너의 고통과 아픔을 나의 성대에 허용하고, 너의 목소리를 통해서 나의 생존과 삶의 오솔길을 감각하는 기회는 흔치 않은 것이다. 누군가가 누군가를 '대리'하는 것을 넘어서, 증언과 증언의 옆자리에서 증언을 잇고 연결하는 해시태그 신체이자 언어인 김숨 혹은 김숨 소설에 적극적으로 연루되어야 한다.

2. 착근되지 않는 삶이 변용적인 것을 만든다

김숨은 이상문학상과 두 등단작을 개작한 『나는 나무를 만질 수 있을까』(2019)를 출간함으로써, 자기완결적인 자아병(=유전병)이 일으키는 제도적, 미학적, 정치적 질환의 백신을 제공하는데 이른다. 근대 이후 삽시간에 활성화된 자기완결적 자아가 무한증식하는 자본주의 체제와 짝패로 묶인 이상, 이러한 자아가 외부세계를 잠식해 쌍생아를 생산하는 근친교배의 고리를 끊어내는 백신으로 주어진 텍스트가 없는 것은 아니다. 적어도 김숨 이전에, 요산 김정한이 아주 희미하게나마,

윤정모가 절절하게 가시화함으로써, 이들의 텍스트는 (후)식민화에 정박된 한국사회의 환부를 드러내는 진단시약으로 제시된 바 있다. 달리 말해 이들 소설은 일본군 위안부와 미군 위안부라는 두 가지 전쟁 범죄에 대한 소설적 증언을 남겨둠으로써, 탈역사-바이러스로부터 면역될 수 있는 길을 마련해둔 것이었다.

그러나 우선 김숨은 더 근본적인 차원에서 이를 도모한다. 김숨의 '개작'은 자신의 텍스트를 '증언'의 자리에 두는 방식을 통해 이루어진다. 실제로 "심한 부끄러움을 느꼈지만 살리고 싶고, 살려야 한다"[1]는 김숨의 후기는 말 그대로 증언이 이루어지는 현장에서 종종 나타나는 '수치심'과 구분되지 않는다. 텍스트에 대한 부끄러움 혹은 수치심을 드러내는 글쓰기는 원래 비평의 자리였다. 그럼에도 김숨은 다시 고쳐 쓰기를 통해 시효가 만료되었다고 간주하는 확정된 텍스트에 대한 법적, 제도적 규정을 넘어 자신의 텍스트를 증언대로 올리는 것을 마다하지 않는다. 즉 김숨에게 다시 고쳐 쓰기는 증언과 식별되지 않는다. 그러니까, 김숨은 수치를 무릅쓰고, 아니 수치를 반복하면서, 다시 고쳐 쓰기를 수행한다. 요컨대 다시 고쳐 쓰는 과정이 증언의 불안정성을 강조하는 게 아니라, 증언과 연루된다는 것을 강조하게 된다는 것이다.

증언이 어떤 시효만료가 선고된 것을 되살리는 호흡장치라는 것을 염두에 두면, 텍스트에 대한 부끄러움 혹은 수치는 텍스트에 기록된 것만을 살리는 데 머물지 않는다. 외려 다시 고쳐 쓰기로서 증언은 텍

1) 김숨, 「작가의 말」, 『나는 나무를 만질 수 있을까』, 문학동네, 2019. 165~166쪽.

스트에 기록되지 않은 '말'을 텍스트로 불러온다는 점에서, 증언으로 '규정'되지 않은 말들을 텍스트 사이에 잠복시킨다. 그런 점에서 차라리 김숨의 텍스트에 등장하는 증언은 텍스트로 '기술'된 것이 아니라, 하나의 증언에 잠복해 있는 침묵하는 '증언들'을 살리는 방식이라고 할 수 있다. 김숨이 수치를 거듭하면서 채택한 다시 고쳐 쓰기의 서사 전략은 '창작'이라는 문학제도의 규범이나 규칙보다는 지배적 역사 인식 내부에 주어진 적이 없는 일본군 성노예 여성들의 목소리가 펼쳐지거나 잠재할 수 있도록 한 원리이다. 소설적 '허구'가 역사로 '활동'하도록 하는 것이 바로 김숨의 서사 전략에 있는 셈이다. 따라서 『나는 나무를 만질 수 있을까』는 김숨 자신을 역사화하고 동시에 소설에 기입되지 않았던 목소리를 들이도록 만드는 방식으로 이야기된 것이다. 달리 말해, 소설에 대한 증인으로서 김숨 자신과 텍스트에 대한 증언으로서 다시 고쳐 쓰기가 이루어진 것이다.

다시 고쳐 쓰기는 원본에 수정 혹은 변형을 가함으로써 제2의 텍스트를 만들어 내고, 이때 새롭게 생성된 텍스트와 원본 사이에는 반드시 시차가 발생하게 되므로 원본은 이미 그 자체로 '역사'이다. 문제는 이러한 개작 과정은 원본을 기원으로 가정할 수 없다는 사실일 터이다. 편의상 앞서 출판된 것이 있다고 해도, 최종적인 텍스트를 기원으로 삼아야 하는 경우도 없지 않다. 이러한 사정은 기원의 자리를 불투명하게 만든다. 오히려 주목해야 하는 것은 동일하다고 간주되는 텍스트 사이의 '시차'가 더욱 중요하다. 시간적 낙차 속에서 이루어진 다시 고쳐 쓰기는 기원의 자리를 불식시켜, 계기적 시간이라는 인식론에 함몰되는 대신 역사를 동시대적인 것으로 전환하는 전략으로 활용된다.

달리 말해, 텍스트로 먼저 출간된 소설에서 인물의 정체성이 할당되었다가 다시 고쳐 쓰게 되면서 그 정체성을 지웠다면, 역사에 대한 감각을 다르게 전환할 것을 요청하는 것과 같다고 할 수 있다.

가령, 2015년에 발표한 「뿌리 이야기」에 등장하는 '나'의 고모할머니인 "남귀덕"이 "종군위안부"였다는 사실이 2019년의 개작에서는 나타나지 않고, 또 '나'의 애인이 2015년에는 "입양아"로 제시되지만, 2019년에는 이러한 사실이 나타나지 않는다. 다시 고쳐 쓰면서, 인물을 상징하는 명명법을 지우는 대신, 재일조선인 여행가이드 "사마코"를 내세움으로써 역사의 폭력으로부터 강제되는 '피해자 정체성'의 구조를 비켜나간다. 왜냐하면 북해도 료칸에서 목숨을 끊는 사마코는 역사로부터 이루어진 폭력의 구조가 정체성을 통해 반복 강화된다는 사실을 드러내고, 그 모든 폭력이 명명법의 '표지'를 통해 이루어진다는 것을 날카롭게 들여다보았기 때문이다. 개작의 과정에서 피해자들의 이름을 지운 건 은폐가 아니라, 폭력을 드러내기 위함인 것이다.

김숨은 「뿌리 이야기」(2015)를 고쳐 쓰면서 귀덕이 정부에 공식적으로 등록되지 않은 일본군 '위안부' 피해자라는 사실을 직접적으로 언급하지 않는다. 그는 이들에게 제도적으로 주어진 이름을 호명하지 않는 것에서 더 나아가 이름을 거부하도록 한다. 이들에게 이름은 "알고 싶지 않"[2)]은 것일뿐더러 이름을 통해 반복되는 역사적 폭력을 문제적인 것으로 삼는다고 할 수 있다. 대신 김숨은 이들에게 이름 대신 '착

---

2) 김숨, 「뿌리 이야기」, 『나는 나무를 만질 수 있을까』, 문학동네, 2019. 78쪽.

근 불가능'이라는 속성을 부여한다. 어디에도 뿌리내릴 수 없다는 착근 불가능의 감각은 살아있는 모든 생명이 공유하는 '취약성'과 같은 것이며, 동시에 「뿌리 이야기」(2015, 2019)에서 뿐만이 아니라 김숨이 등단 이후부터 지금까지 작품 속에서 주요하게 다루고 있는 인물들의 공통된 특성이기도 하다. 착근 불가능이라는 생명 공통의 취약성은 더욱 다양한 인물과 삶의 양식들을 불러 모은다. 일본군 '위안부' 피해자 외에도 입양아, 재일교포, 그리고 "살면서 이사라는 걸 한 적이 한 번도 없"[3)]는 '나' 역시도 스스로를 단순하고 깊숙이 뿌리내리는 '심근성'이 아니라 태생적으로 뿌리 뻗음이 얕은 '천근성'이라 지각함으로써 착근 불가능성을, 곧 취약성을 공유하는 주체로 제시된다.

편의적 명명을 거부하고 자발적으로 착근 불가능이라는 취약성을 감싸 안음으로써 공백으로 남은 이름의 자리를 대신해서 채우는 것은 차마 알아들을 수 없을 정도로 불분명하고도 무수한 목소리들이다. 『한 명』(2016)의 '그녀'는 316개의 증언하는 목소리들이 포개지고 이어져 만들어진 것이다. 316개의 목소리와 말들은 모이고 이어져 마침내 '풍길'이라는 한 사람의 서사를 구성한다. '풍길'은 『한 명』이라는 작품 속, 살아남은 '또 다른 한 명'의 일본군 '위안부' 피해자로, 역사 수정주의가 횡행하는 동아시아 신냉전의 구도 위에서 위태롭게 자리잡은 목소리라고 할 수 있다. 즉 김숨에게 역사는 무수하면서도 상이한 기억들의 '집합적 쓰기'를 통해 성립되는 것임을 의미한다.

3) 김숨, 「뿌리 이야기」, 『나는 나무를 만질 수 있을까』, 문학동네, 2019. 63쪽.

3. 백신(Vaccin) 개발자들 : 증언이 세계를 구한다

『한 명』에서 나타나는 목소리는 각각의 파장 위에 겹쳐지고 덧씌워질지언정 결코 하나의 동일자적 음성으로 합쳐지지는 않는다. 각각의 목소리는 고유의 진동수를 유지한 채 공존하며 흡수되거나 포획되지 않고 평행선을 그리며 뻗어나간다. 이들은 저마다의 경험을 끄집어내 발화하고 증언함으로써 비워진 '그녀'의 이름 자리에 스스로를 위치시킨다. 그 결과 '그녀'의 이름은 시시각각으로 바뀌며 그의 성대를 타고 흘러나오는 무수한 목소리로 변용된다. 목소리에 따라 이름뿐만 아니라 일시적으로나마 몸의 주인까지 달라진다는 점에서 '그녀'는 무규정적인 것이라기보다 '변용적인 것'으로서 신체가 된다. 목소리의 주인에 따라, 상황에 따라 변화하는 변용태로서의 주체는 한 자리에 머무르지 않고 매 순간 모습을 바꾸며 경계를 넘나든다. 변용적인 것이 되는 삶은 그동안 당연하게 주어진 '나'를 이루는 모든 것을 의심하게 한다는 점에서 위협감과 공포감을 야기할뿐더러, 스스로를 취약하고 불안정한 존재로 내모는 위험성도 감수해야만 한다. 그럼에도 이 소설에서는 변용적인 것이 고립을 벗어날 수 있는 힘으로 감지되도록 만든다.

이 감지조차도 은유적인 것이 아니라 신체적으로 엄습한다. 왜냐하면 그저 의미 없는 바람 소리에 불과하던 공기의 흐름이 하나의 '목소리'가 되기 위해 진동하는 성대의 신체적 작용을 반드시 거쳐야만 하기 때문이다. 다시 말해 목소리 역시 엄밀한 의미에서 신체의 일부인 것이다. 이 소설에서 인용된 각각의 말 위에 새겨진 '미주들'은 말의 출처를 밝히는 것뿐만 아니라, 하나의 텍스트를 이루는 316개의 증언들이 각기 다른 목소리이자 신체들이라는 사실을 드러내 보여준다. 몸들은 서로 이웃하고 부대끼면서 서로를 의지하고 지탱하는 지지대가 되고, "죽음을 받아들이려는 순간"[4)]에 "잡아 끌어올리는 손"[5)]들이 되어준다.

> ①이렇게 죽는구나 하고 죽음을 받아들이려는 순간에 격양된 소리가 들려왔다.
>
> "잡았다!"
>
> 그녀의 머리끄덩이를 잡아 끌어올리는 손들이 있었다.
>
> -『한 명』, 255쪽.

> ②그녀는 그이를 만나러 가는 것이 금복 언니를 만나러 가는 것이기도 하다는 생각이 든다. 해금을, 동숙 언니를, 한옥 언니를, 후남 언니를, 기숙 언니를…….
>
> 그이를 만나면 무슨 말부터 해야 하나? 보고 싶었다는 말부터 해야 하나? 아니면 나도 만주 갔다 왔다는 말부터…….
>
> -『한 명』, 256쪽.

> ③그이가 입원해 있는 병원은 우연히도 여자가 정기검진을 다니는

4) 김숨, 『한 명』, 현대문학, 2016. 255쪽.
5) 김숨, 『한 명』, 현대문학, 2016. 255쪽.

> 대학병원이었다. 그녀는 그이가 자신과 다른 도시에 살고 있는 줄 알았다. 그이가 입원한 병원 또한 다른 도시에 있는 줄 알았다. 그렇게 가까이에 그이가 살고 있으리라고는 전혀 생각을 못했던 탓에 허탈감마저 들었다.
>
> -『한 명』, 256쪽.

위의 세 가지 인용문에 따르면, 단일적인 존재로 고정되거나 환원되지 않고 공존하는 목소리들은 발화하고 증언하는 행위를 통해 몸의 주인을 바꾸고, 몸이 자리한 위치를 옮기며 상황에 따라 변화하는 다양한 몸을 만드는 것을 보여준다. 첫 번째 인용문은 '나' 혹은 '그녀'의 삶과 죽음이 홀로 내동댕이쳐 있는 것이 아니라, 또 다른 그녀들의 삶과 죽음에 연루되어 있음을 보여주는 장면이다. 취약한 생명을 유지하고 지속시키는 것은 '나' 혹은 '그녀'가 아니라 또 다른 '그녀들'을 폐기하지 않고 신체화된 기억을 함축하고 있었기 때문에 가능한 일이 된다. 두 번째 인용은 자신에게 주어진 생명이 삶으로 펼쳐지기 위해선, 자신의 또 다른 신체들을 만나야 가능할 수 있음을 보여주는 대목이다. 마지막 남은 일본군 위안부 "그이"를 만나는 일이 다른 모든 '언니들'과 더불어 이루어진다는 것이다. 세 번째 인용은 나 혹은 그녀에게 "그이"가 아주 먼 곳에서가 아니라 자신의 바로 이웃한 곳에 있었음을 보여줌으로써, 그녀의 몸과 그이의 몸이 서로 연루되어 있다는 것을 감각하도록 만든다.

그녀와 그이 혹은 언니들의 몸은 외부적 조건에 의해 구획되거나 분류되는 것이 아닌, 자발적으로 변화하는 양태의 몸들이다. 말 그대로 어느 한 자리에 지속해서 머물거나 소속되지 않기 때문에 '착근 불가능'하고 변용적이다. 이는 실존적 불안을 영원히 떠안고 살아야 한다는 위험을 동반하지만, 동시에 기존의 관습적 체제로는 포용할 수 없었던 존재들도 '주체'로서 스스로 삶의 양식을 생성하고 고안하도록 만든다는 점에서 대안적이다. 더욱이 불안을 공통분모로 하여 각각은 모두 개별적이고 독립적이지만 이들과 관계되지 않고서는 '나' 역시도 있을 수 없음을 감지함으로써 책임과 의무의 범주를 보다 포괄적으로 확장하는 윤리적인 신체성을 획득한다. 나 혹은 그녀의 수많은 변용들 혹은 수많은 언니들의 변용으로서 나 혹은 그녀의 신체성이야말로 역사적 폭력과 동시대적 폭력의 구조를 비켜서는 방식이 된다고 할 수 있다.

그런 점에서 증언 신체는 여럿으로 엮이고 휘말리되 하나의 목소리를 보존할 수 있는 변용을 초래할 수밖에 없다. 즉, 현실적인 상황에서 동아시아의 역사 반성을 지탱하는 것은 이러한 증언이 수정주의의 전횡을 저지하는 마지노선으로 자리잡고 있다는 것을 확인할 수 있다. 이는 단순히 동아시아의 문제로 한정되는 게 아니라, 전지구적인 차원에서 연루되어 회피할 수 없는 윤리적 명령 앞에 서도록 만든다. 달리 말해, 명문화되지 않은 윤리적 법정으로 안내하는 김숨의 서사에서 확인되는 증언 신체의 구성과 확장은 세계가 완전히 파멸하도록 내버려두는 대신, 마지막까지 삶을 구하고, 지지하고 응원하는 (비언어적) 언어를 조직하는 것이라고 할 수 있다. 법적 효력을 갖지 않는 증언이, 거꾸로 세계를 되살리는 백신으로 자리하도록 구성하는 셈이다.

4. 비언어적 신체발화와 이야기 유물론의 한 지형

뿌리 뽑혀 삶의 거처를 송두리째 빼앗긴 이들은 김숨의 작품 속에서 다시 고쳐 쓰임으로써 잃었던 목소리를 되찾고, 말을 하기 시작한다. 이들이 말하는 것은 일본군에 의해 강제로 끌려간 "먼 땅"[6]에서의 기억들이다. 만주의 위안소까지 어떻게 가게 되었는지, 끌려가는 동안, 그리고 위안소에서 무슨 일이 있었는지, 그로부터 약 70여 년이 넘는 세월이 지나 버렸으나 이들은 모든 일을 마치 어제의 일처럼 생생히 기억하고 말한다. 하지만 모든 것을 생생히 기억하고 있음에도 불구하고 이들은 "어떠한 말로도 자신의 고통을 설명할 수가 없다."[7] 경험한 내용이나 기억을 떠올리면서도 자신이 겪었던 일을 말로 표현할 수 없다는 모순적인 상태는, 참혹한 폭력의 현장에서 살아 돌아온 생존자/피해자들에게서 일반적으로 나타나는 증상 중 하나이다.

이들이 어떠한 말로도 고통을 설명할 수 없는 이유는 고통이 언어라는 틀로 해소되지 않기 때문이다. 폭력의 생존자/피해자들에게 있어 과거의 기억은 다시 떠올리는 것만으로도 당사자에게 수치와 모멸과 같은 괴로움을 부과한다. 그저 상기하는 것만으로도 막중한 압박감과 힘겨움이 수반되는데, 일상이 뿌리째 뽑혀 버리는 경험을 구체적이고 적확하며, 무엇보다도 일상적인 언어로 전달하는 일이 가능할 리 없다. 이들이 그러한 자신들의 상태에 대해 스스로 "벗지 않고는 말을 할

---

6) 김숨, 『숭고함은 나를 들여다보는 거야』, 현대문학, 2018. 202쪽.

7) 김숨, 『한 명』, 현대문학, 2016. 237쪽.

수 없다"[8]고 진단하는 것은 당연하다. 고통은 말로 설명할 수 없을뿐더러, 설사 언어화된다고 하더라도 논리적이고 수사학적인 구조를 갖추기가 어렵다. 어떤 방법으로도 표현할 수 없어 말로 덜어내지 못한 고통의 잔여물들은 고스란히 '그녀'들이 감당해야 할 몫이 되고 만다.

> 침묵하던 그이는 갑자기 블라우스 단추를 끄르기 시작했다. 벗지 않고는 말을 할 수 없다면서. 맨몸뚱이를 보여주지 않고서는.
>
> 그이는 블라우스 안에 입은 속옷마저 훌렁 벗더니 배 한복판에 녹슨 지퍼처럼 박힌 수술 자국을 보여주었다.
>
> -『한 명』, 15쪽.

고통스러운 기억을 말로는 다 설명할 수 없지만, 긴 세월이 흐른 현재까지도 그들의 삶 속에서 생생히 반복되는 과거의 기억들은 그들의 신체에 오롯이 각인되어 있다.[9] "벗지 않고는 말을 할 수 없다"[10]며 보여준 맨몸뚱이 위에는 "배 한복판에 녹슨 지퍼처럼 박힌 수술 자국"[11]이 선명하게 남아 있다. 요코네 수술로 양쪽 나팔관을 막아놓은 탓에 자궁을 전부 들어내야 해서 시집가서도 아이를 낳을 수 없었고, 자신의 정액을 삼키라고 하던 일본군이 떠올라 우유를 잘 마시지도 못

8) 김숨, 『한 명』, 현대문학, 2016. 15쪽.
9) 권명아, 「미투운동과 페미니즘의 신체 유물론」, 『여자떼 공포, 젠더 어펙트』, 갈무리, 2019. 59쪽.
10) 김숨, 『한 명』, 현대문학, 2016. 15쪽.
11) 김숨, 『한 명』, 현대문학, 2016. 15쪽.

하며, 질 안에 손가락을 넣으면 만져지는 배꼽 같은 것은 아흔이 되어서야 사라졌다. 그들의 신체 곳곳에 새겨진 과거의 상흔들은, 비록 언어화되지는 않았어도 어떤 말들보다 정교한 감각으로 다가온다. 이처럼 시간이 지나도 아물지 않고 그녀들의 몸에 여전히 남아 있는 폭력의 잔해들은 '증언'의 영역이 반드시 언어적 차원에만 한정되지 않는다는 사실을 의미한다.

이 때문에 김숨은 증언을 인용함으로써, 이야기의 신체성을 서술자의 권능으로 제압하지 않는다. 제도적 소설이 갖는 '저자'의 지위를 양도하면서(저자로 자리하기는 하지만), 오히려 저자야말로 성대로 기입해 들어오는 목소리들에 빚지고 있다고 감각하면서, 인용을 자연스러운 것으로 수락하는 것이다. 인용이나 미주와 같은 형식이 텍스트의 이질적 신체성을 구성하고 조직하는 것이라고 한다면, 김숨의 텍스트는 하나의 유기체적 몸으로 조직되는 게 아니라, 하나이되 다양한 신체성을 갖는다고 해도 좋다. 인용의 목소리를 허락함으로써, 곧 그의 성대로 인용된 말들은 그의 몸과 생존자/피해자들의 목소리를 완전히 결합하도록 만든다고 할 수 있다. 비극적인 폭력의 고통과 기억들이 신체에 체현되어 신체적 형태로 증언되고 있는 현상은 故김복동 님과 길원옥 님의 회고를 바탕으로 쓰인 두 편의 증언 소설집(『숭고함은 나를 들여다보는 거야』(2018), 『군인이 천사가 되기를 바란 적 있는가』(2018))에서 더욱 강화된다.

두 소설에서 증언은 반드시 시간적 순서에 따라 일관성과 객관성을 가지지 않고, 즉각적으로 떠오르는 생각, 감정, 그리고 느낌 위주로 흘러간다. 그래서 맥락에 맞지 않는 말이 반복적으로 삽입되기도 하고, 떠오르거나 눈에 보이는 것, 느낌 등이 단편적으로 제시되는 형태를 취한다. 그뿐만 아니라 이전에 이야기했던 말의 내용을 시간이 지난 후 다르게 기억해서 말하기도 하며 말을 하는 도중 번번이 "나 말 안 할래"[12]라며 말하기를 주저하기도 하는 모습도 보인다. 실제로 증언의 내용에 객관성과 일관성이 없다거나, 불분명한 표현, 급기야 증언 자체를 거부하는 증상들은 실제로 폭력의 생존자/피해자들이 증언하는 과정에서 숱하게 겪는 어려움들이기도 하다. 이러한 현상 자체를 서술자가 가다듬고 제어하고 통일성과 규칙을 할당하여, 고통을 현실적으로 '지각'할 수 있도록 만드는 방식을 김숨이 채택하지 않는다는 것이다.

사실 일종의 트라우마라고도 해석할 수 있는 이러한 증상들은 이들이 "어떠한 말로도 자신의 고통을 설명할 수가 없"[13]는 상태를 경험하게 되는 근본적인 원인이다. 엄밀히 말해 이 역시도 생존자/피해자가 겪는 피해 중 일부인 것이다. 하지만 말의 내용에 일관성과 객관성이 없다거나 표현이 불분명하다는 점은 오히려 '결함'으로 치부되어 오랫동안 가해자들에게 증언의 진위를 부인/부정하는 논리로 전유되어 왔다.[14] 그로 인해 생존자/피해자들은 떠올리는 것만으로 고통스러운 기억들을 되풀이해서 상기하고, 그 기억을 일관성 있고 객관적으로 말하도록 강요받는 이중의 고통을 감내해야만 했던 것이다. 따라서 생존자/피해자가 겪은 경험과 이를 두서없이, 맥락이 틀리더라도, 하나의

12) 김숨, 『군인이 천사가 되기를 바란 적 있는가』, 현대문학, 2018. 12쪽.

13) 김숨, 『한 명』, 현대문학, 2016. 237쪽.

14) 권명아, 「증강 현실적 신체를 기반으로 한 반기념 정치구상」, 『여자떼 공포, 젠더 어펙트』, 갈무리, 2019. 271쪽.

일관된 서사적 흐름으로 묶어내지 않는 방식으로 고스란히 보여주는 '이야기' 곧 목소리들의 신체성에 대한 감각을 갖게 하는 일이야말로 중요하다고 할 수 있다.

생존자/피해자들의 목소리를 자신의 몸으로 불러 들여와 이들의 말뿐만 아니라 언어화될 수 없는 영역의 것들까지도 증언으로 간주하는 김숨의 텍스트는 일반적인 '소설'과는 거리가 멀다. 그의 텍스트에서 언어는 단순히 말이나 기호의 차원에서 머무르지 않고 신체적 영역으로까지 확장되는데, 이는 곧 그가 언어를 신체적인 것으로 이해하는 동시에 정신적인 것과 신체적인 것을 동일선상에서 받아들이고 있음을 의미하는 것이기 때문이다. 그래서 그의 작품은 이미 너무도 익숙해져 버린 언어의 보편적인 역할을 지우는 것에서부터 시작된다. 다시 말해 그에게서 언어는 무언가를 표현하고 전달하기 위한 수단이나 도구가 아니라 그 자체로 존재하는 사물과도 같은 것이다. 그렇기에 그의 텍스트에서는 몸 위에 선명하게 남아 있는 상처 자국, 중얼거림, 한숨, 머뭇거리는 몸짓, 목소리의 떨림, 하물며 침묵까지도 증언이 될 수 있다. 보편적인 언어의 개념을 지우고 그 자리에 무수한 목소리들을 둠으로써 인식의 세계를 넓히는 것이다.

말하자면 김숨의 언어는 증언을 신체로 보살피는 이야기인 셈이다. 이는 기존의 산문과 운문의 분류에 명백하게 소속되기 어려운 텍스트가 된다는 것을 의미한다. 그런 점에서 김숨은 이야기가 단순히 '정신'의 영역에 한정되어 있는 문화적 산물이라는 통상적인 이해를 넘어서 이야기를 일종의 물질로 조직하는 방식을 제안하는, 이야기 유물론의 한 방향을 보여주었다고 할 수 있다. 역사와 동시대를 향해 일으킨 이야기 유물론은 이른바 신자유주의적 기획이 강탈해가는 '정념'이나 '정서' 그리고 '정동'과 같은 비물질적인 것의 물질화의 맥락 역시도 비판적으로 바라보도록 만드는 효과를 가진다. 모든 것을 '즐거움'으로 대체해버리는 신자유주의적 정동을 통해 수탈과 착취를 거듭하는 와중에 역사적이고 동시대적인 고통의 언어를 물질적으로, 즉 신체적으로 조직하고 또 감응하도록 만듦으로써 우리 삶에 전혀 다른 방식의 기념비를 제공해주는 것이다.

5. 감행하라

김숨은 신체/물질로서 언어와 몸을 섞게 되면서, 그가 기존에 써두었던 텍스트에도 수정을 요구하는 문제 역시 산출해내는데, 이는 바로 그가 역사뿐만 아니라 자신의 텍스트마저도 다시 고쳐 쓰기를 감행할 수밖에 없었던 까닭이다. 기존의 소설 언어의 한계를 체감하며 그는 이전에 쓰인 자신의 텍스트들도 다시 고쳐 쓰지 않을 수 없다는 윤리적 부름에 응답해야만 했다. 그러니까 그의 작품은 말하려 해도 도무지 말할 수 없는 것들을 말하고, 또 이를 위해 다시 고쳐 쓰지 않으면 안 된다는 의무와 책임이 반영된 결과이다.

이미 오랜 시간 누적된 근대성의 산물들은 오늘날에도 영향을 미치며 생생히 살아 숨 쉬는 다양한 존재들을 지우거나 통합하는 방식으로 삶을 통제하고 제도적 틀을 견고하게 다져왔다. 이러한 체제는 다른 누군가를 배제함으로써 자신의 정체성을 구축할 수 있도록 철저하게 조직된다. 그렇기 때문에 '나'의 확실성을 증명하는 일은 곧, 더 많은 타자를 양산해 내는 일과도 같을 수밖에 없다. 그리고 이는 근대를 거쳐 오늘날에 이르기까지 문학에서 주체를 그려내는 방식에도 동일하게 적용되어 왔다. 다시 말해 김숨이 증언의 언어가 지닌 물질성과 신체성을 절감하게 되면서 자신의 텍스트를 다시 고쳐 쓰는 작업이 자발적인 요구로 이루어진 것인 동시에 시대적 요구와도 결코 무관하지 않았다는 것이다.

시간이 지날수록 자아에 대한 이상과 자기보전의 욕망은 흐려지기는커녕 더욱 증폭되어가고 있다. 그러므로 이런 시점에서 물질적이고 신체적인 언어를 통해 개진되는 김숨의 텍스트는 작품 내의 활자뿐만 아니라 작품 밖의 독자들에게도 텍스트와 신체적으로 연루되어 있음을 감각하고 감지할 수 있도록 만든다는 점에서 의의가 있다. 이야기를 읽고 정신적인 의식의 차원에서 감화되고 그치는 것에서 더 나아가 이웃하고 있는 무수한 타자들의 몸을 신체적으로 받아들이며 이들이 결코 자신과 무관하지 않음을 인식할 수 있게 되는 것이다. 어떠한 언어보다 분명하게 자신의 위치를 드러내는 표지로서의 신체적 텍스트는 진정으로 "남 같지 않다"[15]는 인식을 내재함으로써 '나'에게로 치우쳐져 있던 보살핌의 시야를 타인에게로 넓혀나가는 단초가 된다. 결국 마주한 몸 사이에 빠르게 확산되는 것은 비단, 취약성이나 불완전함만이 아니라는 것이다. 다른 누군가를 지움으로써가 아닌, 덧대고 엇갈린 몸들을 경유해야 비로소 자신의 자리 역시 할당받게 된다는 윤리적 신체성 역시 습득된다. 그리고 이 신체성이 실

15) 김숨, 『한 명』, 현대문학, 2016. 181쪽.

현되기 위해 반드시 대단한 노력이 필요치는 않다. 그저 그의 작품을 읽음으로써 김숨의 텍스트 신체 위에 나의 신체를 덧대는 것만으로도 충분하다.

당선소감 : 강희정

당선 연락을 받은 날 다른 사람의 당선을 확인하는 꿈을 꿨었다. 마음껏 기뻐할 수 없었다. 돌이켜 보면, 지나온 모든 날을 의심 속에 살았다. 중대한 일들은 보잘것없는 나의 몫이 아니라 생각했다. 좋게 말하면 겸손이고, 냉정히 말하면 비겁한 회피였다. 하지만 이 글을 쓰며 겸양이라 여겼던 내 태도가 다른 이에게 상처가 될 수 있음을, 그래서 글 쓰는 이에게 겸양이 언제나 미덕인 것만은 아님을 알게 되었다. 이제 겸손이라는 말로 포장한 불신을 걷어 내고, 여전히 두렵긴 하지만 나 역시 새로운 각오를 다져보고자 한다. 이런 각오를 얻기까지 귀중한 가르침을 주신 분들이 많다. 태어나고 자란, 좋아하는 곳을 떠나지 않고도 살아가는 법을 가르쳐 주신 권명아 선생님. 흐트러지는 순간마다 자애와 인내로 끝까지 이끌어 주신 김만석 선생님. 늘 당신들의 바람과 엇나가는 딸을 누구보다 가슴 졸이며 지켜보셨을 부모님. 그리고 함께 공부하는 기쁨이 무엇인지 알려주신 젠더 · 어펙트연구소의 선생님들께 진심으로 감사의 말씀을 드린다. 아직 군데군데 서투름이 묻어난 글을 따뜻한 시선으로 보듬어 주신 김경복 심사위원님께도 머리 숙여 감사의 마음을 전한다.

당선 소식을 전해 들은 날, 많은 분들께 너무 큰 축하를 받았다. 그 격려와 응원이 헛되지 않도록, 앞으로도 소란한 세상 속 미약하게나마 목소리를 내는 존재들을 감지하며 그들의 목소리 위에 내 목소리를 덧대어 글을 써 나가고 싶다.

'이야기 유물론' 참신한 용어와 발상으로 풀어내

올해 평론 부분 최종심에 오른 후보작은 최진아의 '봉준호의 '사이-공간들', 김유태의 '애도 중인 피에타들', 조현준의 '데페이즈망적 주체성을 표현하는 어느 광대의 춤', 강희정의 '백신이 되는 증언과 이야기 유물론' 등이다.

'봉준호의 '사이-공간들''은 봉준호 영화에서 공간이 갖는 상징적 의미를 포착하여 봉준호 영화의 특성과 가치를 잘 해명하고 있지만 이러한 관점은 문학론에서 익숙한 것들이라 새로움을 주기에는 미흡하다는 느낌이다. '애도 중인 피에타들'은 한국 오컬트 영화에 나타난 트라우마와 애도의 특징을 이 시대의 한 경향성으로 잘 분석하고 있지만 영상미학과의 결합이 없다는 점이 한계로 보인다. '데페이즈망적 주체성을 표현하는 어느 광대의 춤'은 영화 '조커'에 나오는 조커의 광기가 어떻게 이 시대의 문제성을 갖는가 하는 점을 이론과 영상기법을 통해 잘 설명해 내고 있지만 광기의 역사성에 대한 분석의 결여가 아쉬움으로 남는다.

'백신이 되는 증언과 이야기 유물론'은 김숨 작가의 위안부 대상 소설이 갖는 '증언'의 성격이 어떻게 사회를 되살리는 '백신'의 구실을 하는가 하는 점과 이것이 결국 정신의 차원에서 현실에 개입하는 '이야기 유물론'이 됨을 참신한 용어와 발상으로 잘 풀어내고 있다. 이에 강희정의 '백신이 되는 증언과 이야기 유물론'을 당선작으로 선정한다. 수상자는 더욱 정진하여 한국 비평계에 큰 별이 되기를 바란다.

심사위원 : 김경복 문학평론가

2021 불교신문 신춘문예 당선 평론

김엔야

김엔야(본명: Elizabeth Yeonkyung Kim)
한국문학번역원 번역아카데미 아틀리에 수료
2021년 〈불교신문〉 신춘문예 평론부문 당선

‘세계문학’의 가능성과 번역, 그리고 또 번역

- 황석영 장편소설 『해질 무렵(At Dusk)』론

김 엔 야

1. 황석영 소설의 두 계열과 해질 무렵 의 위상

세계문학이라 하면, 일단 그것은 외국에 사는 독자의 상황에서도 공감을 자아낼 수 있어야 한다. 또 그것은 시간적으로도 동시성을 지니고 있어야 한다. 또 무엇보다 번역, 번역이다. 세계문학을 논하면서 이 번역의 문제를 결코 우회할 수 없다.

황석영은 방북 이후 유럽에서 얻은 감각을 바탕으로 두 가지 방향으로 나아갔다. 하나는 한국고전의 전통적 서사를 되살려 그것을 활용하는 작업이고, 다른 하나는 자본주의의 병폐에 ‘찌든’ 한국의 개발 중심적 현대성을 비판적으로 조명하는 작업이다. 이 두 작업이 공통적으로 겨냥한 것은 바로 자신의 문학을 ‘세계문학’으로 격상시키고자 하는 것이다.

그의 첫 번째 작업에 해당하는 작품 계열은 『손님』, 『심청, 연꽃의 길』, 그리고 『바리데기』로 이루어져 있다. 여러 논자들에 의해 지적되어왔듯이 이 계열의 작품들은 타자가 아닌 우리의 '토착적' 문화로 돌아가 자신을 되찾고자 한다는 점에서 포스트콜로니얼리즘에 호소한다.

이 작품들 모두에서 황석영은 현대와 전통, 보편과 특수의 '혼합'을 추구했다. 이 첫 번째 작업의 계열 즉 전통적 서사를 살린 소설의 계열은 포스트콜로니얼한 자기 정체성의 새로운 구축에 관계한다.

그의 두 번째 작업에 해당하는 작품 계열에는 『강남몽』, 『낯익은 세상』, 그리고 이 글의 주인공 격인 『해질 무렵』이 있다. 이 세 소설은 모두 대도시, 특히 서울을 무대로 삼으며, 더 구체적으로는 서울이 거대도시가 되어가는 폭력적인 현대화 과정을 조명한다.

이 계열의 작품들이 세계문학을 겨냥하는 원리는 바로 서구적 자본주의의 발달을 상대로 하는, 에른스트 블로흐의 용어로 말한다면, '비동시성의 동시성'(the contemporaneity of the uncontemporary) 또는 '동시성의 비동시성'의 구축이다.

흥미로운 것은 이 계열에 속하는 작품인 『해질 무렵』이 근래에 맨부커상 인터내셔널 부문의 롱리스트에 올랐다는 사실이다. 가장 최근에는 『철도원 삼대』라는 묵직한 장편소설을 발표하기도 했다.

이 글은 그의 장편소설 『해질 무렵』이 맨 부커상 후보작으로 올랐던 '작은' 사건을 계기로 삼아, '한국어' 문학은 어떻게 '세계문학'이 될 수 있으며 이 과정에서 번역은 어떤 역할을 해야 하는가에 관해 생각하고자 한다.

2. 인공 '잔디'의 낙원을 사는 현대 한국인들의 풍경

『해질 무렵』은 노년기에 접어드는 한 산동네 출신의 자수성가한 도시 건축가 박민우가 첫사랑의 상대였던 차순아로부터 뜻밖의 연락을 받고 지난날을 회고하는 것으로 시작한다. 그런데 이 두 사람을 매개하는 역할을 하는 것은 정우희라는 '제3의' 젊은 인물이다.

소설의 홀수 장은 이 중산층 남성인 박민우의 시선으로, 짝수 장은 정우희라는 스물아홉 살 여성의 시선으로 교차적으로 서술된다. 이 소설은 세대에 관한 이야기를 함축하는데, 윗세대를 대표하는 인물들이 박민우와 차순아라면 아랫세대를 대표하는 인물들로 정우희와 차순아의 아들 김민우가 등장한다.

소설 속에서 젊은 세대들은 아프다. 정우희는 지하 자취방의 월세를 마련하느라 편의점 알바를 뛰는 예술대학 출신의 가난한 극작가다. 피자집에서 정우희와 같이 생계형 알바를 하던 김민우 역시 연애를 사치로 여기며 살아가는 N포세대의 피폐한 청춘이다. 처음에는 연결고리가 분명치 않았던 박민우와 차순아, 그리고 정우희와 김민우 등의 연결 관계는 이야기가 전개됨에 따라 윤곽을 드러낸다.

이 소설의 묘미는 정우희가 차순아의 옛 남자였던 박민우를 향해 차순아를 가장하여 메일을 보낸다는 데 있다. 그러자 밀려오는 회환 속에서 박민우는 차순아를 향해 답장을 보내면서 독자는 이들을 둘러싼 옛날의 사연 속으로 들어가게 된다.

이 소설에서 기성세대와 젊은 층을 연결하는 고리이자 소설을 관통하는 열쇠는 바로 건축 모티프다. 한국에서 건축은 특수하고도 지극히 기형적인 형태로 진행되어왔다. 『해질 무렵』은 이러한 건축 모티프를 전면적으로 다룬다. 그럼으로써 이 소설은 한국의 자본축적 지향의 발달이 낳은 삼풍백화점이나 그것이 상징하는 부실설계 건설, 또는 '꽃섬'이 대표하는 자연 파괴와 같은 단편적인 문제들을 넘어선다. 이 소설은 한국현대사에서 건축이 맡아온 역할의 폭력성을 폭넓게 추적해 한국의 현대화 과정이 낳은 '야만성'이라는 문제를 전체적이고도 급진적으로 드러내고자 한다.

그 '야만성'은 한국 사회의 특별한 공간, 특별한 시기에만 미치는 것이 아니라 우리의 삶 깊숙한 곳에까지 들어와 열정적인 영혼을 파괴하고, 남녀 간의 사랑을 훼방하고, 젊은이들의 꿈을 짓밟는다.

젊은이들의 사랑을 받은 '옛날' 영화 『건축학개론』은 건축을 사랑에 비유했지만, 현실에서 건축물을 세우는 것은 자본의 힘이지 사랑이 아니다. 작중에서 박민우는 "건물을 무엇으로 짓느냐고? 결국은 돈과 권력이 결정한다. 그런 것들이 결정한 기억만 형상화되어 오래 남는다"라고 말한다. 그럼에도 그는 자신처럼 건축업을 하는 지인들이 죽음 앞에 놓이자 도시 건축가로서 살아온 자신의 인생을 돌아보게 된다. 이 소설은 이러한 건축사를 배경으로 이 흑역사를 견인해 온 기성세대, 나이든 세대와 젊은 세대의 격절을 이어주며 동시에 그 새로운 악순환을 그려낸다.

먼저 박민우로 대표되는 나이든 세대다. 박민우는 대학을 막 졸업했을 때 광주항쟁을 목격한, 1950년대 초중반에 태어나 1970년대 초중반에 대학을 다닌 인물이다. 그렇다면 그는 '베이비부머' 세대다. 그는 무리한 추진력으로 '한강의 기적'을 이루고 한국을 OECD 국가로 도약시킨 이른바 한국식 개발 현대화, 난개발을 대표한다.

이 베이비부머의 경제도약 시대에 박민우가 경상도의 영산읍에서 서울로 상경, 동대문 근처 산동네를 거쳐 달골시장 동네에 자리 잡았다가 대학입학과 함께 서울의 중심으로 나가고 또 미국으로 유학을 다녀온 과정은, 하급계층에서 중산층을 거쳐 상류층이 되어가는 그의 출세 가도를 지리적으로 보여준다.

달골시장 동네로 다시는 돌아가지 않겠다는 박민우의 결심은 곧 차순아를 버리겠다는 뜻과 평행하게 간다. 건축가가 되고 나서 수많은 철거지역을 물리적으로 밀어버린 것처럼 그곳의 추억도 "한꺼번에 밀어붙이고 휩쓸어서 말살해버린"다. 이처럼 그가 출세를 지향하면서 첫사랑 차순아와 이별하게 되는 과정은 한국의 경제 발달과 계급사회의 관계를 보여준다.

다른 한편, 젊은 2030 세대. 『해질 무렵』의 윗세대를 이루는 박민우의 과거와 중년의 회환은 곧, 아랫세대인 정우희와 김민우의 좌절로 연결된다.

집이 없어 고시원을 전전하는 정우희는 자신이 알바로 일하는 편의점의 폐기물 음식으로 끼니를 때우며 애써 연극을 무대 위에 올리지만, 경제적 소득으로 따지면 극장 건물주에게 좋은 일만 해주는 셈이다. 같은 '흙수저' 처지인 그녀의 친구 김민우는 도시개발자라는 '적'의 하수인이 되어 달동네 '이웃'의 집을 치는 철거반원이 된다. 그런데 철거 현장에서 버티고 있던 한 가족의 아이가 포클레인에 치여 숨지는 사고가 발생한다. 생계를 위해 극악한 일에까지 뛰어들어야 했던 김민우의 정신은 해체된다. 부당 해고의 억울함보다 죄책감이 그의 자

삶의 내적 동기다. 가난을 대물림한 오늘날 '흙수저' 청년의 자화상이다.

작가는 이 두 세대의 이야기를 통해 베이비부머 세대가 만들어놓은 사회구조의 문제를 제기한다. 물론 박민우의 시대에도 신분 상승에 실패했던 자는 빈곤에서 벗어나기가 극히 어려웠다. 이렇게 사회적 발전의 그늘 속에서 도태된 이들을 가리켜 『해질 무렵』의 두 화자는 각자 '강아지풀'이라는 하나의 비유어를 제시한다.

차순아가 사망한 후, 그녀의 집에서 물품을 정리하고 나오면서 정우희는 빈 화분에 수북이 자라나 있는 강아지풀을 발견한다. 이 소설에서 도시의 인공 '잔디'와 대비되는 '강아지풀'은 강하고 질긴 생명력을 상징한다. 비록 부르주아의 삶을 살지는 못했으나 인생의 말미에서도 차순아는 젊었던 시절 신분상승에 실패한 것을 아까워하지 않는다. 그녀는 첫사랑과의 이별을 슬퍼하고, 사라져버린 달골시장 동네를 그리워한다.

작중에서 강아지풀로 대표되는 차순아 정우희 김민우 이 세 사람의 삶, 그리고 이들이 처한 극빈층 서민의 환경은, 처참하면서도 여전히 목가적이고 낭만적인 공간이다. 가난에 허덕일지라도 그곳에는 사랑과 눈물의 추억, 순수와 생명이 숨 쉬고 있었다.

황석영은 차순아와 그 주변인의 안타까운 삶의 굴레를 통해, 산업화와 사회 양극화, '난개발' 한국 현대사회의 청년실업, 비정규직, N포세대, 인터넷 자살 동호회, 독거노인의 고독사 등 우리나라 뉴스를 장식하는 각종 어두운 '헤드라인'들을 라이브로 들여다본다. 드물게 멜로드라마의 플롯을 차용해 변형하면서 많은 사회적 메시지를 전달하고

자 한다.

그 요점은 한국사회는 첨단화된 현대성을 갖춘 사회이지만, 그 안에서 인공 '잔디' 낙원을 살아가는 사람들이 '강아지풀'과 같은 진짜 자연의 순수한 삶을 잃어버렸다는 것이다. 한국식 자본주의가 제시하는 가짜 인공 낙원과 이 물질주의에 부정당했으나 사랑과 생기가 넘치는 진짜 자연의 세상은 공존할 수 없다. 이러한 점에서 같은 시대를 살았지만 다른 삶을 살 수밖에 없었던 박민우와 차순아는 마치 잔디와 강아지풀과 같다.

소설의 울림은 크다. 이 소설은 맨 부커상 후보로 오른 사실이 말해주듯 어쩌면 '세계문학'의 반열에 발돋움할 만한 작품이라고도 할 수 있다. 그런데 여기에는 어려움도 있다. 한국현대사를 구체적으로 알지 못하는 외국 독자의 입장이라면 이 소설을 얼마나 어디까지 이해할 수 있을까?

복잡한 한국현대사를 다 알지 못하는 보통 외국 독자의 경우를 가정할 때, 황석영이 문제 삼는 한국적 도시건축에 관한 성찰과 '비동시성의 동시성'의 전략이 얼마나 심각하게 다가왔을지 의문스러운 점이 있다.

그리고 이 점에서 이 소설은 '채식주의'를 고집하는 영혜라는 인물을 통해 육식성의 세계라는, 보편적이면서 동시에 형이상학적인 주제를 다뤘던 한강의 『채식주의자』와 조금 다른 차원의 어려움을 가진다. 어떻게 하면 한국의 구체적인 '역사'를 다룬 소설이 '세계문학'으로 발돋움하고 인정될 수 있는가?

이것은 번역의 문제이기도 하다. 『해질 무렵』은 2018년에 스크라이브(Scribe) 출판사에서 출간되었다. 소라 김-러셀(Sora Kim-Russell)에 의해 'At Dusk'라는 제목으로 영어권 세계에 번역, 소개된 것이다. 이 유일한 영역 판본은 2019년 맨 부커상 인터내셔널 부문의 심사에서 롱리스트에까지 올랐던 판본이기도 하다.

3. '썬셋(Sunset)'과 '더스크(Dusk)', 또는 직역과 의역 사이

번역은 문학사적으로 크게 두 가지 방향으로 논의되어 왔다. 가장 기본적으로는 직역이냐 의역이냐 하는 것이다. "번역가는, 가능한 한 작가를 그대로 두고 독자를 작가에게로 움직이든지, 가능한 한 독자를 내버려두고 작가로 하여금 독자에게 다가가도록 해야 한다"(『번역이론』, 동인, 2009, 16~17쪽)라는 슐라이어마허의 유명한 번역관은 이를 대변한다.

서양이든 동양이든 번역이란 한 언어에서 다른 언어로 원문을 충실하게 옮기는 작업이라는 개념은 비교적 근대에 와서야 생겨난 개념이다. 로마제국에서 번역이란 자국의 문화와 언어를 풍부하게 만들기 위해 그리스문화로부터 사상을 빼앗고, 내용을 전유하는 것을 의미했다. 동양에서도 예를 들자면, 조선시대 학자 홍희복(洪羲福, 1794~1859)은 번안도 번역의 일종이라고 생각했다. 현대에 이르러 번역물이 쌓이면서 원문에 대한 충실성이라는 인식이 생겨났다. 원전의 언어를 하등한 것이 아닌 자국어와 동등한 것으로 받아들이기 시작한 것이다.

이른바 '이국적인 것'에 대한 존중 또는 책임감이 생긴 것이다. 이 이질성에 대한 책임의식은 20세기에 이르러 로렌스 베누티(Lawrence

Venuti)에 의해 계승되어 '이국화' 방법론으로 불린다. 그에 따르면 제국주의 언어인 영어는 특히 원어의 이국적 요소를 억압하므로 영어권 번역에서는 유창한 번역 혹은 '자국화'를 더욱 지양해야 한다.

나의 생각은 이렇다. 좋은 번역은 이 '이국화'와 '자국화'의 중도를 지키는 것이다. 둘 가운데 하나를 택해야 하는 부분, 즉 원문의 문학성이 훼손될 가능성이 있는 부분에서는 번역의 가독성이나 유창성을 '희생하더라도' 원문의 이질성에 충실해야 한다.

특히, 자신의 문학을 세계에 알리고자 노력해온 황석영의 경우, 한국적인 특수성이 제대로 전달되지 않는다면 그의 문학의 문학성은 번역어의 수려한 문장력에 묻힐 뿐이다. 번역사에서 있어 온 원전이나 원어에 대한 특권화에 동의하기 때문이 아니다. 번역이 가능하다는 것도 환상이지만 불가능하다는 것 역시 타당하지 않다.

쟈크 데리다는 「"관련된" 번역이란 무엇인가?」라는 논문에서 셰익스피어의 『베니스의 상인』의 유명한 재판 과정을 끌어와 자신의 번역론을 펼친다. 채무를 갚지 못하게 된 안토니오에게 1파운드의 살을 요구하는 냉혈한 유대인 샤일록의 논리는, 마치 원어와 번역어에 일대일 번역을 요구하는 율법과도 같다. 그러나 재판관으로 남장한 포샤는 그에게 '긍휼'의 논리를 제안한다. 전자는 직역적인 사고, 후자는 의역적인 사고에 해당한다.

나는 여기에 '용서'라는 항을 추가하고자 한다. 번역 행위에는 '용서'라는 관용이 필요하다. 그렇다면 어떤 번역들이 긍휼로써 '용서'되는 것이고 어떤 번역들이 긍휼을 통해서도 '용서'되지 않는 것일까?

2016년 맨 부커상을 탄 한강의 『The Vegetarian(채식주의자)』에는 상당한 분량의 오역들이 있었다. 그것들은 번역자의 항변에도 불구하고 번역자의 창의성이 아닌 몰이해에서 비롯된 결과였다는 점에서 나의 식으로 말해 '용서'되지 않는 오역들이었다. 그렇다면 『At Dusk(해질 무렵)』에서는 도저히 '용서'되지 못할 어떤 오역들이 있는가?

우선, 영역판의 제목인 'At Dusk'에 관해서부터 논의를 시작한다. 처음에 나는 『해질 무렵』의 제목이 좀 더 서정적인 느낌을 주는 'When the Sun Sets'로 번역되었더라면 좋았으리라고 생각했다. 그러나 작품을 완독하고서 생각이 달라졌다. 'When the Sun Sets' 쪽이 영어로서의 울림은 더 좋지만 'At Dusk'가 작품의 내용에 더 적합하다.

이유는 이렇다. 작중에서 해가 떨어지는 장면이 등장하는 것은 박민우의 건축가 지인 일행이 말기암인 김기영 선배와 함께 있고자 모인 자리에서다. 지는 해를 같이 목격한 이 날에, 일행 중에는 한국의 땅들을 마구잡이 난개발로 엉망으로 만든 것을 후회하는 말들이 나온다. 그런데 이는 황석영의 주제적 메시지와 맞닿아 있다. 따라서 해가 지는 장면에서뿐만 아니라, 소설 전체의 맥락상 『해질 무렵』의 '해'는 돌이킬 수 없는 이 건축가들의 지는 '해'를 의미한다.

그래서 '더스크'가 제목으로 더 어울린다. 실제로 '더스크'와 '썬셋'은 어감에서 상당한 차이가 있다. '더스크'는 독자들에게 암울한 느낌을 선사한다. 반면 '썬셋'은 앙투안 드 생떽쥐베리의 『어린 왕자』의 명대사, "one loves the sunset, when one is so sad"(『The Little Prince』, Katherine Woods 옮김, 6장)를 기억해보면, 그것이 얼마나 낭만적인 어휘인지 파악된다. 어린 왕자가 '썬셋'을 바라보며 눈물을 흘릴 줄 안다는 것은 그가 순수한 마음의 소유자임을 뜻한다.

더구나 '더스크'는 '썬셋'과 의미에서도 다르다. 엄밀히 말해 '더스크'는 노을('sunset')이 진 후 어둠이 내리기 전까지의 일정한 기간인 황혼을 뜻한다. 시간 선상에서 '쎈셋'이 먼저 온다.

영어 사전에 '더스크'는 "the dark part of twilight"(Dictionary.com)라고 나온다. 이는 '썬셋'에 비해 확실히 어둠이 강조된 정의다. '썬셋'이 직역으로 가능하지만 좀 더 어두운 의미와 느낌을 지닌 '더스크'가 원작의 암울함을 더 잘 살려낸다.

박민우의 타락한 일행의 처지에서 볼 때도 그렇지만, 박민우와 차순아의 러브라인이 행복한 결실을 이루는 것도 아니라는 점에서 로맨스의 분위기를 풍기는 '썬셋'이란 어휘는 적절하지 않다. 제목의 번역은 '합격'이다.

다음으로 영역판의 문장들 또는 표현력을 보자. 소라 김-러셀의 번역은 상당히 유창한 원어민적인 영어다. 높은 점수를 '줄 만하다.' 예를 들자면 한국어 관용구인 "죽이 잘 맞았"다(13쪽)는 영어권 관용구인 "we were like hand in glove"(영역판, 7쪽)로, 은어인 "보릿고개"(13쪽)는 그 의미만 추려내 "true hunger"(영역판, 7쪽)로, 또 "비아냥거리지 않고"(16쪽)는 "I didn't give him shit for it"(영역판, 10쪽) 등으로, 슬랭을 섞어서 자유자재로 번역하는 방식을 취했다.

특히, 우리말 관용구인 "피차마차 역마차"(44쪽)를 영어권 관용구인 'Potayto, potahto'(영역판, 40쪽)라고 한 것은 훌륭한 번역이다. 다만 'Potayto'로 됐어야 할 것이 "Potato"로 오식된 것은 옥에 티다.

문장 자체는 매끄러우나 의미가 이상해지는 부분도 없지는 않다. 박민우가 고향 영산읍을 언급하는 부분에서, "어쩌다가 인연이 닿아야 한두 번 들를까 말까 하다 보면"(17쪽)라고 한 것을 역자는 "While you're busy debating whether or not to go back home for a visit, wondering if there is some compelling enough reason to go"(영역판, 11쪽)로 번역했다. 원문의 의미는 그저 우연이라도 갈 핑계가 좀처럼 생기지 않는다는 뜻에 불과하며, 여기에는 아쉬움도 서려 있다. 그러나 번역에서는 박민우가 고향 방문하기를 적극적으로 따지며 회피한다는 뜻으로 바꿔놓았다. 오역이라고 할 수 있다.

이 글에서 오역을 일일이 지적할 수는 없지만, 이상의 사례로써 그래도 역자의 번역 문장은 대체로 매끄럽게 읽힌다고 하겠다. 기본적으로는 독자 중심의 번역을 한 셈이다.

이 영역은 약간의 개작도 마다하지 않았다. 가장 눈에 띄는 것은 일종의 '추가'다. 예를 들어, 정우희가 박민우에게 누군가의 전화번호가 적힌 쪽지를 건네주는 소설의 첫 장면에서 소싯적 친구 윤병구가 수술을 받고 죽어가는 영산읍의 병원을 박민우가 찾아가는 다음 장면으로 넘어갈 때다. 원문에서는 정우희가 건네준 쪽지가 윤병구로부터 온 쪽지인 것으로 착각할 여지가 있어 독자를 혼란스럽게 만든다. 그러나 번역에서는 원문에서 비공개된 이 인물에게 "She"라는 성별을 특정할 수 있는 대명사를 중성 인칭 대명사 대신에 또는 우회하는 방식 대신에 사용했다. 또 다음 장면으로 넘어가기 전에 "Not long after"이라는 구를 삽입하기도 했다. 두 장면 사이에 원문에는 없는 시간적인 거리를 만들어줌으로써 독자의 착각을 방지하고자 한 것이다.

그런가 하면 '삭제'를 통한 개작도 있다. 차순아가 아들의 장례를 치른 후 정우희에게 술이나 한 잔 하자고 말하는 대목이다.

자아, 이제부터 우리도 인간적으로 한잔하자.

어머니가 툴툴 털어버리겠다는 듯 평소의 내 말을 흉내내어 말했다. 인간적으로 너무하다, 인간적으로 배고프다, 인간적으로 얄밉다, 인간적으로 건배하자, 아무데나 인간적으로를 붙여 말하는 습관이 있었다. 처음 이 집에 왔을 때 그녀는 내 말투를 흉내내며 무척 재미있어했다. 나는 주전자를 들어 그녀의 잔에 소주를 따랐다고 내 잔에도 따랐다. (164쪽)(밑줄-인용자)

→

Okay, now it's turn to have a drink.

I picked up the kettle and poured her a cup of soju, then poured myself one. We downed it in one gulp and immediately drank several more shots. (영역판, 157쪽)

이렇듯이 번역문은 원문에 나온 "인간적으로"라는 표현을 모두 삭제해버렸다. 속어를 번역하기가 어려워서였을 것이다. 그러나 "인간적으로"라는 말은 '까놓고 말하자면'의 뜻으로도 사용될 수 있다. 이 점을 고려하면, 영어로도 "honestly(speaking)", "frankly(speaking)", "seriously(speaking)" 등으로 얼마든지 번역될 수도 있었다. 그러나, 안타깝게도 위 인용문의 밑줄 그어진 부분은 모두 삭제되어나갔다. 슬픔을 절제된 방식으로 전하는 이 대사의 한탄조를 영어로 전할 수 없게 되었다.

4. '세계문학'으로의 관문, 『At Dusk』의 번역 문제

하지만 이러한 것들은 치명적인 실수라 하기보다는 소소한 것들이다. 가장 중요한 것은 얼마나 문장력이 유창한가가 아니라 얼마나 이 작품의 한국적인 특수성을 잘 살려냈는가 하는 문제일 것이다. 이러한 맥락에서 보면 이 번역은 아쉬운 선택들이 적지 않다.

건축이 주제인 만큼 작품에서 중요한 역할을 하는 토건 사업 관련 용어나 표현들은 아주 중요하다.

살펴보자면 역자는 '산동네'(46쪽)는 'hillside slum'(영역판, 43쪽)으로, '판자집'(103쪽)은 'shacks'(영역판, 98쪽)로, '판자촌'(92쪽)은 'hillside shantytowns'(영역판, 96쪽)로 '음차어' 없이 번역한다. 물론 이 번역어들은 영어권에서도 많이 쓰이는 보편적인 표현이기 때문에 전달에 큰 문제는 없다고도 할 수 있다.

또, 역자는 영어에 마땅한 대응어가 없는 경우에는 음차어를 사용한 후 풀어서 설명하는 방식을 많이 활용한다. 예를 들어서, '대청마루'(9쪽)와 '일자집'(10쪽) 모두 음차어를 쓴 다음에 부연해서 설명하는 식으로 번역한다. '대청마루'는 'a daecheong maru, a wooden-floored breezeway, right in the middle'(영역판, 3쪽)로, '일자집'은 'a traditional ilja-style home: long and straight like the numeral 1'(영역판, 3쪽) 등으로 번역하는 것이다. 그럼으로써 번역 단어 수는 늘어났지만 필요했던 것이라 생각된다.

가장 유감스러운 것은, 가장 중요한 '한옥'을, 음차어 'hanok'이 아닌 'traditional Korean-style house'(영역판, 2쪽)라고만 번역한 점이다. '한옥'은 매번 'hanok'이라고 음차어를 사용해도 좋았을 법한 유일한 건축용어인데도 말이다.

한국의 전통 건축 양식인 초가집과 기와집을 모두 일컫는 말인 '한옥'은 우아하고 고급스러운 매력이 있다. 더욱이 한옥은 본래 역사적으로 '나'만 생각하는 건축이 아니라 주변의 땅과 계절 등을 고려해 위치와 내부 설계가 이루어지는 건축 양식이다. '배산임수'의 원리를 중요시해 산과 강 주변에 있는 자연과 더불어 살도록 짓는, 자연과의 상생을 추구하는 건축이다.

그러나 이렇게 한국적 특수성을 잘 드러내는 이 용어를 역자는 번역에서 살리지 못했다. 역자의 결정은 『해질 무렵』에서 건축이 차지하는 비중을 생각해서도 그렇지만 '한옥'의 국제화 추세를 생각해서도 이해하기 어렵다.

한옥 구조의 일부인 '툇마루'도 두 번 정도 등장하지만, 역자는 매번 'the porch'(영역판, 45쪽 및 93쪽)라고만 번역한다. 우리는 일본식 온돌마루를 '다다미'라고 부르고 영어권에서도 'tatami'라고 하는데, 왜 'toetmaru'는 안 되는 것일까.

더 심각한 문제는 '달골시장'이라는 어휘의 '달골'을 번역하는 과정에서 발생한다. 박민우가 소년 시절 성장한 산동네인 '달골시장'(47쪽)은 작중에서 매우 중요한 심상지리학적 장소다. 재섭이 재근이 형제와의 추억이 있는 곳이고, 부모님의 어묵전 가게와 차순아 식구들의 국수 가게가 있었던 곳이며, 사춘기 시절 그녀와의 사랑이 꽃피었던 곳이다.

그런데 역자는 이 '달골'이 처음 등장할 때, 이를 'Dalgol, or Moon

Hollow'(영역판, 45쪽)라고 번역한다. 'Dalgol'(영역판, 45쪽)이라는 음차어를 한 번 써주고 옆에 'Moon Hollow'라고 또 번역해 놓는다. 이후에는 계속 'Moon Hollow'(45쪽, 등)라는 번역을 유지하는 것으로 나타난다.

'문 헐로우(Moon Hollow)'는 두 글자인 '달골'을 '달'과 '골'로 나누어, '달=Moon'이라는 공식에 '골=Hollow'라는 공식을 적용한 것으로 보인다. 이렇게 단어를 해부하는 식의 번역은 주로 한자어를 번역할 때 쓰이는 방법이다.

그러나 '달골'은 순우리말이기 때문에 우선 방법론적으로 문제가 있었다. 적절치도 않을뿐더러 'Moon Hollow'라는 울림이 영어에서는 동화에서나 나올 법한 지명이라서, 유치한 느낌마저도 선사할 수 있다.

아마도 역자의 의도는 'Moon Hollow'의 '비어있는 달'이란 영어적 의미를 통해 작품의 불행한 느낌을 끌어가려고 했던 것으로 보인다. 그러나 원래 '달'은 '산'을 일컫는 옛말로서 '달골'은 '산골짜기 마을'이라는 뜻이다. 달은 "우리말 '땅'의 어원과 닮아 있"고, 예로부터 "우리말에서는 땅을 달이라고 했"다.(조현용, 『우리말 지혜』, 마리북스, 2018, 77쪽)

고유명사라서 울림이 중요한 지명인 '달골'을 꼭 그렇게 말의 의미를 제시하려고 하면서 번역했어야 했나 싶다. 그뿐 아니라 '골'은 '골짜기' 할 때의 '골'이므로, 굳이 그렇게 번역하자면 'Hollow' 대신 'Valley'라고 하는 편이 차라리 나았을 것이다.

'문 헐로우'는 한국소설에 나오는 지명 같지도 않지만 그렇다고 해서 영어마을 이름 같이 느껴지지도 않는다. 이 문제와 관련해서는 다음의 두 사례를 통해 더 생각해볼 수 있다.

(가)

우리가 살았던 달골이 지상에서 이미 사라진 기억 속의 박제에 지나지 않듯이, 한번 지나간 것은 돌아오지 않는다. (102쪽)

→

Moon Hollow was long gone, like a memory of some taxidermied thing. And once something is gone, it does not return. (영역판, 97쪽)

위의 인용문에서 원문에 따르면 '달골'은 아주 그리운 목가적 공간으로 느껴져야 하는데, 영어 번역에서는 그렇지 못하다. 의미 중심의 번역인 'Moon Hollow'가 나머지 문장의 의미를 방해할뿐더러, "사라진 기억 속의 박제"를 "like a memory of some taxidermied thing"으로 번역한 것은 오역에 가깝다.

원문의 뜻은, '너무 오래되어서 달골이 기억 속에 박제화되었다, 혹은 깊숙이 박혀버렸다'라는 뜻인데, 번역에서는 '달골은 어떤 박제물에 대한 기억처럼, 사라진 지 오래되었다'는 뜻이기 때문이다. 굳이 '박제화 된'이라는 뜻을 지닌 'taxidermied'라는 딱딱한 단어를 사용해 일대일 번역을 할 필요는 없었다.

(나)

나는 길 한복판에서 어느 방향으로 가야 할지 몰라 망설이는 사람처럼 우두커니 서 있었다. (196쪽)

→

And so there I stood, in the middle of the sidewalk in what was once Moon Hollow, like a man who'd lost his way. (영역판, 188쪽)

위의 인용문의 문장은 소설의 맨 마지막 문장이다. 보다시피 이 대목에서 역자는, 원문에는 없는 'Moon Hollow(달골)'을 번역에 삽입함으로써 의미를 변경시켰다. 그런데 이 번역은 완전히 길 잃은 인물을 묘사해야 하는 상황에서 'what was once Moon Hollow(한때는 달골시장이었던)'라는 형용사구를 통해 오히려 그에게 위치감각을 부여한 것이다. 따라서 장면의 낭만성도 삭감되고, 'Moon Hollow'와 함께 부수적인 단어들이 추가되면서 문장의 서정성 또한 삭감되는 효과를 낳았다.

나의 생각이지만 번역의 '용서'와 관련하여 가장 어렵게 여겨지는 번역은 아무래도 '강아지풀'에 관한 것이다. 『해질 무렵』에서 자본주의의 지배 아래서 밀쳐져 버려진 자연적이고 토속적인 소중한 옛것들을 상징하는 매우 중요한 역할을 하는 것이 바로 이 '강아지풀'이다. 그런데, 역자는 이것을 'foxtail(폭스테일)'이라고 번역한다. 이를 한국어로 다시 옮기면 '여우꼬리'가 된다. '폭스테일'이라는 영어의 울림 역시 거칠고 아름답지 못하다.

물론 사전에서 찾아보면 '강아지풀'은 영어로 '폭스테일'이라고 나온다. 강아지풀의 생김새가 한국인들에게는 수북한 털의 동물인 강아지와 같은 친근한 느낌을 주는 반면, 영어권의 외국인들은 이 동일한 식물이 여우의 꼬리를 닮았다고 생각해서 붙여진 이름 같다. 한국어로나 영어로나 동물에 빗대어 이름을 붙였다는 점에서는 공통점이 있으나, 한국어에서 영어로 번역할 때 이 동일한 식물이 갑자기 강아지에서 여우로 변신한 느낌이다.

'폭스테일'이 직역이기는 하지만 그것은 원문이 지향한, 강아지풀이 가지고 있는 귀엽고 순수한 이미지와 대조되는 이미지와 어감을 지닌다. 외국에서도 여우는 오래전부터 교활함, 간사함, '술수가 뛰어난', '잔꾀가 많은' 등을 상징해 왔다. 좀 더 긍정적으로 말해도 '팜므파탈적인', '치명적으로 유혹적인', '농락하는' 등을 의미한다. 따라서 순수함과는 딴판이고, 전혀 이상한 번역이 된 것이다.

차라리 정확하게 같은 풀을 가리키지는 않더라도 부정적인 어감이 없는, 성질이 비슷한 잡초의 영문명으로 번역했더라면 어땠을까 생각한다. '폭스테일' 대신 우리 주변에 흔하디흔한 식물인 pigweed(명아주), Shepherd's purse(냉이), chickweed(별꽃) 등에서 하나를 골라서 쓰거나, 아니면 차라리 잔디 정원을 방해하는 또 다른 식물인 'dandelion'(민들레)으로 바꿔서 번역했더라면 어땠을까? 아니면 차라리 '강아지풀'을 다시 영어로 번역해, 'puppygrass(퍼피그래스)'나 'puppytail(퍼피테일)'로, 소설을 위한 가상의 풀의 이름을 만드는 방법으로 가도 좋았으리라고 생각한다.

나의 경우라면 'puppygrass(퍼피그래스)'로 번역했을 것 같다. 그런다면 정확한 번역은 아닐지라도, 적어도 원작의 문학성을 훼손하지는 않는, 앞에서 말한 '이국화'의 번역이 되었을 것이다.

종합적으로 볼 때, 소라 김-러셀의 『At Dusk』는 뛰어난 유창성을 지닌 번역이며, 그만큼 기본실력과 수고에 대한 인정이 요청되는 번역의 결과물이다. 이질적인 것의 의미보다는 영어권의 슬랭이나 관용구를 적절히 활용해 자구를 매끄럽게 번역한, '자국화'의 번역 쪽에 해당한다고 평가된다.

그러나 위에서 내가 언급한 몇 가지 문제들은 놓치면 안 되는, 이 소설의 핵심테마와 관계되는 매우 중요한 번역 지점들이다. 또 지면상 다 언급하지는 못했지만, 박민우 부모님의 어묵전 가게를 번역할 때 '어묵전'을 좀 더 정확하게, 이를테면 'fishcake pies'나 'fried fishcakes', 아니 'fishcake omelettes'라고 하면 좋았을 것을, 단순히 '어묵'을 가리키는 영어인 'fishcake'으로 번역한 점 등등 아쉬운 것들이 있었다.

나의 생각인데, 기본적으로는 '자국화'의 번역을 유지하더라도 우리나라의 문화와 같은 특수성이 드러날 수 있는 부분에서만큼은 좀 다르게 갔어도 괜찮았으리란 여운이 남는다.

그렇다면, 나는 여기서 이 글에서 처음 제기했던 문제로 다시 돌아오고자 한다. '세계문학'의 관점에서 황석영의 『해질 무렵』의 번역물은 어느 정도의 위상을 가지고 받아들여질 수 있을까?

이 소설은 유럽을 향해, 현대성에 있어서의 '비동시성의 동시성'이라는 화두를 제시한다. 그리하여 유럽인들에게 비서구 사회 한국의 현대사 속에서도 현대성에 대해 '심문'하는 문제적인 이야기가 산출될 수 있음을 보여준다.

난개발 시대를 통과해 노년기에 접어드는 박민우의 과거의 끝이, 성만 다르고 이름은 같은 청년 김민우의 현재에 닿아가는 이 소설은, 오늘날 한국에서 어딘가 벌어지고 있을 법한 현실감 있는 이야기를 통해 세계문학에 호소하는 장점이 있다.

이 두 세대에 걸친 이야기는 한국현대사의 복잡한 국면들에 대한 이해를 요청하는 난점도 있다. 작가로서 이 문제를 충분히 고려하는 것도 필요하겠지만 동시에 이는 번역의 문제를 불러오는 것이기도 하다.

그리고 이는 번역의 문제라는 관문을 통과하지 않고서는 '세계문학'에 도달할 수는 없다는, 한국어 문학의 어려움을 우리에게 상기시킨다. 나는 이 글을 통하여 더 많은 '이국화'와 이를 위한 섬세한 조절의 필요성을 이야기한 것이기도 하다. 한국어 문학의 '세계문학'을 향한 발돋음, 여기서 문제는 번역, 또 번역이다.

언어는 나의 피입니다

무의식은 언어처럼 구조화되어 있다. The unconscious is structured like a language. 라캉의 이 기본 명제는 제가 가장 좋아하는 철학적 명제입니다. 나는 누구이며 어디에 속하는가 하는 저의 정체성의 문제를 이처럼 잘 정리해주는 명제는 없기 때문입니다. 언어는 나의 종족, 나의 국적, 나의 피입니다.

어려서 부모님을 따라 캐나다로 이주했던 저는 과거에, 한국어를 '잊고' 살았던 시절이 있었습니다. 제가 처음으로 문학을 읽고 쓰며 문학청년을 꿈꾸었던 언어는 영어였습니다. 세월을 지나 한국에 돌아왔을 때 저는 이미 성인이었고, 성인이 되어서 처음으로 저의 모국어인 한국어로 된 문학을 읽고 쓰기 시작했습니다.

그런데, 제가 영어를 사용하던 세계에서 성장 과정을 다 보내고 성인이 되어서 다시 한국어를 사용하는 세계로 들어와 한국어가 저의 세상 속으로 스며들어 왔을 때였습니다. 저는 어릴 적 알았던 어떤 세상, 소멸했던 어떤 세상이, 꿈틀거리면서 부활하는, 그런 '이상한' 경험을 했습니다. 그러면서 내가 알고 있었으나 '잊고' 지냈던 '새로운' 또 하나의 세상이 펼쳐졌습니다.

이 경험은 마치 저에게, 크로노스의 시간이 카이로스의 시간으로 빨려 들어가는 듯한 느낌을 가져다주었습니다. 그 이래로 저는 두 개의 언어로 구축된 두 개의 세상을 살아가고 있습니다. 이렇게 제게는 한국어로 된 세상과 영어로 된 세상, 두 개의 세상이 있습니다.

여기에서 제가 깨달은 게 있습니다. 나의 피부색이 무엇이든 국적이 무엇이든, 내가 어디에 있든, 중요하지 않다는 것입니다. 중요한 것은 바로 언어며, 언어야말로 나의 정체성이자 나의 피라는 사실입니다.

저의 모국어로 쓴 글로 상을 받아 기쁩니다. 그 글이 저의 또 다른 세상을 구축하는 언어인 영어로 된 글을 분석하는 작업이었기에 더없이 기쁩니다. 나는 한국인인가 캐네디언인가, 이제는 그 어느 일방에 온전히 속하지 않는다고 느끼는 '이방인'의 운명에 대해서 저는 방황하지 않습니다.

번역이 저의 두 가지 세상을 연결하는 작업이라면, 번역 평론이란 여기서 한발 더 나아가 누군가가 이루어놓은 그의 두 언어적 세상의 연결을 평가하는 작업일 것입니다. 그 세상들을 이해하려고 노력하면서, 건설적인 평가를 위하여 애쓰겠습니다.

김엔야라는 이름으로 인생에서 새로운 시작을 할 수 있도록 소중한 기회를 주신 심사위원님과 『불교신문』에 깊이 감사드립니다. 사랑하는 가족과 이 기쁨을 나누고 싶습니다.

"번역이 한국문학 난제임을 환기시킨 작품"

올해의 평론 부문은 세월이 어려운 때여서 그런지 오히려 높은 수준의 작품을 낸 분이 많았다. 문학은 역시 행복의 산물만은 아니라는 것, 고통 속에서 아름다운 꽃이 피어난다는 것을 새삼 느낄 수 있게 했다.

좋은 문장들 가운데에서 먼저 세 편을 어렵게 선정했다. 하나는 '세계문학의 가능성과 번역, 그리고 또 번역-황석영 장편소설 〈해질 무렵〉론'이었고, 또 다른 하나는 고인이 된 박상륭 작가의 '죽음의 한 연구'를 대상으로 삼은 '죽음, 그 불가능한 것의 가능성-박상륭 장편소설 〈죽음의 한 연구〉를 중심으로'이었다. 나머지 하나는 올해 한창 뜨거웠던 김봉곤 사태를 상기시키듯 두 퀴어소설 작가의 문학세계를 다룬 '퀴어(queer) 소설(들)에 묻는 관계의 본질-김봉곤과 박상영의 게이(gay) 소설들'이었다.

비평이란 무엇이냐 하는 문제를 놓고 고민하게 한 세 작품이었다. 비평에는 세 가지가 있다고 누군가 말했다. 하나는 시류의 흐름을 타는 비평, 세상일에 개입하는 비평, 문학의 장 속에서 싸우는 비평이다. 또 하나는 어떤 주제에 몰두하는 비평, 즉 아르바이트 비평이다. 나머지 하나는 예술가가 자신의 작업을 바탕으로 성찰하는 비평, 예술가 비평이다.

황석영 장편소설 〈해질 무렵〉의 번역 문제를 검토하면서 이를 중심으로 한국문학이 세계문학으로 어떻게 '도약'할 수 있는가? 여기서 번역에 수반되는 문제는 무엇이냐? 하는 문제를 다룬 평론이다. 무엇보다 그 질문의 현재성이 관심을 끌었다. 황석영은 지금도 살아 움직이는 작가이며 어느 의미에서 계속 도전 중인 작가다. 번역 문제의 구체적 사례들을 원활히 다룰 수 있었던 '실력'에도 관심이 간다. 번역이 여전히 한국문학의 난제임을 환기시켜 주었다.

당선작의 선정은 '쇼트 리스트'에 들어간 이후에는 일종의 우연에 맡겨진다. 그만큼 모두 제각기 자격이 있다는 말이다. 당선작은 낸 분에게 큰 축하드리며 아쉽게 탈락한 두 분께는 더 좋은 결실 있기를 기대하고자 한다.

심사위원 : 방민호 서울대 교수

2021 서울신문 신춘문예 당선 평론

전승민

1990년 진주 출생
서강대학교 영미어문학과 4학년 재학 중
2020년 제19회 대산대학문학상 평론 부문 당선
2021년 〈서울신문〉 신춘문예 평론 부문 당선
nrz5haeyo@naver.com

만질 수 없음을 만지는 언어: 촉각의 소노그래피

- 한강의 『희랍어 시간』(2011)

전승민

문학의 칼

칼날과 포옹할 수 있을까? 한강에게 언어는 세계와 자신을 가르는 칼이다. 언어는 전체 의미 중에서 표현 가능한 부분만을 잘라 기표에 담으므로 진실은 이 과정에서 필연적으로 왜곡된다. 그래서 문학 하는 이들에게 언어는 축복이면서 동시에 영원한 고통이다. 문학의 괴로움은 그것이 진실에 가까워질수록 비-진실해지는 이 운명에서 비롯한다. 현실의 경험을 기표로 쪼개어 재조합하는 언어로는 그 어떤 실재에도 완벽히 다다를 수 없다. 현실을 조각내지 않는 언어는 과연 가능할까?

한강의 장편소설 『희랍어 시간』(문학동네, 2011)은 진실을 조각내는 언어의 칼금과 대결하며 날 것 그대로의 진실을 포착하려 한다. 그것은 현실을 분절하는 한계로서의 언어가 아니라 현실을 가장 훼손하지 않는 순수한 상태의 언어에 의해 가능하다. 그러나 이는 언어가 언어이기를 포기할 때 획득되기에 순수를 추구할수록 더욱 비-순수해지는 역설 속에 있다. 그 '순수'는 볼 수 없는 것을 보고, 말할 수 없는 것을 말하는 사람에게서 비롯하기 때문이다. 그래서 진실은 어떤 인과나 합리적 추론으로 증명되는 참인 명제가 아니라 오직 몸으로 살아낼 때만 느끼는 힘의 압력으로 다가온다.

소설의 남자와 여자는 이 거대한 진실을 유한한 인간의 몸뚱이로 견디는 사람들이다. 남자의 진실은 영원한 실명, 여자의 진실은 계속되는 실어이다. 그러나 그들의 상실과 고통은 보상이나 처벌의 체계에서 비롯하지 않으며 당위나 인과에 의해 설명되지 않는다. 인간이 인간을 이해하는 일이 각자의 진실을 이해하는 것이라면 바로 이러한 이유로 우리는 자신과 타인을 이해하는 데에 영원히 실패한다. 예정된 실패의 운명 속에서 『희랍어 시간』이 길어 올리는 물음은 그럼에도 불구하고 왜 인간은 삶을 이해하기 위해 끝없이 발버둥 치는가이다.

이 궁극의 물음에 대해 소설은 질문으로 되돌아가 그것을 파괴하는 재귀적인 답을 제시한다. 삶이 인간에게 들이미는 통각은 소거되어야 할 병증이 아니라 그가 살아 있음을 감각하게 하는 생의 반증이기 때문이다. 한강의 소설은 인물의 아픔에 관한 원인을 굴착하기보다 그 아픔을 온몸으로 함께 통과한다. 서사는 플롯의 인과와 시간의 합리적 흐름에 복무하지 않고 다만 고통의 양태와 통각을 소슬히 응시하기 위해 흐른다. 그래서 『희랍어 시간』에서의 시간은 선형적이지 않고 소설의 언어 역시 일반의 언어로부터 탈구되어 있다. 요컨대 한강은 인간과 문학이 삶에 대해 제기하는 근본적인 질문, 그러나 '왜'로 시작할 수밖에 없으므로 언제나 오류일 수밖에 없는 어떤 질문과 대결한다.

"인간의 혼은 왜 그 어리석고 나쁜 속성들로 인해 파괴되지 않는 겁니까?" (105쪽)

신성의 잠재태로서의 고통

『희랍어 시간』의 시간은 환環으로 흐른다. ("세상은 환이고 산다는 것은 꿈꾸는 것입니다." 26쪽) 소설에서 읊어지는 보르헤스의 말처럼, 첫 번째 장은 '1'에서 시작하여 21번째 장까지 진행된 후 마지막 장에서 '0'으로 돌아간다. 시간이 1에서 0을 향해 구부러지는 이유는 남자와 여자의 삶이 전생의 시간이기 때문이다. 그 전사前史는 작가의 시집 『서랍에 저녁을 넣어 두었다』(문학과지성사, 2013)에 상세히 기록되어 있다.[1] 남자와 여자는 「해부극장」 연작에 나오는 백골의 전생이며, 백골의 고통은 곧 여자가 느끼는 통증이다. 그것은 말의 소리가 신체의 발음 기관을 경유해 공기 중으로 퍼져나갈 때 발생하는 비릿하고 붉은 통각이다.[2]

세 치의 혀와 목구멍에서 나오는 말들, 헐거운 말들, 미끄러지며

1) 시집의 해설을 쓴 비평가 역시 한강의 시들은 "말과 동거하는 인간의 슬픔과 고통을 근본적인 차원에서 제시한다"는 점에서 시의 화자들을 『희랍어 시간』 속 남자와 여자로 잠시 연결하며, 『희랍어』를 "순수한 언어의 능력에 집중하는 소설"이라 평한 바 있다. 조연정, 해설 「개기일식이 끝나갈 때」, 한강, 『서랍에 저녁을 넣어 두었다』, 문학과지성사, 2013, 142-143쪽.

2) "나에게 혀와 입술이 있다.//그걸 견디기 어려울 때가 있다.//(…)//구불구불 휘어진 혀가/내 입천장에/매끄러운 이의 뒷면에/닿을 때//(…)//나에게 붉은 것이 있다, 라고/견디며 말한다"한강, 「해부극장 2」, 한강, 위의 책.

긋고 찌르는 말들, 쇳냄새가 나는 말들이 그녀의 입속에 가득 찼다. 조각난 면도날처럼 우수수 뱉어지기 전에, 막 뱉으려 하는 자신을 먼저 찔렀다.(『희랍어 시간』, 165쪽)

여자의 고통이 언어가 파열될 때 발생한다면 남자의 고통은 반대로 무언가가 덩어리로 뭉개질 때 발생한다. 완전히 실명하게 되리라 진단받은 마흔을 목전에 두고, 그는 마치 시한부 인생을 선고받은 것처럼 16년간의 독일 생활을 접고 모국으로 돌아온다. 사물과 풍경의 날카로운 경계는 그의 시야에서 점차 사라진다. 그는 실명 이후의 삶에 대한 확신이 없다. 남자의 삶 역시 독일과 한국에서 보낸 시간으로 분절되어 있으므로("그때 내 인생은 거의 정확히 절반씩 두 언어, 두 문화로 쪼개어져 있었던 셈입니다." 40쪽) '희랍어 시간'은 여자와 남자가 공유하는 고통 그 배면의 시간이다. 여자는 두 번째로 찾아온 실어 증상을 스스로 극복하기 위해 강의를 신청하고, 남자는 자신을 둘로 쪼개는 힘을 피해 "수천 년 전에 죽은 언어 (…) 마치 고요하고 안전한 방"(119쪽)과 같은 희랍어 속으로 숨어든다. 이 공통의 시간 너머에 있는 그들의 고통에는 이유가 없다. 백골들이 그러하듯 그들의 아픔은 단지 붉은 피와 살로 이루어진 육체성에서 비롯한다. 달리 말하자면 그저 인간의 몸을 가지고 있으므로 아파야만 하는 것이다.

까닭 없이 고통받는 인간은 신을 찾아 헤맨다.[3] 소설의 1인칭 화자는 마지막 장 한 곳을 제외하고 모두 남자의 목소리로 이야기한다. 그

---

3) *"진심이야./후회하고 있어./이제는 아무것도 믿고 있지 않아."* 한강, 위의 글.

의 고해는 세 통의 편지로 이루어진다. 가장 먼저 발송되는 편지는 독일에서 살던 시절 사랑했던 여자에게 보내는 사과문이다. 그녀는 청각장애인이다. 그러나 그는 그녀의 장애를 조금도 고려하지 않은 채 그녀를 욕망한다.("우리는 언젠가 함께 살게 될 것이고, 나는 눈이 멀 것이라고. 내가 보지 못하게 될 때, 그때는 말이 필요할 거라고." 47쪽) 그는 "백치처럼 순진하게"(47쪽) 그녀에게 독순술 수업에서 배운 대로 말을 해보라고 요청한다. 남자는 그녀의 청각장애를 자신의 예정된 실명과 동등하게 고려하지 못한다. 그녀의 독순술이 그의 '결핍'을 보충하는 자질이 될 이유는 조금도 없다. 누군가의 언어 행위는 그의 자발적 선택과 의지에 의한 것이지 다른 이의 필요를 충족하기 위한 것이 아니다. 요컨대 언어는 강요되어선 안 되는 것이다. 그가 그녀에게 품는 모든 욕망은 사랑이라는 단어로 정당화되고 그것이 그녀에게도 좋은 것이라 '백치처럼' 그는 믿어 의심치 않는다. 화가 머리끝까지 난 그녀는 사과하는 그의 얼굴에 주먹을 날린다. 세계를 두 눈으로 또렷하게 볼 수 있다고 해서 타인의 고통을 왜곡되지 않은 상像으로 볼 수 있는 것은 아니다. 외부 사물을 보는 눈과 인간의 고통을 보는 눈은 다르다.

한편으로, 인간이 누군가를 상처입힐 수 있다는 것은 그 또한 다른 인간으로부터 상처받을 수 있음을 내포한다. 두 번째 편지의 수신인은 여동생 란이다. 그는 여동생에게, 앞으로 어둠 속에서 살아가게 될 그의 운명을 가장 잘 이해할 수 있는 사람은 바로 똑같은 병을 앓았던 아버지였음을 말한다. 그의 시력 상실은 부계 유전질환이기 때문이다. 그는 "이 어스름이 정말 완전한 밤으로 이어지는지"(82쪽) 아버지에게 묻고 싶었으나 아버지는 자신과 똑같은 아들을 끝까지 멀리한다. 아버지는 자신의 고통을 받아들이는 데에 결국 실패하면서 삶으로부터의 자기 소외 속에 생을 마감한다. 그는 어둠을 받아들이지 못했기 때문에 삶의 빛 속으로 한 발짝도 걸어 나가지 못했던 셈이다.

이제, 앞서 소설이 던진 유일한 질문에 대한 첫 번째 답이 도착한다. 인간이 부서지지 않는 이유는 그의 영혼 안에 어리석고 나쁜 것과 함께 어떤 좋음 또한 거주하고 있기 때문이다. 그것은 고통을 감각하고 수용하는 능력이다. 소설에 등장하는 '새'는 그것의 체현물이며("그의 얼굴 속에 새 같은 무엇인가가 살아 있다는 것을, 그 따스한 감각이 그녀에게 즉각적인 고통을 일깨운다는 것을 곧 깨닫는다." 147쪽) 개별 존재가 가지고 있는 고유의 영혼과도 같은 것이다. ("새 같은 무엇인가가 문득 육체를 떠났고, 그 육체는 더이상 어머니가 아니었다." 145쪽) 말하자면 새는 인간이 생의 통각에 반응하는 마음의 일부로서 육체와 정신을 이어준다. 새를 통해 인간은 육체의 통증을 실존적인 고통으로 받아들인다. 그러나, 뒤에서 논의되겠지만, 인간은 역설적으로 바로 이 '새'로 인해 자기 파멸로부터 구원받을 수 있다. 그렇다면 우리는 이 새를 두고 인간이 각자 품고 있는 어떤 신성神性의 잠재태라 할 수 있을 것이다. 인간이 유한자로서의 운명에 함몰되지 않고 '인간적이지 않은' 차원으로 도약하게 만드는 그 무엇은 분명 신성하다. 요컨대 인간은 선험적인 신성을 배태하므로 고통받는다.

여자는 특히 이 신성의 언어적 측면이 육화된 존재다. 문자가 소리로 변할 때 언어가 겪는 분절의 고통을 그녀는 자기 몸의 통증으로 겪는다. 심장과 혀를 경유하여 귀로 도달하는 모든 파열하는 소리는 여자에게 폭력이다. 그래서 실어증은 파괴하는 힘으로부터 자신을 지키기 위한 대응이다. 침묵은 그녀를 에워싸고 보호한다. 실어의 원인은 심리치료사가 말하는 것처럼 "그렇게 간단하지 않"(55쪽)다.

여자는 언어의 신성 그 자체이지만 이 신은 전지전능하지 않다. 그녀 역시 구원을 바란다. 어머니가 뱃속의 그녀를 지우려 했다는 사실을 알고 있다. 현실 속 무언가의 실존이 얼마나 연약하고 위태로운 우연에 기대고 있는지 아는 그녀는, 그래서 무언가의 존재를 위협하거나 변형시키는 힘에 대해 온몸으로 대항한다. 그녀에게 폭력은, 어떤 존재를 그것의 고유한 자리로부터 박탈시키는 모든 종류의 유형력이다. 목소리 역시 그러하다. 음성은 공간을 점유하면서 다른 존재들을 밀어낸다.("그녀는 공간을 차지하는 것을 싫어했다. (…) 목소리는 훨씬 넓게 퍼진다. 그녀는 자신의 존재를 넓게 퍼뜨리고 싶지 않았다." 51쪽) 여자에게 말은 육체적인 고통이다.

그러므로 실어는 존재들을 지켜내기 위해 고통을 온몸으로 견디는 사랑의 행위—신의 사랑이다. 그녀는 말하지 않는 대신 언어를 시선으로 번역한다. "신은 보는 존재이거나, 시선 그 자체인 건가요?"(104쪽)라는 대학원생의 물음은 반쯤 정답을 향해 있다. 타인의 고통을 무참히 다룬 죄를 고해하고 받은 상처를 토로하던 남자가 여자를 만나는 것은 그래서 우연이 아니다. 남자가 찾던 신의 모습은 여자의 몸으로 나타난다. 그러나 점점 희미해지는 시야 속에서 그는 과연 그녀를 '볼' 수 있을까?

신과 인간의 소노그래피

그녀가 희랍어로 힘겹게 써 내려가는 시는 마치 예수가 부활하기 전

무덤 속에서 썼으리라 짐작되는 것이다.

> 한 여자가 땅에 누워 있다.
> 목구멍에 눈雪
> 눈두덩에 흙. (64쪽)

차가운 무덤 속에 묻힌 신의 눈에는 흙이 있고, 입과 목은 차가운 눈으로 막혀 있다. 그녀는, 신은 말할 수 없다. 무덤 안은 남자와 여자가 발 딛고 있는 현실 세계다. 카타콤베 묘지에 갔던 남자의 기억이 떠오른다.

> 여러분, 왜 관 속에 유골이 없을까요?
> (…)
> 박물관에 가져다놓은 거 아니에요?
> (…)
> 누군가가 훔쳐갔나요?
> (…)
> 다아 여기 있습니다. (…) 관 속에 보이는 흙을 분석하면 칼슘과 인 성분이 많이 나온다고 합니다. 수천 년이 흐르면, 사람의 뼈가 삭아서 이런 흙이 되는 겁니다. (153쪽)

백골은 전생의 기억을 간직하고 있으므로 남자는 자신이 곧 그 백골이라는 것을 안다. ("수천 구의 육체들이 뼈까지 깨끗이 삭아버린 거대한 무덤 속에, 그토록 따뜻한 몸을 가진 우리가 모여 있었다는 게." 155쪽) 그는 구토감을 느낀다. 온몸에 묻은 죽음의 흙냄새와 어둠을 두려워하고 있음을 여자에게 고해한다. 그러나 그는 자신 앞에 서 있는 이가 자신을 구원할 수 있음을 전혀 알지 못한다. 마치 부활한 예수를 알아보지 못한 채 그가 정원지기인 줄로만 알고 예수의 시신이 어디에 있느냐 묻는 막달라 마리아와 같다.(요한복음 20:15) 그는 앞으로 펼쳐질 영원한 어둠을 어떻게 받아들여야 하는지 신에게 거듭 질문한다. 그러나 그녀의 목소리는 들리지 않는다.

……내 말, 거기서 듣고 있나요? (161쪽)

두 사람의 과거로 구부러졌다 돌아오곤 하던 현재는, 남자와 여자가 '어둠' 속에서 서로 마주하게 되는 배타적인 둘만의 시간, 즉 17장부터 21장까지의 시간 동안 직선으로 그러나 더 천천히 흐른다. 건물 안으로 날아온 새를 구하려던 남자는 발을 헛디뎌 안경을 깨뜨리고 강의실로 돌아가지 못한다. 밖으로 나온 여자가 남자의 소리를 듣고 그에게로 향한다. 그런데 그녀가 그에게로 다가간 것은 우연이 아니다. 그녀는 무언가를 감지하고 밖으로 나간다.

빈자리들이 이상한 통각을 띠고 그녀의 눈으로 파고들었다. 그녀는 질끈 눈을 감아보았다. 그녀의 시간과 다른 모든 사람들의 시간이 어긋난 것 같았다. (160쪽)

남자의 시간이 그녀에게로 다가갔던 것이다. 그는 점점 흐릿해지는 자신의 시야에 대해 다음과 같이 말한 적 있다.

> 잘 보이지 않으면 가장 먼저 소리가 잘 들릴 거라고 사람들은 생각하지만, 그건 사실이 아닙니다. 가장 먼저 감각되는 것은 시간입니다. 거대한 물질의 느리고 가혹한 흐름 같은 시간이 시시각각 내 몸을 통과하는 감각에 나는 서서히 압도됩니다. (39쪽)

두 사람의 대화는 남자의 빈 자리가 발생시키는 시간의 진동을 여자가 감지하면서 시작된다. 이 시간의 감각은 파동의 형태로 전달된다. 남자는 여자의 구두 소리를 듣고 난간을 주먹으로 두드려 자신이 있음을 알린다. ("듣지 못하는 사람이라 해도 이 진동은 느낄 수 있을지 모른다." 133쪽) 여자가 '들은' 것은 귀로 들어오는 소리가 아니라 그녀의 몸 전체, 피부 세포에 닿아 그것들을 흔드는 진동이다. 그들의 대화는 시신경에 의한 시선도, 청신경에 의한 소리를 통해서도 아닌 바로 이 촉각의 소노그래피(sonography)를 통해 이루어진다.[4)]

시인이 존재들에게 엑스선을 투과시켜 백골들의 영상을 얻어낸다면 ("검푸른 뢴트겐 사진에 담긴 나는/그리 키가 크지 않은 해골"「해부극장 2」) 소설『희랍어 시간』에서는 소노그래피를 통해 육체의 말랑한 조직들, 피부나 혀, 심장에서 반향된 영상을 보여준다. 엑스선은 말랑한 것들을 찍을 수 없고 초음파는 뼈를 투과할 수 없다. 통증은 말랑하고 붉은 것의 감각

4) 소노그래피는 초음파를 이용해 시각 영상을 재현하는 기술이다.

이다. 뼈에는 통각 세포가 없기 때문이다. 소설은 뼈가 육신을 가졌을 적의 고통의 서사다.

소노그래피의 언어는 존재 자체가 내뿜는 파동이므로 소리로 쪼개지지 않는 언어다. 이것 역시 몸으로부터 유래하지만 "폐와 목구멍과 혀와 입술을 움직여, 공기를 흔들어 상대에게 날아"(55쪽) 가는 목소리가 갖는 폭력성은 없다. 여자가 말 대신 택한 시선의 언어 역시 그런 점에서 비육체적이다. ("시선만큼 즉각적이고 직관적인 접촉의 방법은 존재하지 않는다고 그녀는 느꼈다. 접촉하지 않으면서 접촉할 수 있는 거의 유일한 방법이었다." 55쪽) 이때 접촉의 감각은 시각이나 청각이 배제된 상태의 대리보충, 즉 실제 피부의 감각만을 의미하지 않는다.[5] 소노그래피의 촉각은 오감의 유무와 관계없이 존재가 뿜어내는 살아있음의 파동, 즉 여자가 말한 '시간'의 감각이다.

한강은 특유의 독특한 문체로 두 인물 사이에 반향되는 소노그래피를 형상화한다. 『희랍어 시간』에는 큰따옴표나 작은따옴표가 단 한 번도 등장하지 않는다. 그래서 언뜻 자유간접화법처럼 보이지만 그렇지 않다. 자유간접화법은 문장 안에서 형식적 서술자와 서술 내용이 담는 의식의 주인을 불일치시키며 서술자보다 인물을 부조한다. 그러나 한강의 문장에서 3인칭 화자는 남자와 여자의 의식 이면으로 유보되지

---

5) 양현진은 실명과 실어가 몸짓, 촉각에 의한 소통에 주목하게 한다고 본다. 그러나 피부의 직접적인 접촉과 몸짓만을 대화로 보는 것은 국소적인 독해다. 소설에서 시각과 청각이 배제될 때 도드라지는 것은 시간, 즉 파동의 흐름이다.양현진, 「한강 소설의 촉각적 세계 인식과 소통의 감수성」, 『한국문학이론과비평』, 70집, 한국문학이론과비평학회, 2016.

않는다. 따옴표 없이 곧장 전해지는 말은 인물의 목소리를 3인칭 서술자와 동일한 층위에 위치시키며 그들 간의 위계를 무너뜨린다. 모든 소리는 세계의 일부로 스며들어 있다. 소설은 이 지점에서 자기 안으로 시를 틈입시킨다. 인용부호에 의해 절단되지 않는 하나의 커다란 말뭉치(corpus)를 만들어내는 서술은 남자와 여자, 그리고 3인칭 서술자 각각의 인격을 부각한다. 목소리들이 어우러지는 한 공간—소설 안에서 인물의 목소리는 그 자체로 시가 되고 그들의 모든 말은 행과 연의 형식으로 배열된다. 『희랍어 시간』은 세 인격의 목소리가 만들어내는 소리 풍경(soundscape)이다.[6)]

> 그녀는 그의 말을 똑똑히 듣고 있다. (…) 그녀는 그를 똑똑히 보고 있다. (…) 그늘진 그의 얼굴을, 그녀는 지금 온 힘을 다해 건너다보고 있다. (169쪽)

촉각의 소노그래피가 만드는 소리 풍경 안에서 듣는 일은 곧 보는 일이며, 보는 일은 곧 듣는 일, 존재의 파동을 온몸으로 감각하는 일이다. 진동은 소리가 글자로 박제되는 것과 달리 발생하고 감각되는 즉시 사라진다. 나타남과 동시에 사라지는 소노그래피는 존재를 파열시키거나 변형시키지 않고 다만 투명하게 통과한다.

모든 인물의 말이 인용부호 없이 제시되지만 특히 여자의 목소리는

---

6) 사운드스케이프는 여러 가지 소리의 구성으로 이루어지는 '듣는 영상'으로 단지 소리가 만드는 공간적 환경 그 자체라기보다 그것을 지각하는 청취자의 지각 속에서 그려지는 풍경이다.

서사 세계 안에서도 음성화되지 않는 가장 시적인 목소리다. 여자의 문장들은 기울어지면서 남자의 목소리와 구분된다.[7] 19장 〈어둠 속의 대화〉 후반부에는 이렇게 목소리가 뒤섞이면서 두 사람의 파동이 중첩되는 대목이 있다.[8] 서사 표층에서 실제로 발화되는 음성은 남자의 목소리뿐이므로 소노그래피가 아니라 일반적인 감각으로 읽어낼 경우, 소설은 오직 남자의 독백으로만 가득 찬다. 그러나 여자와 남자의 대화는 각자가 소환하는 기억의 단위들로 교환되며 소리가 아닌 언어, 파동의 접면들이 교차하며 이루어진다. ("잉크 위에 잉크가, 기억 위에 기억이, 핏자국 위에 핏자국이 덧씌워진다." 155쪽) 언어의 칼금을 막아내기 위해 언어가 아닌 언어를 사용하는 소설은 서로 다른 목소리들이 서로 겹치며 일으키는 간섭을 현상하는 데까지 나아간다.

화해할 수 없었다.

화해할 수 없는 것들이 모든 곳에 있었다.

(…)

7) 한강은 대상의 목소리를 키우기 위해 기울임체를 사용한다. 시집에 수록된 「해부극장 2」의 백골과 「조용한 날들 2」에 등장하는 달팽이의 목소리가 그렇게 나타난다. *"(건드리지 말아요) (…) (하지만 상관없어, 네가 찌르든 부숴뜨리든)"*

8) 서로 다른 두 개의 물질이 동일한 시공간을 점유하는 것은 불가능하지만, 서로 다른 두 개의 파동은 동일한 공간에 동시적으로 존재할 수 있다. 두 파동이 동일한 지점에서 교차할 때 일으키는 상호작용을 파동의 중첩 현상이라 한다.

독한 취기 같은 피로가 그녀의 의식을 둔하게 만든다.

그의 목소리가 마치 꿈인 것처럼, 아주 먼 곳에서부터 토막토막 끊긴 채 울려온다. (166쪽)

여자의 파동은 남자에게로 전해진다.

……당신을 이해할 수 있을 것 같은 순간이 있어요.

더이상 아무것도 말하고 싶지 않은 순간이 있어요.

그녀는 그의 얼굴을 응시하려 애쓴다. 초점없는 그의 눈을 또렷이 마주 보려 애쓴다. (167쪽)

여기서 남자의 응답은 여자의 파동과 똑같은 기울임체로 발화된다. 두 존재가 고막을 통해 소리를 교환하지 않고도, 살을 맞대지 않고도 그 무엇보다 깊은 층위에서 교감하는 장면이다. 진실을 받아들이지 못해 과거로 여러 통의 편지를 쓰던 인간은 신의 고통 안에서 그와 함께 현재적으로 공명한다. 이 장면에서 남자의 목소리는 여자의 그것으로 중첩되며 같은 기울임체로 서술되지만, 여자의 목소리는 남자의 그것으로, 다시 말해 기울어진 목소리가 평평하게 바뀌지는 않는다. 여자는 신성의 체현자이기 때문이다. ("살아 있는 사람에게서 그런 침묵을 본 건 처음이었어." 78쪽) 구원의 빛이 침묵의 어둠 속에서 새어 나온다.

나를 만지지 마라

이제, 소설의 질문에 대한 두 번째 답이 제시된다. 인간의 혼이 파괴되지 않는 이유는 고통을 감각하는 신성이 서로에게 중간태인 동사로 작용하기 때문이다. 고대 희랍어에는 수동태와 능동태가 아닌 제3의 태, 중간태가 있다.(18쪽) 중간태는 어떤 행위가 주어에 재귀적으로 영향을 미치는 것을 말한다. 대상에게 했던 행위가 다시 주체로 돌아오는 이 재귀적 운동은 소노그래피의 언어가 보이는 양태다. 소노그래피의 방식은 그 자체로 중간태적 추론이다. 그는 대상에게로 뻗어나간 자기 파동의 반향을 소노그램으로 읽어낸다. 타인의 고통을 이해하는 것은 그것의 원인을 축자적으로 밝혀내는 것이 아니라 다만 그에게 계속해서 질문하는 일이다. 아무리 유사한 경험을 하더라도 고통은 결코 동일한 정도로 감각될 수 없기 때문이다.

남자의 아버지는 남자와 같은 유전질환으로 인해 시력을 이미 잃은 사람, 그래서 누구보다도 그를 잘 이해할 수 있을 사람이었다. 그러나 타인을 이해하는 방법은 동일한 조건을 경험하는 것이 아니라 나와 다른 주파수를 오롯이 피부로 느끼는 일이다. 그것은 타인의 삶을 결코 완전히 이해할 수 없다는 전제하에 그의 삶을 추체험하는 일이다. 가령, 남자가 곧 실명하리라는 진단을 받았을 때 불투명한 비닐봉지를 자기 눈에 갖다 대며 "이건 소파고 이건 책장이야. (…) 이렇게 걸어도 안 넘어질 수 있어."(146쪽)라며 일부러 왔다 갔다 하던 여동생처럼 말이다. 동생은 오빠를 놀리는 것이 아니라 그에게 닥칠 '어둠'이 "생각만큼 끔찍하지 않을 거라는"(147쪽) 위로를 보낸 것이다. 이처럼 타인의 고통은 내가 영영 닿을 수 없는 점근선의 영역이다.

반면, 마지막 고해, 요아힘과의 이야기는 남자 역시 언어의 육체성이 자아내는 폭력을 경험했음을 들려준다. 그 폭력은 곧 타인의 고통을 주체의 자기동일성 안으로 포획하여 해석해 버리는 일이다. 요아힘은 남자를 사랑한다. 그러나 그는 자기의 욕망을 타인과 자신의 고통 안에서 어떻게 겹쳐두어야 하는지 모르므로 남자에게 상처만을 남긴다. 그는 고통의 완전한 극복과 단절을 믿는다. 시한부 선고의 생존자이기 때문이다. "병실의 벤젠 냄새 속에서 성장한 사람이 아니라면 누구도 자신을 이해할 수 없을 거라고"(10쪽) 말하는 그는 누군가가 자신을 이해하기 위해서는 그와 꼭 같은 경험을 몸의 기록으로 가져야 한다고 확신한다. 어둠과 죽음의 병실을 물리친 그에게 생의 감각은 생동하는 육체의 폭발적인 감각, 물컹하고 뜨거운 것이다. 요아힘은 여자에게는 고통이었던 육체적인 것과의 접촉을 갈망한다.

남자가 어둠을 품은 이라면 요아힘은 빛의 질서를 품은 이다. 남자가 비논리와 모순을 껴안는 문학을 사랑한다면 요아힘은 사고를 명징하게 자르는 철학을 사랑한다. 고통으로부터 스스로 벗어났다고 믿는 이의 강한 확신은 타인의 고통 앞에서 누구보다도 눈을 멀게 만든다. 자신이라면 완전한 어둠이 다가올 그때를 위해 점자를 배워두겠다는 철학자의 명랑한 조언은 남자의 신앙인 소멸의 이데아를 산산조각 낸다. 다시 한번, '백치처럼' 순진한 이 조언은 남자에게 상처를 주기 위해서가 아니다. 요아힘에게 그것은 단지 논리적으로 성립할 수가 없기 때문이다.

만일 소멸의 이데아가 존재한다고 가정한다면 말이야…… 그건 깨끗하고 선하고 숭고한 소멸 아닐까? 그러니까, 소멸하는 진눈깨비의 이데아는 깨끗하게, 아름답게, 완전하게, 어떤 흔적도 없이 사라지는 진눈깨비 아닐까? (118쪽)

이것 봐. 죽음과 소멸은 처음부터 이데아와 방향이 다른 거야. 녹아서 진창이 되는 진눈깨비는 처음부터 이데아를 가질 수 없는 거야. (118쪽)

빛이 소멸한 세계에서 앞으로의 생을 계속해야 하는 남자에게 요아힘의 논증, 어둠 속에는 좋음의 이데아가 결코 있을 수 없다는 반박은 그의 마지막 희망을 꺼드린다. ("네 발을 들은 순산, 넋없는 선 세계가 빛을 잃었시." 118쪽) 그래서, 점자를 통해 남자와 진정으로 닿기를 바라던 요아힘의 욕망은 언어의 폭력적인 육체성과 실상 같은 것이다. 남자는 요아힘으로부터 깨닫는다. 자신이 독일에서 여자에게 던진 사랑의 말, 너는 나의 목소리가 필요할 테니 같이 살게 될 것이라는 그 고백이 폭력이었음을 알게 된다. 자신이 받은 상처로부터 타인에게 준 상처를 깨달은 마리아는 이제 눈앞에 현전한 예수—언어의 육신을 본다. 신과 인간의 목소리는 구별되지 않고 한 데 뒤섞인다. 남자가 그토록 찾아 헤매던 신의 파편들, 진눈깨비의 이데아는 희랍어 시간의 여자 그 자체다. 그녀의 이름은 "펄펄 내리는 눈의 슬픔"(100쪽)이다.

고통받는 두 인간의 신성은 한데 섞이고 소노그래피는 중첩된다. 말할 수 없는 이와 볼 수 없는 이의 불가능할 것 같았던 이해는 공통원소 없는 그 존재들의 배면에서 투명한 파동을 통해 전해진다. 파동은 한 곳으로 수렴하지 않고 서로의 몸 안을 투과하며 지나간다. 이제, 신은 요아힘과는 다른 '접촉'의 방식으로 남자를 구원하고 눈으로 목이 막혔던 그녀 역시 그 구원으로 인해 부활한다. 따로따로 제시되던 목소리는 한 연으로 묶이면서 말을 주고받는 직접적인 대화의 국면에 도달한다. 1인칭 단수 화자들은 '우리'를 직감한다.

> *어두운 초록색 흑판에 백묵으로 문장을 쓸 때 나는 공포를 느껴요.*
> *(…)*
> *태연하게 내 혀와 이와 목구멍으로 발음된 모든 음운들에 공포를 느껴요.* (167쪽)

구원은 끝없이 멀어지는 존재가 내 안으로 들이 닥쳐옴을 느낄 때 일어난다. 부활한 예수는 마리아에게 "나를 만지지 마라"(Noli me tangere)는 말을 남기며 떠나간다.(요한복음 20:17) 멀어지는 자신을 붙잡지 말라는 이 말은 타자를 주체의 자기동일성 안으로 납치하지 말라는 명령이다. 타자를 몇 번이고 무한히 떠나보냄으로써 그의 존재를 부조하라는 율법이다. 앞이 보이지 않는 남자를 부축해 그의 집까지 데리고 온 여자는 손가락으로 남자의 손바닥에 쓴다. 그녀가 그에게 최초로 대답한 말은 떠난다는 말이다.

> *첫 버스를*
>
> *타고 갈게요.* (171쪽)

두 사람이 가장 가까워지는 이 접촉은 소설이 시종일관 지양해온 폭력적인 접촉과 다르다. '어둠 속 대화'의 절정 이후 남자는 여자의 어깨를 끌어안는다. 그러나 두 몸의 접촉 이후 다만 '모른다'는 진실의 무자비한 범람만이 남자를 압도한다. ("심장과 심장을 맞댄 채 여전히 그는 그녀를 모른다." 183쪽) 그가 그녀를 안자마자 뒤이어 열네 번의 '모른다'가 연속해서 등장한다. 그래서 그가 그녀에게 입을 맞출 때까지도 둘의 접촉은 항구적인 비접촉이 되는 것이다. 강력하게 현전하는 단 하나의 진실은 "맞닿은 심장들, 맞닿은 입술들이 영원히 어긋"(184쪽)나는 '시간'이다. 마리아는 이제 떠남 속에서 빛이 아닌 어둠을 본다. 이때의 '봄'은 시각과 무관하게 생의 파동을 온몸으로 수용하는 행위다. 그러므로 예수의 부활은 멈추었던 심장이 다시 뛰는 기적을 의미하지 않는다.[9] 그것은 죽음 안에서 떠나가는 생을 받아들이는 일이다. 구원은 영생이 아니라 떠나감의 현전 안에서 일어난다.

보르헤스가 말한 시간—존재를 태우는 불(122쪽)이 여자와 남자를 통과하고 나면 새는 날아가고 백골만이 남는다. 개별 존재의 신성이 육신 속에서 체현된 것이 새라면 죽음 이후부터 그 신성은 뼈들이다. 플라톤이 말했듯 진실에 대한 앎은 전생으로부터 온다. 우리는 그것을 다만 상기할 뿐이다. 전생의 기억은 시로 돌아온다.

---

9) "죽은 몸이 다시 살아날 수 있다는 걸 믿는 게 아니라, 죽음 앞에서 꿋꿋한 자세를 견지하는 것이다."장-뤽 낭시, 『나를 만지지 마라』, 이만형 · 정과리 옮김, 문학과지성사, 2015, 37쪽.

그때 우리는 바다 아래의 숲에 나란히 누워 있었어요.

빛도 소리도 그곳에는 없었지요.

(…)

마침내 당신이 아주 작은 소리를 낼 때까지,

입술 사이로

둥글고 가냘픈 물거품이 새어나올 때까지

우리는 그곳에 누워 있었어요. (185-186쪽, 21장 〈심해의 숲〉)

〈심해의 숲〉의 다른 이름은 「해부극장 3」으로 부활 이후 무덤가에 나란히 누운 여자와 남자의 그림이다.[10] 죽었던 신과 고통받는 인간이 함께 나란히 누울 수 있다면, 인간의 신성은 더는 논증이 불필요한 문제가 아니겠는가. 인간의 혼이 파괴되지 않는 이유는 여기에 있다. 신의 신성과 달리 인간의 신성은 죽음으로부터 몸을 '일으켜' 고통을 내려다보는 일이 아니라 다만 죽음 안에서 옆에 누운 다른 이의 뼈를 쓰

10) 한강의 시 「해부극장」 연작은 두 편뿐이지만 소설의 〈심해의 숲〉은 남자가 쓰는 또 한 편의 시다.

다듬는 일이다.[11)]

구원을 바라던 신은 부활하여 드디어 입술을 연다. 시종일관 남자의 목소리를 사용하던 1인칭 화자는 마지막 장 '0'에서 오직 한 번 여자의 목소리로 발화한다. 현전하는 이 말씀, 로고스는 음성도 문자도 아니다. 그것은 그 무엇도 파괴하고 밀어내지 않는 언어, 촉각으로 전해지는 파동의 말씀이다. 남자와 여자는, 우리는, 그리고 인간은 영원히 어긋나는 방식으로 영원히 함께할 수 있다. 결국, 구원의 반증은 '우리'라는 단어다. 그래서 소설은 '0'의 끝에서 다시 '1'로 돌아간다.

> 신은 말한다.
> *에모스, 에메테로스. 나의, 우리들의.* (10쪽)

역설의 구원

한강의 문학에서 시간은 정말로 環처럼 흐른다. 그러므로 『희랍어 시간』이 이곳에 당도하기 전에 이미 읽은 이가 있다는 사실은 놀랍지 않다. 그는 눈사람이다. (「작별」[12)]) 언 몸이 진눈깨비로 흩날리며 조금씩 사라지는 중이다. 눈사람은 남자가 갈망하던 소멸의 이데아의 현현

---

11) 낭시는 예수의 부활을 수직 변화로 이해하지만 소설이 말하는 인간의 신성은 수평적이다."이 '자세'가 (…) '부활'을, 다시 말해 '들어올림'이라는 사태를 만든다. (…) 무덤의 수평성과 직각을 이루는 수직성으로서의 들림 혹은 일으켜 세움인 것이다." 장-뤽 낭시, 위의 글.

12) 한강, 『문학과 사회』, 2017년 겨울호, 문학과지성사.)

이면서 새와 백골의 중간태다. 그렇기 때문에 그는 가장 많은 것을 안다. 그는 고통스럽지 않기 위해 몸 안의 심장을 얼리는 한기가 필요하다는 것을 안다. "피와 살과 내장과 근육이 있는 몸을 다시 갖고 싶지 않"(150쪽)다고 확신한다. 아이와 애인과 가족과 작별하며 그가 마주하는 최후의 질문은 *"그러니까 어디까지가 한계인지. 얼마나 사랑해야 우리가 인간인 건지"(150쪽)이다.*

이는 『희랍어 시간』이 던지는 질문과 같은 물음이다. "사는 일이 거대한 장례식일 뿐이라면/우리에게 남은 것은 무엇인지 알고 싶었다"[13]는 물음이다. 그리고 그 최후까지 남는 것은 바로 사랑이다. 눈(雪)이 모습을 드러내면서 동시에 소멸하는 것처럼 한강의 인물들은 사랑할수록 점점 멀어져 간다. 그러나 바로 그 닿을 수 없는 거리가 서로의 "진동이 출발하고 도착하는 투명한 접지"(「작별」, 133쪽)가 된다. 나와 당신은 같아질 수 없으므로, 당신은 언제나 나를 떠나는 중이므로 나는 당신과 연결된다. 눈사람은 두 인간이 느낄 수 있는 감각의 실체는 다만 촉각의 소노그래피 뿐이며 그것은 "변함없이 진동하며 두 사람 사이에 고요히 걸쳐져 있"(134쪽)음을 안다. 그리고 이 파동을 타고 전해지는 "무색무취인 데다 마치 영원처럼 느껴지는 고요함이어서 거의 인간적인 것으로 느껴지지 않는"(134쪽) 것이 바로 사랑이라는 것도 알고 있다. 사랑은 강렬한 접촉이 아니라 다만 끝없이 멀어지는 '사이'에서 전해진다.

언어는 이때 비로소 완전한 순수에 도달한다. 의미는 분할되거나 상

---

13) 한강, 「회상」, 『서랍에』, 문학과지성사, 2013.

실되지 않는다. 따옴표로 분절되지 않는 목소리들이 행과 연을 만들면서 소설 속에 시를 쓴다. 그것은 인간을 구원하는 인간의 모습이다. 그래서 죽음 안에서 삶은 몇 번이고 다시 태어난다. 「작별」과 『희랍어 시간』의 마지막 장면이 모두 두 존재의 입맞춤으로 끝나는 것은 붉은 혀와 입술이 인간을 가장 고통스럽게 하는 것이지만 또한 그것이야말로 우리를 가장 인간적으로 만드는 것이기도 하다는 뜻일 테다. 우리는 서로를 만지지 않음으로써 서로의 진실을 감각한다. 나의 파동이 쓰다듬을 수 있는 것은 당신의 살이 아니라 다만 당신의 뼈, 시간의 불에 타고 남은 마지막 눈의 결정이다. 내가 당신으로부터 멀어지기에 당신은 나를 구원한다.

당선소감 : 전승민

세상일은 참 알 수 없다. 살다 보니 이런 날이 다 있다.

학창 시절 가장 자신 없고 싫어하던 과목이 국어였다. 그런데 지금은 문학을 읽고 쓰는 일이 너무나 행복하다. 신기한 일이다. 보고 싶고 사랑하는 이들의 얼굴들로 마음이 가득 찬다.

나의 글에는 동네 공원의 햇빛과 새끼 딱따구리의 주홍색 배털, 오래된 도서관의 종이들처럼 맹렬히 썩어가던 가을 낙엽들, 유모차와 킥보드, 그리고 공원 마당을 거닐던 사람들의 자취—지나온 모든 순간이 배어 있다. 내 글은 그들 모두와 이 세상에 빚을 지고 있다.

이십대의 대부분을 병원에서 보냈다. 그때 한강과 버지니아 울프를 만났다. 통원치료를 위해 상경하던 고속버스 안에서 창 안으로 부서지는 햇빛 조각들을 주워 담으며 시를 읽었다. '초승달처럼 곱게, 조금 닳아' 있는 한강의 뼈들은 나의 뼈들이었다. 수술실에 들어가기 하루 전날에는 언제나 『댈러웨이 부인』을 읽었다. 그러므로 당선된 글은 한강과 울프와 함께 쓴 것이라고 감히 말하고 싶다.

지난해 여름, 수업에서 발표한 과제에 대해 "혹시 비평해볼 생각 없어요?"라는 말로 평해주신 우찬제 선생님의 한 마디가 내 삶을 통째로 바꾸어 놓았다. '시작'을 선물해 주신 선생님께 감사드립니다. 더불어

서강에서 만난 모든 인연들에게 감사드립니다. 서강영문은 언제나 저의 자랑입니다. 김영주 선생님, 당신은 저에게 삶을 계속해 나갈 수 있는 용기를 주셨습니다. 제 글의 가능성에 기대를 걸어주신 김미현 선생님, 유성호 선생님께도 감사드립니다. 이제는 더욱 본격적으로 읽고 쓰기를 사랑해도 좋을 것 같습니다.

문학은 사랑입니다.

촉각 통해 자기 자신으로 재귀…
엄청난 집중력 보이며 분석

투고작들 중에서 편차가 분명한 작품들이 많아 쉽게 2편으로 최종 논의를 좁힐 수 있었다. 두 편 모두 각각 시와 소설 장르를 텍스트로 삼아 개성 있고 완성도 높은 평론들이었기 때문이다. 무엇보다도 2편 모두 텍스트 분석력이 뛰어나 설득력 있는 논지를 전개한 점이 신뢰가 갔다. 자신의 논지를 확대시키는 과정도 논리적이어서 지속적인 평론 활동도 가능할 것 같다는 기대도 갖게 됐다.

2편 중에서 아깝게 당선작이 되지 못한 '선명한 징후와 쏟아지는 물음들-이장욱론'은 이장욱의 시를 대상으로 불안정하고 불완전한 경계에서 영원한 질문들을 쏟아내면서도 다시 원점으로 회귀하는, 그 과정에서 '영원이 아니라서 가능한' 역설적 긍정을 정치하게 도출해 내고 있다. 탄탄한 문장으로 이장욱 시가 지닌 '고요한 힘'을 힘차게 끌어내고 있다는 것이 커다란 장점이다. 그럼에도 시에 대한 직접 인용이 지나치게 많았다는 점, '정正 · 반反 · 합合'이라는 도식적이고도 변증법적 논리로부터 자유롭지 못하다는 점 등이 아쉬웠다.

당선작인 '만질 수 없음을 만지는 언어: 촉각의 소노그래피-한강의 '희랍어 시간'은 작품론이면서도 작가론으로 확장되고, 작가론에서 문학론으로 다시 심화되는 글이다. 실명失明과 실어失語라는 존재론적 한계를 지닌 인간이 어떻게 촉각을 통해 자기 자신으로 재귀할 수 있는지에 대해 엄청난 집중력을 보이며 분석해 나가고 있다. 사용되는 개념 자체가 다소 비약적이고 관념적이지만, 그런 한계를 한강의 적절한 텍스트 분석을 통해 잘 극복하고 있다. 언어를 통한 인간의 고통 혹은 구원 문제까지 연결시키는 뒷심도 눈여겨볼 만했다. 발전 가능성이 큰 글이자 평론가라는 믿음에 당선작으로 최종 결정했다. 당선을 축하하며 기대에 부응하는 신진 평론가로서의 활동을 기대한다.

심사위원 : 김미현 · 유성호 문학평론가

2021 세계일보 신춘문예 당선 평론

최정호

1997년 안산 출생
한신대학교 문예창작학과 재학 중
2021년 〈세계일보〉 신춘문예 평론부문 당선
enpo159@naver.com

혐오의 기록

- 박민정론 「세실, 주희」, 「나의 사촌 리사」, 「하루미, 봄」을 중심으로

최정호

박민정은 그동안 자신의 소설 속에 일본을 등장시켜왔다. 이 글에서 언급할 「세실, 주희」, 「나의 사촌 리사」, 「하루미, 봄」뿐만 아니라 「신세이다이 가옥」, 「행복의 과학」, 「A코에게 보낸 유서」에서도 일본에 대한 작가의 꾸준한 관심을 확인할 수 있다. 주목해야 할 점은, 박민정의 소설 속에서 등장하는 일본의 모습이 단순한 풍경이나 흥미를 위한 것에 그치지 않는다는 점이다. 반일 시위, 위안부, AV, 재일 한국인과 같이 현시대의 문제적인 요소들을 적극적으로 활용한다. 이러한 요소들이 소설 속에서 얽히는 모습을 지켜보다 보면, 박민정은 "모호한 분위기나 깊이를 추구한다기보다 자신의 삶 주변을 채우고 있는 어떤 표면들에 관심을 가지고 그것들을 기록"[1]하는 데 중점을 둔 것처럼 보인다. 일례로 「세실, 주희」를 잠시 살펴보자.

---

1) 송종원, 「괴물과 사실, 그리고 앎의 장치로서의 소설」, 『바비의 분위기』 해설, 문학과지성사, 2020.08, 240쪽.

1945년 아시아태평양전쟁 말기에 오키나와에 상륙한 미군과 일본군 사이에서 벌어진 오키나와 전투에서 종군간호부 역할을 하다 죽어간 여고생 부대가 '히메유리 학도대'다. '히메유리'는 오키나와 현립 제일고등여학교의 학교 홍보지 '오토히메(乙□)'와 오키나와 사범학교 여자부의 학교 홍보지 '시라유리(白百合)'를 합쳐 만든 명칭이다, 오키나와에 있는 '히메유리의 탑'은 일본 학생들이 '평화학습'의 일환으로 가장 많이 찾는 장소 중 하나이며, 이들을 주인공으로 한 영화는 끊임없이 제작되고 있다, 군복을 입은 소녀의 이미지를 떠올리게 하는 발상은 대부분 히메유리 학도대에서 비롯된 것이며, 애니메이션 〈세일러문〉 역시 이 영향 아래 있다는 주장이 제기된다……[2)]

주희가 세실의 작문 숙제를 읽고 '히메유리의 탑'과 '히메유리 학도대'를 검색해보는 장면이다. 위처럼 사람들이 잘 모르는 어떠한 객관적인 사실에 대한 기록을 등장시키고, 등장인물이 읽게 만듦으로써 소설 자체가 또 하나의 기록물이라는 인상을 준다.

여기서 몇 가지 의문을 제기해볼 수 있을 것이다. 박민정은 왜 유독 일본이라는 나라에 관심을 가지고, 소설에 적극적으로 활용하는 것일까? 무엇을 기록하고자 하는 것일까? 이러한 질문들을 이해하기 위해서는 우선 현재 한국 사회의 인식 속 일본을 살펴볼 필요가 있다.

생각해 보자, 우리의 일상 속에서 일본은 어떻게 소비되고 있는가. 일본에서 만들어진 애니메이션이나 영화, 드라마를 시청하는 일은 흔

2) 박민정, 「세실, 주희」,『바비의 분위기』, 문학과 지성사, 64쪽.

하고, 일본에서 유행하는 포도 젤리가 한국에서도 덩달아 인기를 얻는 일이 생기기도 한다. 이처럼 일본은 우리의 문화 속에서 친밀한 방식으로 소비된다. 그러나 "대중문화 교류를 통해 상호 문화가 확산될수록 한일 간 상호 부정적 인식도 증가하는 현상"[3] 또한 공존한다. 한편으로는 문화적으로 친근한 소비의 대상인 동시에, 다른 한편으로는 혐오의 대상이기도 한 것이다. 한 조사에 따르면, 한일 "양국은 전반적으로 상대국에 대한 호감도가 꾸준히 상승하는 반면 역사 문제에서는 불편한 감정을 내세우고 있다고 한다."[4]

즉, 일본에 대한 부정적 인식, 일본에 대한 혐오의 뒤에는 역사의 문제가 자리하고 있는 것이다. 한때 유행했던, 'NO JAPAN'이라는 구호로 대표되는 전 국민의 공감 속에서 이루어졌던 일본 제품 불매운동이 대표적인 예이며, 불법적인 경로를 통해 유통되는 AV를 시청하고, 그것에 기반을 둔 여성 혐오적 유행어와 농담들이 아무렇지도 않게 사용되고 있다는 사실이 그 증거다.

박민정은 일본에 대한 친근한 소비와 혐오의 공존이라는 아이러니를 자신의 소설 속에서 가감 없이 보여준다. 「나의 사촌 리사」속 "당당하게 일본산 AV만 본다"[5]라는 선배의 발언과 「하루미, 봄」에서 하루미가 겪는 AV 배우를 향한 혐오의 시선들을 통해, 우리의 인식 속 숨겨져 있는 '혐오의 대상으로써의 일본'을 일깨운다. 이때 "친숙한 일본은 문

---

3) 석주희, 「한류와 '혐오': 청년세대(MZ세대)의 역설」, 『EAI 워킹페이퍼』, 2020. 08, 1쪽.
4) 같은 책, 2쪽.
5) 박민정, 「나의 사촌 리사」,『창작과 비평 제46권 제4호』, 창비, 2018, 127쪽.

득 낯설어진다. 그럴 때 낯설어진 일본이 사실 본래의 일본이다."[6] 일본에 대한 인식 속에 사실은 혐오가 숨어있다는 것에 대한 자각이, 박민정의 소설에서 등장하는 일본이라는 요소를 유의미하게 만든다.

위와 같은 문제의식, 우리의 인식 속에 숨어있는 '혐오의 대상으로써의 일본'에 대한 자각과 더불어 짚어 보아야 할 지점은 여성이다. 「세실, 주희」에서 「하루미, 봄」에 이르기까지의 흐름을 살펴보면, 박민정은 '혐오의 대상으로써의 일본'에 대한 자각을 지나, 그 안에서 이루어지고 있는 여성 혐오에 대해 주목하고 있는 듯하다. 박민정이 기록하고자 하는 것은 무엇이며, '혐오의 대상으로써의 일본'과 여성 혐오를 어떻게 바라보고 있는지 「세실, 주희」와 「나의 사촌 리사」그리고 「하루미, 봄」을 통해 자세히 살펴보도록 하겠다.

1. 혐오의 인식

박민정의 소설집 『바비의 분위기』에 실린 「세실, 주희」는 명동의 뷰티 편집숍 쥬쥬하우스에서 일하는 한국인 주희와 일본인 세실의 이야기를 다루고 있다. 주희는 J와 함께 뉴올리언스로 여행을 다녀온 경험이 있다. 주희는 여행을 통해 "J처럼 무람없이 외국 사람들과 어울려보고 싶었고, 그들의 문화를 자연스럽게 체험해 보고 싶었다"[7]고 말하

6) 신샛별, 「일본의 '언캐니한' 귀환, 그리고 그 속의 여성들」, 문학광장, 2019.09.05, https://webzine.munjang.or.kr/archives/144790

7) 박민정, 「세실, 주희」, 『바비의 분위기』, 문학과 지성사, 74쪽.

지만, 그녀가 경험한 것은 "Show your tits! Show your tits!"[8]라는 무례한 요구였다. 이 요구는 명백히 혐오에 기인한 것이며, 그 이면에는 '주희 - 동양인 여성'이라는 사실에 대한 혐오가 자리하고 있다. 이러한 충격적인 경험을 가진 주희에게 세실이 다가온다. 세실은 동방신기의 유노윤호를 너무 좋아한 나머지 한국으로 건너온 일본인이다. 세실이 한국어 과외를 제안하고, 주희가 이를 수락함으로써 단순한 직장동료였던 이들의 관계는 친밀한 것으로 변모한다. 이 과정에서 주희는 세실의 가족에 대해 알게 되는데, 세실의 외증조할머니가 오키나와 전투에 참여한 '히메유리 학도대'의 일원이라는 사실이 바로 그것이다. 그리고 그 사실을 깨닫는 순간, 묘한 긴장감이 발생한다. '세실 - 일본인'이라는 사실에 대한 깨달음이 찾아오고, 동시에 앞서 말한 '주희 - 동양인'으로서 경험한 혐오가 자연스레 떠오르기 때문이다. 두 도식, '주희 - 동양인'과 '세실 - 일본인'이 겹쳐지는 이 놀라운 현상을 자세히 살펴보자.

우선, '주희 - 동양인'이다. 주희가 겪은 일을 순서대로 정리해보면 이렇다. 주희는 J와 함께 뉴올리언스로 여행을 갔다. J의 도움으로, 여행은 나름 순탄하였다. 뉴올리언스에서 산 경험이 있는 J 덕에 숙박비를 아꼈으며, 관광지들을 쉽게 돌아다닐 수 있었다. 그리고 J의 제안으로 펍에 갔다. 그날은 마침 마르디 그라(Mardi Gras), 참회의 화요일이었다. 거리에서 사람들이 축제를 벌이고 있었고, 주희는 J를 따라 거리로 나섰다. 그리고 그 일이 벌어졌다. 정신을 차려보니 주희는 홀로 떨어

8) 같은 책, 44쪽.

져 있었고 한 무리의 남성들이 주희를 둘러싸고 싸구려 자개와 구슬을 엮은 목걸이를 걸어주며 가슴을 보여달라고 요구했다.

뉴올리언스에서 겪은 일은 명백한 여성 혐오다. 그곳에서 주희는 여성 혐오의 대상이었다. 그러나 처음에 주희는 자신의 무엇을 겪었는지 인지하지 못했다. 목걸이를 기념품으로 가져오기까지 했다. 주희가 그것을 깨달은 것은, 포르노 사이트에서 자신의 얼굴을 본 이후다. 자신은 그들의 요구에 응하지 않았음에도, 'slut'이라 지칭되고, 43%라는 수치로 평가되는 이해할 수 없는 상황은 주희가 "남성성을 띤 미디어의 소비층과 박제된 피사체 사이의 억압적 관계"[9]에 놓여 있음을 명확하게 보여준다.

마르디 그라(Mardi Gras), 참회의 화요일. 그날, 뉴올리언스의 펍에서 처음 들은 말이었다. 참회의 화요일은 '기름진 화요일'이라고도 불렸다. 단식을 해야 하는 사순절이 시작되기 전 마음껏 먹고 즐기는 날이라는 뜻에서라고 했다. 오늘이 바로 그 축제의 정점이라며 둘러앉은 사람들이 떠들었다. 듣고만 있던 주희가 그들에게 트라피스트 수녀원에 대한 이야기를 하자 다들 웃음을 터뜨렸다. 역시, 역시 동양 여자. 그 말을 지껄였던 녀석의 이름도 얼굴도 기억나지 않았다. 그 자리에 같이 있던 사람들 중 누구도 친구가 아니었다.[10]

---

9) 송종원, 「괴물과 사실, 그리고 앎의 장치로서의 소설」, 『바비의 분위기』 해설, 문학과 지성사, 2020.08, 253쪽.

10) 박민정, 「세실, 주희」, 『바비의 분위기』, 문학과 지성사, 42쪽.

주희가 겪은 혐오의 층위는 얕지 않다. 뉴올리언스에서 경험한 여성 혐오의 껍질을 한 꺼풀 벗겨보면, 동양인에 대한 인종 혐오를 발견할 수 있다. 펍에서 들은 "역시, 역시 동양 여자"라는 발언 또한 민족의 차원을 포함한 혐오 발언이며, 포르노 사이트에 올라온 동영상의 제목이 "mardi Gras, nice asian slut 43%"라는 제목에서 그들의 기저에 깔려 있는 민족적 우월의식, 동양인 여성에 대한 혐오에 기반한다는 사실을 어렵지 않게 알 수 있다. 자신이 "겪은 일이 얼마나 끔찍한 종류의 것인지"[11] 깨달은 이후, 그것은 일종의 트라우마로 남아 주희는 악몽을 꾼다.

'세실－일본인'의 경우, 얼핏 보기에는 아무런 문제가 없어 보인다. 세실과 주희의 관계는 더없이 긍정적인 것 같다. 소설 속 묘사를 보면 둘은 서로에게 어느 정도의 호감을 느끼고 있다. 주희의 경우, 매장의 다른 외국인 직원들과 달리 한국인 고객도 능숙하게 대응하는 세실에게 호감을 느끼고 있었으며, 세실의 경우에는 주희에게 과외를 제안한 것으로 보아 어느 정도의 호감을 느끼고 있었음이 분명하다. 그러나 과외가 시작된 이후, 무탈하게 보였던 이 관계에 파문이 일기 시작한다.

나는 왜 한 번도 이런 문제에 대해 고민해보지 않았을까, 주희는 생각했다. 주희는 더이상 파우더룸의 관리자가 아니었다. 쥬쥬하우스에 입사할 때 파우더룸에서의 활동 경력으로 가산점을 받았지만, 입사한 직후 임원의 권고에 따라 활동을 그만두었다. 고등학생 시절부터 주희

---

11) 같은 책, 49쪽.

는 파우더룸에 붙어살았다. 주희의 색조 화장품 발색 리뷰는 매번 높은 조회수를 기록했고, 그러다보니 개인 협찬도 많이 받아 어느덧 협찬 화장품 홍보 게시물을 올리는 게시판 관리자가 되었다. 파우더룸은 최대 규모의 온라인 화장품 커뮤니티였기에 협찬이 끊임없이 들어왔다. 수없이 많은 화장품 회사와 연락을 했지만 그중 어느 곳이 '전범기업'인지에 대해서는 한 번도 고민해본 적 없었다.[12)]

세실의 과외를 맡기 전까지, 주희는 전범 기업에 대해 한 번도 고민해본 적이 없다고 말한다. 세실에게 선물로 받은 화장품 제조사에서 문제가 발생하고, 관련 기사를 읽고 나서야 그 화장품 제조사가 전범 기업이었다는 사실을 깨닫는다. 그것이 이상한 일은 아니다. 한국인의 정서에 일본에 대한 "대항 내셔널리즘"[13)]을 품고 있고 "친일과 반일 등 상대국에 대한 극단적 인식이 공존"[14)] 하지만 일상에서 늘 의식하고 살아가는 사람은 드물다. 간혹 과거 역사에 대한 일본과의 갈등이 수면 위로 떠오를 때, 이에 호응하는 것이 보통의 사람들이다. 주희 또한 다른 사람들과 똑같았다. "한국 여자가 성형을 많이 한다고요? 그러면 일본 여자 대부분은 AV를 찍나요."[15)]라는 말을 통해, 주희의 내면에도 '혐오의 대상으로써의 일본'이 존재했음을 알 수 있다. 즉, 주

12) 같은 책, 57쪽.

13) 장수희, 「일본군, '위안부' 촛불소녀 그리고 민주주의」,『소녀들 K-pop 스크린 광장』, 여이연, 158쪽.

14) 석주희, 「한류와 '혐오': 청년세대(MZ세대)의 역설」, 『EAI 워킹페이퍼』, 2020. 08, 1쪽.

15) 박민정, 「세실, 주희」, 『바비의 분위기』, 문학과 지성사, 54쪽.

희는 세실과 가까워짐으로 인해 '친근하게 소비하던 일본' 안에 '혐오의 대상으로써의 일본'이 숨겨져 있음을 깨닫고 인식하게 되는 과정에 놓인 것이다.

'혐오의 대상으로써의 일본'을 명확하게 인식하는 결정적인 계기는 세실의 작문이다. 자신의 외증조할머니가 오키나와 전쟁에 참전한 '히메유리 학도대'의 일원이었음을 자랑스레 밝히는 그 작문을 보고 한국과 일본 사이에 얽힌 복잡한 과거를 떠올리는 게 어려운 일은 아닐 것이다. 이를 계기로, 세실에 대한 주희의 인식이 변화한다. 아이돌에 대한 팬심을 이유로 한국에 온 다소 특이한 외국인 '세실'이 아니라, '일본인 세실', 즉 '세실 – 일본인'이라는 도식이 형성되는 순간이다.

세실에 대한 주희의 인식이 전환되고, '세실 – 일본인'이라는 도식이 형성되는 순간, '주희 – 동양인'이라는 도식이 떠오르는 것은 필연이다. 두 도식 모두 민족에 기반한 혐오로 형성되어 있기 때문이다. 이러한 두 도식을 염두에 두고 다시 한번 「세실, 주희」 읽었을 때, 비로소 우리는 박민정이 왜 일본을 소설 속으로 끌어오는지, 소설의 마지막에 주희와 세실이 시위대에 합류하는 장면이 왜 불편한 느낌을 주는지 알 수 있다.

2. 타인의 혐오

「나의 사촌 리사」의 화자, 지연 역시 한국인이다. 지연은 소설가인데, 과거 아이돌로 활동했던 자신의 사촌 리사의 이야기를 소설로 쓰기 위해 도쿄로 찾아간다.

가장 먼저 눈에 띄는 지점은 국가의 변화다. 「세실, 주희」가 한국을 배경으로 한국에 온 일본인과의 이야기를 다루지만, 「나의 사촌 리사」에서는 정반대로 한국인이 일본으로 넘어간다. '혐오의 대상으로써의 일본'이 박민정 소설의 큰 화두라는 점을 고려해보면, 이는 유의미한 변화이다. 이러한 변화가 소설 속에서 어떻게 작동하는지, '혐오의 대상으로써의 일본'이라는 화두가 어떻게 「나의 사촌 리사」에서는 어떻게 이어지는지 살펴보자.

지금의 리사는 그때만큼 생기 넘치지 않았다. 애초에 나는 리사를 실패자로 보고 있었다. 내 머릿속의 리사는 어린 시절부터 이십대까지의 리사, 고정된 하나의 이미지였다. 리사가 '메가미(メガミ)'를 탈퇴한 후에도 가끔 노래를 불렀다는 사실을 나는 애써 모른 척했던 것이다. 리사는 오직 메가미의 리드보컬이자 센터로서 팬들이 호명하는 불굴의 '여신'님이었다. 이십대 중반쯤엔 아끼하바라의 전자상가 축제에서 관객 다섯명을 앞에 두고 "오따꾸들이여, 부활해!"를 외치던 리사가 있지만 나는 그것을 유튜브로 처음부터 끝까지 감상하고는 곧 잊어버리고 말았다. 내가 만들고자 하는 리사의 이야기에 맞지 않는 이미지였으므로. 내게 리사는 이십대 초반에 화끈하게 실패해서 거품처럼 날아가버린 '왕년의 아이돌'일 뿐이었다.[16]

화자 지연은 소설가이며, 왕년의 아이돌 리사의 이야기를 소설로 쓰고자 한다. 즉, 지연은 리사의 이야기를 기록하고자 하는 목적을 가지

16) 박민정, 「나의 사촌 리사」, 『창작과 비평 제46권 제4호』, 창비, 2018, 120쪽.

고 있다. 그런데 지연이 리사를 바라보는 방식을 보자. 지연은 스스로 "애초에 나는 리사를 실패자로 보고 있었다"라고 말하고 리사가 이후에도 아이돌로서 활동했다는 사실을 "애써 모른 척"하고, 자신이 원하는 리사의 모습이 아니라는 이유로 "잊어버리고" 만다. 리사의 이야기를 기록하기를 원하면서도 리사의 모습을 외면, 왜곡하고 있는 것이다.

지연의 모순적인 태도는 리사가 아이돌이었다는 사실과 무관하지 않다. 여자 아이돌의 경우, 대부분 나이가 어려 소녀라고 불리기에 적합한 경우가 대부분이다. "대중문화에서 소녀는 가장 주목받는 이미지 상품"[17)]이며 이런 소녀들로 이루어진 아이돌들은 자신의 팬들, 특히 남성 팬들의 욕망을 충족시켜줘야 한다는 요구를 받는다. 만약 요구에 반하는 행동을 할 경우, 왕따, 섹스, 마약과 같은 스캔들이 발생하면 아이돌은 순식간에 정당한 비판의 대상이 된다. 숭배의 대상에서 여성혐오의 대상으로 전락하게 되는 것이다. 리사를 바라보는 지연의 태도도 이와 유사한 맥락으로 이해할 수 있다. 리사가 자신이 상상하고 바라던 그 모습이 아니라는 이유로, 그녀에게 혐오의 시선을 보내고 있다. 아이돌 활동을 접은 지 오래되었음에도, 지연의 머릿속에는 여전히 '리사-아이돌'이라는 도식이 남아있던 셈이다.

「세실, 주희」의 주희처럼 지연도 자신의 인식 속에 혐오가 숨겨져 있음을 모르고 있다. 그러나 지연은 주희의 방식으로 자신의 인식 속

17) 조혜영, 「들어가는 글, 페미니스트 소녀학을 향해」,『소녀들 K-pop 스크린 광장』, 여이연, 5쪽.

에 숨겨져 있는 혐오를 발견해낼 수는 없다. 왜냐하면 주희가 했던 경험을 지연은 겪어보지 못했기 때문이다. 「나의 사촌 리사」어디에도 지연이 그 자신이 혐오의 대상이 되었던 경험은 서술되지 않는다. 대신, 박민정은 또다시 '혐오의 대상으로써의 일본'을 끌어와 그 사실을 깨닫게 만든다.

'나는 AV만 보잖아, 당당하게……' 리사가 앨범을 가져다놓으러 간 사이 문득 한 선배의 말이 떠올랐다. 동시에 자꾸 하루미의 이야기를 꺼내는 리사가 불편해졌다. 한국에서는 '국산몰카' 따위의 영상을 소비하는 사람들 때문에 연일 말썽이었다. '국산몰카'란 이른바 '비동의 유포 성적 촬영물', 범죄 증거물이었다. 그런 것을 업로드하고 매개하고 유통하고 소비하는 사람들이 있었다. 애인과 성관계를 맺은 여성이라면 누구나 자기도 모르는 새 피해자가 될 수도 있었다. 토오쿄오 여행 얼마 전 만난 선배는 자신은 국산 몰카 따위는 결코 손대본 적 없으며, 당당하게 일본산 AV만 본다고 말했다. 그 말을 듣고 나는 알 수 없는 기분에 사로잡혔다.[18)]

박민정은 한국 사회에서 큰 문제였던 국산 몰카와 AV를 가져와 '혐오의 대상으로써의 일본'을 보여준다. 선배의 말이 문제적인 것으로 인식되는 것은 하루미라는 인물의 존재 때문이다. 하루미는 소설 속에서 아주 잠깐 등장하지만, 계속해서 언급되는 인물로, 과거 리사와 함

---

18) 박민정, 「나의 사촌 리사」, 『창작과 비평 제46권 제4호』, 창비, 2018, 127쪽.

께 아이돌 활동을 한 인물이다. 리사의 입을 통해 우리는 하루미가 AV라는 사실을 알게 된다. AV 배우라는 뜻이다. 하루미는 자신의 의지와는 별개로 AV를 촬영하게 되었다. 악질적인 회사와 불공정 계약을 한 탓에 AV를 찍게 되었고 계약을 무효로 만들기 위해 소송을 진행하는 중이다. 우리는 하루미처럼 억울한 상황에 놓인 AV 배우가 더 많이 있다는 사실을 알고 있다. 현실에서 아무것도 모르는 젊은 여성을 속여, AV 배우로 데뷔시키는 회사가 있다는 뉴스를 종종 접할 수 있다. 그렇다면 지연의 선배처럼 당당하게 일본산 AV만 본다고, 과연 말할 수 있는가? 국산 몰카와 AV에는 여성을 성적인 소비품, 유희의 대상으로 보는 여성 혐오가 내재 되어 있던 셈이다. 선배는 "타인의 시선을 자신의 욕망으로 유용하는 이"[19]이며, "그들과 자신은 다르다는 '가면'을 쓴 채로 살아가는 사람"[20]이다.

한 층위를 더 들춰보면 우리는 선배의 발언에 민족주의 혹은 일본에 대한 대항 내셔널리즘에 기반한 혐오가 감춰져 있다는 사실을 발견할 수 있다. 소설 속에 등장하는 다른 일화들을 잠시 살펴보자. 1991년, 리사는 한국에 왔다. 그리고 친척들 앞에서 방송에서 추는 율동을 보여주며 재롱을 부렸다. 그러나 "할아버지에게 리사는 그저 행방을 모르는 일본 놈의 자식일 뿐이었다."[21] 자신의 피가 섞인, 손녀임에도 불구하고 단지 일본인의 자식이라는 이유로 리사를 못마땅하게 여겼다.

---

19) 윤재민, 「다시 만날 세계 - 박민정론」, 『문학동네 제24권 제4호(통권 93호)』, 문학동네, 2017.12.27, 9쪽.

20) 같은 책, 9쪽.

21) 박민정, 「나의 사촌 리사」, 『창작과 비평 제46권 제4호』, 창비, 2018, 124쪽.

명백히 일본에 대한 혐오의 시선이 드러나는 부분이며, 할아버지의 나이를 고려하면, 일본에 대한 혐오의 시선이 민족주의에 기반한 것임을 어렵지 않게 유추할 수 있다. 선배의 시선도 다르지 않다. 그가 많은 AV 중에서 "일본산 AV"를 지목한 것은 민족주의에 기반한 '혐오의 대상으로써의 일본'이 작동한 결과다. 선배의 머릿속에는 '일본－AV'라는 민족주의와 여성 혐오가 뒤섞인 도식이 자리하고 있다.

여행을 통해 새롭게 알게 된 사실 역시 있었으나, 그런다고 리사에 관해, 실존인물에 관해 좀더 정직하게 서사화한다는 것은 요원한 일이었다. 내가 줄곧 원해왔던 것이 주인공을 '대상화'하지 않는 정직한 서사였던가,에 대해서도 확신이 없었다.[22]

'리사－아이돌'이라는 도식을 가지고 있었던 지연은, 하루미라는 타인을 통해 '일본－AV'라는 도식을 만나고 변화하게 된다. 자신의 시선에 내재 되어 있던 혐오의 시선을 인식하게 된 것이다. 이 인식은 자신이 그동안 누군가를 대상화하지는 않았는가? 라는 자기반성으로 나아간다는 점에서, 「세실, 주희」와는 다른 맥락을 보여준다. 이러한 자기반성의 면모 때문에 "나는 리사를 핍진하게 그려내고 싶었다. 그러나 그러려면 언제나 리사에게 미안해진다. 왜냐하면 내가 리사에 대해 쓰려고 할 때, 그렇게밖에 쓸 수 없다는 사실을 몹시 견디기 힘들기 때문이다"[23]라는 지연의 고백에서 우리는 진정성을 느낄 수 있다.

---

22) 같은 책, 133쪽

23) 같은 책, 134쪽.

3. 혐오의 역사

2018년 12월 「나의 사촌 리사」를 발표하고 1년 6개월 후, 2020년 6월에 박민정은 새로운 소설을 발표했다. 「하루미, 봄」이다. 「하루미, 봄」은 「나의 사촌 리사」와 많은 부분을 공유한다. 「나의 사촌 리사」속 조연으로 등장했던 '하루미'라는 인물이 「하루미, 봄」에서는 전면에 등장하며, 아이돌과 AV라는 공통된 소재를 다루고, 일본을 배경으로 하고 있다. 앞서 설명했던 것처럼, 하루미는 불합리한 계약으로 AV를 촬영한 전직 아이돌이다. 소설 속에서 하루미가 하는 행동은 많지 않다. 홀로 리사와 준코에게 말을 건네고, 인스타그램을 살필 뿐이다. 「하루미, 봄」은 분량의 대부분을 하루미가 과거에 겪었던 혐오와 현재 겪고 있는 혐오를 조명하는데 할애한다. 「하루미, 봄」은 한국인이 등장하지 않고, 일본인인 하루미를 중심으로 혐오에 대해 이야기한다는 점에서 흥미롭다.

하루미에게는 자신이 출연한 AV를 돌려볼 용기는 없어서, 그 이름이 어떻게 크레딧에 올라갔는지 확인하지 못했다. 어떻게 준코라는 이름을 떠올렸는지, 자기 손으로 처음 이름을 쓰던 때의 느낌이 어땠는지 기억하지 못했다. 내가 나를 준코라고 처음 부르던 순간이 언제였는지. 그런 걸 생각하는 일은 괴로웠다. 그들이 숱하게 내뱉었던 말이기 때문이다. 계약서에 서명한 건 너 자신이라고. 우리가 아니라, 네가 너 자신을 AV로 만들었던 거라고. 센과 치히로처럼 두 개의 이름을 가졌으나 누군가에게 강요당한 이름도 아니고 물려받은 이름도

아니었다.[24]

하루미가 현재 겪고 있는 혐오는 그녀가 AV 배우라는 사실에서 출발한다. 그녀가 원치 않은, 불합리한 계약이었고, AV에서 벗어나기 위해 소송을 불사하고 있음에도, 혐오의 시선은 끈덕지게 따라붙는다. 심지어 AV를 촬영할 때, 하루미라는 본명 대신 준코라는 가명을 사용했음에도, 누군가 그녀를 알아보고 '나의 아이돌 준코'라는 게시글에 하루미의 인스타그램 계정을 태그해 버린다. '하루미 – AV'라는 도식이 낙인처럼 박혀버린 것이다. "정말이지 '반일反日'적인 존재들이다. 일본의 상징이 AV인가? 나라 망신일 뿐."[25]이라는 '총 10억엔 위약금 지불 청구소송' 관련 기사에 달린 인터넷 댓글은 하루미가 마주하고 있는 혐오의 시선을 적나라하게 보여주며, 같은 일본인임에도 불구하고, 그녀가 마주한 혐오의 시선에 민족주의적인 것이 숨겨져 있음을 시사한다.

오래전 가수를 할 때도 비슷한 말을 들었다. 하루미와 리사, 마나의 3인조 걸그룹 '메가미'는 꾸준히 '성인 남성의 관음증을 해결해주는 미성숙 소녀의 상징'이라는 욕을 먹었다.[26]

옷깃만 스쳐도 '하루미, 거긴 안 돼, 민감한 부위란 말이야' 하면서,

---

24) 박민정,「하루미, 봄」,『황해문화』, 새얼문화재단, 2020.06, 183쪽.
25) 같은 책, 185쪽.
26) 같은 책, 186쪽.

꼭 한 번을 그냥 넘어가는 일이 없던 방송국 아저씨들을 나름대로 견디는 하루미만의 방법이었다. 단지 그런 이야기를 리사와 마나가 아닌 다른 누군가에게 해서는 안 된다는 건 잘 알고 있었다. 학급에 조달할 스티커 보따리를 사면서, 아키하바라에 들러 미소녀 피규어와 도쿄 여고 교복 콜렉션 따위를 사서 프로듀서 아저씨에게 가져다주기도 한다는 걸. 그런 소녀 아이템들이 값싸고 보잘것없는 물건이라 할지라도 하루미나 리사가 내밀면 아저씨들은 언제나 반색한다는 걸. 다른 사람들이 아니라 우리들이기 때문에, 하루미나 리사나 마나의 고사리손으로 내미는 물건이기 때문에 그들이 그토록 열광한다는 걸. 그리고 내가 그 사실을 알고 있다는 걸. 이용하기도 한다는 걸. 그런 걸 다른 사람들이 알아서는 안 된다고 생각했다.[27]

하루미가 겪은 혐오의 역사는 오래되었다. 아주 어린 시절, 초등학생 때부터 하루미는 수많은 혐오의 시선과 마주해야 했다. 아이러니하게도, 하루미가 혐오의 시선과 마주해야 했던 이유는, 그녀가 원했던 아이돌이 되었기 때문이었다. 방송 활동을 통해 만난 성인 남성들은 하루미를 성적인 소비의 대상으로 보고, 대했다. 온갖 혐오의 시선과 마주했음에도 하루미는 이에 저항하지 않았다. 왜냐하면, 아이돌의 남성 팬들에게 "위협이 되지 않을 만큼의 적당히 수동적이고 아이 같은 순수함"[28]이 있다는 인식을 주어야 하고, "어린 소녀를 성적 대상으로

27) 같은 책, 196쪽.

28) 조혜영, 「들어가는 글, 페미니스트 소녀학을 향해」, 『소녀들 K-pop 스크린 광장』, 여이연, 9쪽.

삼는 데 대한 도덕적 죄책감"[29]을 주어서는 안 되기 때문이다. 만약 하루미가 혐오의 시선에 적극적으로 대항했다면 아이돌 활동은 끝났을 것이다. '하루미-아이돌'이라는, 여성 혐오에 기반한 도식 속에 갇혀 있었던 셈이다.

아이돌 활동을 위해 혐오의 시선을 견뎌야 했음을 알았던 하루미는 다른 장소에서 나마 혐오의 시선에서 벗어나고자 했다. 바로 학교다. 하루미는 "불량학생이자 학급의 가족적인 분위기를 해치는 반동적인 존재"[30]에서 벗어나고자 노력했다. 당시 유행했던 팬시 용품을 급우들에게 저렴하게 재판매하는 방식으로 학급에 녹아들었다. 비록 마음을 터놓을 수 있는 친구를 만들지는 못했으나, 국외자 혹은 무임승차의 기분을 느끼지 않을 정도는 되었다. 그러나 이런 노력이 무색하게도, '하루미-아이돌'이라는 도식이 하루미의 학급에 찾아온다. 하루미를 포함한 아이돌 멤버들이 원조교제를 통해 돈을 번다는 소문이 퍼진 것이다. 이 소문 때문에 하루미의 노력은 물거품이 되고, 그녀는 학급에서 마저 혐오의 시선과 마주하게 된다.

이러한 맥락에서 하루미가 가진 세 가지 이름, 하루미, 글라라, 준코를 주목해볼 필요가 있다. 하루미는 그녀의 부모가 지어준 이름인 동시에 아이돌 활동을 할 때 사용한 이름이다. 글라라는 급우들 사이에 녹아들기 위해 유행을 따라 지은 이름이며, 준코는 AV를 촬영할 때 사용한 이름이다. 하루미는 하루미라는 이름과 준코라는 이름이 분리되

29) 같은 책, 9쪽.

30) 박민정, 「하루미, 봄」, 『황해문화』, 새얼문화재단, 2020.06, 187쪽.

기를 소망했다. 왜냐하면 준코라는 이름에는 언제나 혐오의 시선이 따라오기 때문이다. 그러나 그 소망은 무참히 깨진다. 앞서 언급한 것처럼, 하루미라는 이름으로 인스타그램을 개설했음에도 그녀가 준코라는 사실을 알아차린 이가 나타났기 때문이다. 이로 인해 준코(하루미에게 배정된 휴먼라이츠의 활동가)를 만나고 용기를 내어 만든 인스타그램을 폐쇄해 버린다. 결국 하루미는 과거에도, 현재에도 혐오의 시선으로부터 벗어나는 일에 실패한 것이다. 하루미가 "각자의 공간에 자폐하게"[31] 된 이유는 코로나 때문이 아닌, 그녀를 둘러싸고 있는 혐오의 시선 때문은 아닌지 고민하게 된다.

박민정은 우리가 놓치고 있을지도 모르는, 어쩌면 무의식적으로, 당연하게 여겨왔던 의식 속에 숨겨져 있던 혐오의 시선들을 세심한 눈길로 찾아내 기록하고 있다. 「세실, 주희」를 통해 혐오의 대상이었던 사람이 다른 이에게 혐오의 시선을 보내고 있는 아이러니함을 보여주었고, 「나의 사촌 리사」에서는 우리의 근저에 놓여있는 민족주의에 기반한 '혐오의 대상으로써의 일본'의 모습과 자기반성의 모습을 보여주었으며, 「하루미, 봄」에서는 한 인물이 오랜 시간 동안 겪어야 했던 혐오의 시선을 세밀히 들여다봄으로써 혐오의 시선이 얼마나 끈질기고 만연한가를 보여주었다. 혐오의 시선에 대한 박민정의 문제의식은 이처럼 오랜 기간을 거쳐 발전해왔다. 현대의 한국 사회에서 혐오 문제에 대한 논의가 유효하다는 점과 쉽게 해결될 수 없으리라는 점

31) 같은 책, p181

을 생각해볼 때, 앞으로 쓰여질 박민정의 소설들을 주목해보아도 좋을 듯하다.

참고 문헌

- 송종원,「괴물과 사실, 그리고 앎의 장치로서의 소설」,『바비의 분위기』 해설, 문학과 지성사, 2020.08, 240-256.
- 손희정 (2018). 혐오 담론 7년. 문화과학, 93, 20-49
- 윤재민."[작가론] 다시 만날 세계 - 박민정론." 문학동네, (2017): 1-18
- 장수희,「일본군 '위안부', 촛불 소녀 그리고 민주주의」,『소녀들 K-pop 스크린 광장』, 여이연, 2017, 154-179.
- 조혜영,「들어가는 글, 페미니스트 소녀학을 향해」,『소녀들 K-pop 스크린 광장』, 여이연, 2017, 4-25.
- 박민정 (2019). 2019년 여름, 소비의 기억으로부터. 자음과모음 (43), 171-175
- 석주희 (2020). [EAI 워킹페이퍼] 한일관계 세대분석_사회문화 : 한류와 '혐오': 청년세대(MZ세대)의 역설. EAI 워킹 페이퍼, 1-18.
- 신샛별,「일본의 '언캐니한' 귀환, 그리고 그 속의 여성들」, 문학광장, 2019.09.05, https://webzine.munjang.or.kr/archives/144790

당선소감 : 최정호

무슨 말을 해야 좋을까요. 오랫동안 바라왔던 일임에도, 아무것도 떠오르지 않습니다. '실감이 안 난다'라는 표현을 비로소 이해할 수 있을 것 같습니다. 반신반의한 상태로 당선 소식을 가족과 친구들에게 알린 뒤, 가장 먼저 한 일은 책장을 살피는 일이었습니다. 그곳에는 제가 고등학생 때부터 하나둘 모아온 책들이 쌓여 있었습니다. 제게 소설의 즐거움을 처음으로 알려준 박완서의 소설부터 한강, 편혜영, 김중혁, 김연수, 김영하, 레이먼드 카버, 은희경을 비롯한 작가들의 책을 하나하나 살피다 보니 조금은 실감이 나는 것도 같았습니다. 가장 먼저 그들에게 감사하고 싶습니다. 덕분에 좋은 결과를 얻었다고, 덕분에 내 삶이 조금 더 충만할 수 있었다고.

부족한 제자를 정성 어린 관심으로 이끌어주신 최수철 교수님, 강지희 교수님, 이은선 교수님을 비롯한 한신대학교 문예창작학과 교수님들께 감사드립니다. 교수님들의 말씀 한마디 한마디가 제게는 너무나 소중한 자양분이었습니다. 부끄럽지 않은 제자가 될 수 있도록 노력하겠습니다. 함께 읽고, 쓰고, 지지고 볶았던 동튼 친구들에게도 고맙다고 말하고 싶습니다. 서로에게 도움이 될만한 텍스트를 추천하고 글을 쓰고 의견을 나누고 문집을 만드는, 그 모든 과정 덕분에 좋은 결과를 얻었습니다. 사랑하는 나의 가족들, 아들의 꿈을 지지해 준 부모님과 동생에게 감사한 마음을 전하고 싶습니다. 자기 일처럼 축하해 준 소중한 친구들, 그들의 응원 또한 잊지 않고 있습니다. 마지막으로 부족한 글을 읽어주시고, 기회를 주신 심사위원께도 감사하다는 말씀 드리고 싶습니다.

혐오라는 주제 특이…
對日 관계에 집중돼 눈길

코로나 사태로 말미암은 '집콕' 때문인지 응모작은 예년의 두 배쯤 되는 60편이었다.

그러나 역시 그 같은 물리적 압박 때문인지 작품의 수준은 좀 낮았다. 게다가 특징적 현상이라면 최근 2, 3년 사이에 등장한 신인들을 비평대상으로 한 작품들, 따라서 최근의 사회현상-페미니즘, 퀴어, SF 등-을 중심으로 이루어진 작품들이 압도적으로 많았다. 촉박한 시간에 이쪽의 문제들을 다소 성급하게 피상적으로 다루다 보니 대부분의 작품들이 여러 작가들을 한꺼번에 다루거나 한 작가의 단품 한두 편을 대상으로 작가론을 쓰는 등 불성실한 경우가 많았다.

문학평론은 그 내용에 있어서 진취적인 도전의 성격을 가지면서도 그 형식은 전통적인 기율에 입각해야 할 것이다. 비문을 포함한 문체상의 해이도 많이 풀어진 감이 있다.

마지막 고려의 대상으로 5편을 선정하고 신중하게 깊이 숙고하였고, 그 결과 당선작으로 최정호의 '혐오의 기록'(박민정론)이 결정되었다.

김효선의 '이수명론', 김은석의 '신해욱론'과 함께 결선에 오른 세

편 가운데 '박민정론'은 상대적으로 흠결을 덜 갖고 있는 평문이었다. 젊은 소설가 박민정의 세 작품들에 나타나는 '혐오'라는 요소를 비평의 주제로 삼은 이 글은 주제의식이 특이하고, 특히 일본과의 관계에 문제를 집중시키고 있다는 점에서 주목된다.

하지만 문장 수업 등 앞으로의 수련이 요구된다는 점을 당부한다. 통시적인 관점에서 광범위한 독서를 통한 문학비평에의 접근을 응모자 여러분에게 권하고 싶다. 아울러 디지털 SNS시대가 문장력의 약화로 이어지지 않기를 바란다.

심사위원 : 김주연 문학평론가

2021 조선일보 신춘문예 당선 평론

성현아

1993년 경남 진해 출생
중앙대학교 국어국문학과 졸업
동 대학원 국어국문학과 박사 수료
2021년 〈경향신문〉 〈조선일보〉 신춘문예 평론부문 당선
dhdlshsp93@naver.com

이차원의 사랑법

- 박상영론[1)]

성현아

1. 냉소적 허용

문학적인 것을 규정하는 경계에 반대하여 그 중심으로부터 가능한 멀리 달아나는 실험을 감행했던 2000년대 작가들은 비문학적인 것을 문학의 안으로 들여옴으로써 문학의 외연을 확장할 수 있었다. 이러한 방식이 문학의 경계를 끊임없이 두드리고 부수는, 그리하여 문학을 수평적으로 확장하는 작업이었다면, 박상영의 소설은 특유의 무게 없음으로 날아올라 수직의 돌파구를 제시한다. 박상영 소설의 주인공들은 "그래서나 그러나 혹은 그럼에도 불구하고가 아니라 그러거나 말거나"(「대도시의 사랑법」, 228쪽)라는 가벼운 태도로 일관한다. 자신들의 실존도 승인할 것을 요구했던 이전 세대의 작가들과 달리 청년 세대와 그들이 열광하는 작가 박상영은 제도의 승인에 연연하지 않는다. 규범적 사회로의 편입에 번번이 실패하여 경험적으로 무기력해진 측면도 있

---

1) 이 글은 현재까지 발간된 박상영의 소설집 『알려지지 않은 예술가의 눈물과 자이툰 파스타』(문학동네, 2018)와 『대도시의 사랑법』(창비, 2019) 두 권을 대상으로 한다. 이하 소설 제목과 쪽수만 밝힌다.

겠지만, 그것이 더는 중요하지 않다는 인식의 변화이기도 하다. 기존의 관념에 반기를 들기 위해 기성세대에 대한 분노와 반발을 문학의 동력으로 삼지 않겠다는 다짐인 셈이다. 이들이 사회 혹은 자기 자신과 응전하는 방식은 '냉소적 허용'이다.

냉소적 허용은 기성의 관점에서 늘 도피, 무기력 등의 부정적인 태도로 읽혀 왔으나 청년 세대에게는 수용과 이해의 다른 말이다. 이는 퀴어함을 그저 다양함으로 받아들일 수 있는 새 시대에 대한 열망에서 비롯한다. 더불어 이전 세대의 방식을 답습하도록 개조될 것을 강요받았던 데에 대한 거부이기도 하다. 이러한 징후는 박상영을 위시한 최근 작가들이 서술자와 작가의 분리를 최소한의 독서 덕목으로 여겼던 시대와 결별하고 소설 속 중심인물이 곧 작가 자신임을 전면 표방해버리는 데서 읽어낼 수 있다. 박상영은 작중인물의 이름을 '박상영'이라는 자신의 실제 이름을 따서 작명한다. 독자들이 소설의 주인공을 작가이자 실존 인물로 간주하게끔 창작하는 것이다. 우리는 이를 새로이 부상한 '1인칭 작가 주인공 시점'[2)]이라 불러볼 수 있겠다.

2) 이는 2020년에 문제 제기된 김봉곤 작가의 '사적 대화 무단 인용'과는 구별되어야 한다. 강동호(「비평의 시간-김봉곤 사건 '이후'의 비평」, 『문학과 사회』 2020 가을호, 416쪽)의 의견처럼 작가가 작품에 사적 텍스트를 무단 인용할 가능성을 미리 알아차릴 수 있는 방법은 사실상 부재한다. 이는 비윤리적인 무단 인용이 문제시되어야 하며, 김봉곤이 퀴어 작가로 호명 받았다는 이유에서 이를 퀴어 소설, 혹은 1인칭 작가 주인공 시점의 소설이 낳는 폐단으로 연관 지어서는 안 된다. 이 사건은 오히려 기존의 남성 작가들이 실제 여성이나 약자들의 삶을 예술이라는 명분을 방패 삼아 전시해오던 관행과 결부되어 비판받아 마땅하다. '1인칭 작가 주인공 시점'이라는 필자의 명명과 이것이 가진 문학적 가능성에 대한 서술은 김봉곤 작가의 무단 인용 사건을 옹호하는 서술이 아님을 이를 통해 간략하게나마 밝혀둔다.

독특한 시점의 등장은 소설 『82년생 김지영』(민음사, 2016)을 통해 촉발된 논쟁의 영향 아래서 이해해볼 수 있다. 특정년도에 출생한 한 여성의 삶을 수기처럼 서술한 이 소설은 미학적 실효성을 의심받는다. 미학성과 정치성을 대립하는 것으로 인식해 온 문학적 관습에 따라 현실에 즉각적으로 대응하는 소설에는 상대적으로 미학적 완성도가 떨어진다는 평가를 내려왔던 것이다. 이러한 잣대는 유독 퀴어 혹은 페미니즘의 작품에 있어 더 엄격하게 작동한다. 근래의 퀴어 · 페미니즘 소설이 지속적으로 '미학성의 결여'라는 표지로 비판받는 이유는 '당사자성 자체도 젠더적 한계를 가진 이들에게는 투쟁해서 얻어내야 하는 것'[3)]이기 때문이다. 따라서 이러한 작품들에는 미학적으로 훌륭하지 않고 정치적으로도 뭉툭하다는 지적이 따라다녔다.

이러한 비판에서 자유로울 수 없으리라 예상한 박상영은 이를 반박하지도 그렇다고 이에 대해 항변하지도 않는다. 다만 1인칭 작가 주인공 시점을 취함으로써 일기나 보고서 같다는 평가절하를 당할 바에야 소설과 일기를 구분할 수 없게 만들어버린다. 미학적으로 옳을 필요가 없고, 인물의 전형성을 의심받을 이유도 없는 작가의 실제 체험으로 오독誤讀되기 때문에 아무것도 해명하지 않아도 된다. '이런 인물의 이야기가 왜 필요한가', 혹은 '이런 소설이 정치적으로 올바른가'에 대한 모든 혐의를 작가가 자신의 이름으로 뒤집어쓴다. 그리하여 소모적인 논쟁을 사전에 차단한다. 기존의 잣대로 평가받지 않겠다는, 규범 내의 대립장에 조금도 관여하지 않겠다는, 가볍고 우아한 탈피다. 이

3) 장은정, 「죽지 않고도」, 백지은 외 공저, 『문학은 위험하다』, 민음사, 2019, 98쪽.

는 새로운 세대에 걸맞은 새로운 미학에 대한 요청이기도 하다. 세대의식을 구현해내는 박상영의 소설의 무게 없음은 어디를 향하고 있는가, 또 어떤 자리를 만들어내고 있는가.

「재희」의 '나'는 호모라도 괜찮다고 자신을 다독이거나 호모임에도 불구하고 무언가를 해내는 것이 아니라 "호모라서 핑클 부르면서도 운다 됐냐"(66쪽)며 자신이 게이로서 갖는 특별함을 인정해버린다. 다르지 않으니 편견 없이 똑같이 봐달라는 차별받지 않을 최소한의 권리를 주장하는 것이 아니라 '그래, 다르다. 다르니까 다르게 봐라'라며 더 나아가 차이와 개성도 존재한다고 말해버린다. 박상영 소설의 주인공들은 사회적으로 부여된 모욕적 명칭에 반발하지 않는다. 다만 "독창적 별명 짓기"(「대도시의 사랑법」, 193쪽)를 통해 자신들만이 알아듣는 은어로 새로이 거듭나고자 한다. "독창적 별명 짓기"가 청년 세대가 열광했던 히트송 'Nu ABO'의 가사임을 상기한다면, 노랫말에 나타나듯 사랑 공식으로까지 여겨지는 기존의 사랑법을 '저항 없이' 거부하는 데 이들의 특이점이 있음을 알 수 있다. '우리가 하는 것도 사랑이다'가 아니라 사랑으로 쳐주든 말든 우리가 느끼는 감정은 이러하며, 그런 우리를 인간으로 대하거나 말거나 '우리는 이렇다'고 표현한다. 이들은 가벼움과 무거움을 이분하지 않으며, 어떤 무거운 삶의 문제든 엄숙주의의 중력을 벗겨 날아가도록 둔다. 이성애 규범의 대안적 목록인 LGBT에 포함되지 못했던 무성애자나 간성(Intersex) 등의 존재들을 수용하기 위해 '다른(Other)'의 의미를 가진 'LGBTO'라는 할 수 있는 한 충분히 모호한 명칭을 새로이 사용하는 것처럼, A형, B형이 아닌 '다른(Other)' 것을 지향하는 'New ABO 세대'는 이렇듯 기존의 규범이 수용하든 말든 자신을 거리낌 없이 표현한다.

"퀴어 된 도리를 다하"(「자이툰 파스타」[4], 147쪽)려는 박상영 소설의 주인공들은 사회가 자신의 정체성을 승인하든 말든, 자신이 가진 퀴어함에 집중한다. 이들은 게이도 그저 평범한 인간이라는 보편성을 증명하는 데 전혀 관심이 없다. 더 나아가 게이들의 공통점에서도 벗어나 '자신이 게이로서' 갖는 특성뿐 아니라 '게이인 자신'이 가지는 개성을 뽐낸다. 「대도시의 사랑법」의 주인공도 마찬가지다. '나'는 동성애 혐오의 가장 큰 기반인 에이즈를 일으키는 HIV(인체면역결핍바이러스)에 감염되었음에도 자신의 특기를 발휘하여 이에 "카일리"(193쪽)라는 별명을 지어준다. 그는 에이즈를 둘러싼 세간의 편견이나 보균자에게 부여되는 부당한 혐오에 대해 반박하지 않는다. 다만 자신만의 HIV를 다른 HIV와 구분하여 사회가 낙인찍는 방식과는 다른 방식으로 그것을 수용한다. 더 중요한 점은 단순히 에이즈라는 질병에 부여되는 부정적 인식에서 벗어나는 데 그치지 않는다는 점이다.

> 나에겐 카일리가 있어. 이건 5년도 넘게 나와 함께 살아온 가족이나 다름없고. 어쩌면 가족보다도 더하지. 같은 혈관을 공유하고 같은 양분을 먹고 같은 숨을 쉬고. 그러니까 이건 나야. 또 다른 나. 앞으로도 나일 거고 죽을 때까지 나일 테니까. 그리고 오직 나만의 것이어야 하고…… 나랑 만나고 싶으면 말이야, 그걸 알아둬야 해. 내가

---

4) 「알려지지 않은 예술가의 눈물과 자이툰 파스타」의 경우 줄여서 「자이툰 파스타」로 표시한다.

나이며 동시에 카일리라는 사실을 말이야.(「대도시의 사랑법」, 225쪽)

나아가 '나'는 그 바이러스가 곧 자신이라고 비약해버린다. 에이즈가 갖는 사회적 의미와 별개로 그 질병이 '나'라는 개인에게 끼치는 영향에 주목하는 것이다. 현대적인 방식으로 이해되는 다른 질병들과 달리, 에이즈는 '위험집단'의 구성원이 초래한 질병이라는 식의 전前현대적인 방식으로 이해되고 있다.[5] 이를테면 동성애자와 같은 타락한 공동체를 질병이 심판한다는 낡은 사고방식이 에이즈에는 여전히 통용된다는 말이다. 이와 반대로 '나'는 그 질병을 "오직 나만의 것"이어야 하는 지극히 개인적인 것으로 사유한다. 에이즈를 동성애의 부작용으로 보는 상징적인 자리에서 끌어내려 지극히 사적인 영역으로 데려오는 것이다. 그리하여 "섹슈얼리티가 각각의 사람들에게 고유하다"[6]는, 즉 특이하지 않은 섹슈얼리티란 세상에 존재하지 않는다는 새로운 결론을 도출한다.

박상영 소설을 향한 '퀴어 지리학'(강지희)[7], '퀴어(성) 자체를 재현하는 퀴어'(김건형)[8]라는 논자들의 명명은 퀴어 문학의 자리를 온당하게 설정하고자 한 맥락에서 이루어졌다고 할 수 있다. 이러한 평가가 박상영 소설의 퀴어성을 잘 밝혀주었다면 한편으로 인정투쟁을 멈추는

---

5) 수전 손택, 『은유로서의 질병』, 이재원 옮김, 이후, 2002, 179쪽.

6) 미미 마리누치, 『페미니즘을 퀴어링!』, 권유경 · 김은주 옮김, 봄알람, 2018, 74쪽.

7) 강지희, 「멜랑콜리 퀴어 지리학」, 박상영, 『대도시의 사랑법』 해설, 창비, 2019, 310~335쪽.

8) 김건형, 「2018, 퀴어 전사-前史 · 戰史 · 戰士」, 『문학동네』 2018년 가을호, 378쪽.

박상영의 서술 방식에서 우리 시대의 보편적인 가벼움도 발견할 수 있다. 그의 농담에 가까운 서술방식은 작가 고유의 작법이기도 하지만 지금의 청년 세대를 가장 잘 반영하는 방법이기에 각광받는 측면이 있다. '퀴어 서사를 문학의 본류가 아닌 일시적인 유행으로 치부하지 말아야 한다'[9]는 지적처럼 박상영 소설이 퀴어를 다루고 있다 해서 이성애-남성중심적 주류 문단의 틀에 입각하여 이를 특별하다거나 예외적인 것으로 간주할 필요는 없다. 박상영 소설에 등장하는 퀴어 주인공들을 다시금 보편의 범주로 귀화시켜버리는 것이 아니라 모든 문제를 웃어넘기는 그들의 응전방식에서 역으로 우리 시대의 일상성을 발견할 수 있다는 말이다. 박상영의 소설은 놀랍지만 낯설지 않은, 친숙해 마땅한 소설이다.

2. 보편과 일반에 대한 농담

박상영 소설의 주인공들은 게이가 아닌 사람을 '이성애자'라고 지칭하며 이성애가 갖는 권위를 웃어넘긴다. 동등한 대우를 받고자 그 권위에 도전하는 것이 아니라 이를 무심하게 수용해버린다.

> 미대생 분대원들은 다른 거의 모든 스물세 살의 이성애 남자들처럼 별 대단할 것도 없는 자신의 인생을 잘도 늘어놓았다.(「자이툰 파스타」, 150쪽)

9) 김건형, 「소설의 젠더와 그 비평 도구들이 지금」, 『문학과사회 하이픈』 2019년 가을호, 41쪽.

> 모르는 사회인들이 모였을 때 으레 그렇듯 재밌지도 않은 술 게임을 하고, 궁금하지도 않은 인생사나 연봉 얘기, 이성애 연애담을 서로 공유하고 지랄이었다.(「대도시의 사랑법」, 205쪽)

> 오감독이 원래 그렇지. 세상에서 동성애를 가장 잘 이용하는 이성애자.(「자이툰 파스타」, 173쪽)〔이하 굵은 글씨는 인용자의 것〕

정상적인 성애의 통칭으로 사용되던 '이성애'라는 단어를 동성애자인 '나'가 '나'와 다른 자들을 구별하기 위해 사용하는데, 이때 모종의 전환이 일어난다. 동성애를 중심으로 한 시각에서 이성애라는 명칭이 쓰이자 이는 동성애와 구분되는 상대적인 개념으로 전락한다. 이를 통해 이성애가 원형적 섹슈얼리티, 즉 절대적 개념이 아니라는 점이 드러난다. 동성애를 소외시키고 분리하려는 의도를 가진 '이성애'라는 명칭을 전유하여 오히려 그것이 가진 보편이라는 지위를 박탈한다. 이제 '이성애'는 일반적이라는 뉘앙스 대신 '동성애자와 다름'을 뜻하게 된다. 비일반의 자리로 밀려났던 동성애자는 중심의 자리를 욕망하지 않고 소외된 그 자리에서 이성애를 호출함으로써 일반적이라고 규정되었던 사랑을 상대화시키는 주체로 거듭난다. 이는 보편, 일반의 자리를 탈환하기 위해 저항하지 않고 기존의 언어를 받아들여 자신들만의 은어로 바꾸어 사용해버릴 때 오히려 그 대단한 잣대가 우스워지는 원리다.

인정투쟁을 관두고 "동성애자의 품격"(「자이툰 파스타」, 191쪽)을 뽐내는 주인공들은 동성애자에게 흔히들 갖는 편견에 시달리거나, 이에 맞서 싸우는 피해자로 설정되지 않는다. 「자이툰 파스타」의 '나'는 왕샤가 '샤넬 향수에 집착하는 무용과 출신'이라는 터무니없는 근거를 바탕으로 그가 게이가 아닐까 추측한다. 왕샤도 오감독이 술을 못 마시니 게이는 아닐 것이라는, 선입견이 가득한 말을 한다. 게이 주인공들 또한 게이에 대한 고정관념과 그로 인한 피해의식을 갖고 있으며, '게이들은 다 그렇다'는 일반화의 오류에 빠질 수 있다. 그들은 게이스러운 것을 경험적으로 몇 가지 알고 있고, 그런 개인적인 경험을 토대로 한 편견에 사로잡힐 수 있는 '보통의 사람'으로 그려진다. 이때 '보통의 사람'은 통상적으로 사회에서 규정하는 정상인, 즉 결격의 사유가 없어 제도의 승인을 받을 만한 사람을 뜻하지 않는다. 결격의 사유가 충분하다 못해 넘치는, 그리하여 제도에 편입하지 못할 게 명백해 보이지만 특별히 어떤 '상像'으로는 고정되지 않는 사람을 의미한다.

이는 성교性交의 영역에서도 적용된다. '나'가 동성애자인 자신의 경험에 기반하여 만든 영화는 '과잉 성애화'로 비난받는다. 영화에 퀴어를 등장시킬 때는 "보통의 사람들을 설득할 수 있는 치명적인 지점"(180쪽)이 있어야 한다는 논리가 영화계에서 통용되고 있기 때문이다. 이는 앞서 언급했던 당사자성뿐만 아니라 이들의 '일상과 현실' 또한 재차 검증하여 획득해야 하는 대상이라는 말이다. 동성애를 보편적 사랑의 경지로 끌어올리기 위해서 동성애자는 성적으로 문란해서는 안 되며, 자신의 성 정체성을 슬프게 받아들여야 한다는 주장에 '나'는 "남자랑 섹스하는 게 좋아서 욕먹어가며 동성애 하는 건데 왜 울고불고 난리를 쳐대는 건지"(178쪽)라며 난색을 표한다. 가지각색의 모양으로 존재하는 성소수자들은 고통을 감내하는 순교자가 아니기에 금욕

할 이유가 없으며 이해받을 요건을 갖추기 위해 노력할 필요도 없다는 객관적인 인식이다. 이를 통해 사회적으로 이해 가능한 존재가 되기 위해 "그 자신이 결코 선택하지 않았던 조건들에 의존하는 상태"[10]가 되어야 하는 인정의 굴레에서 벗어난다.

> 우리는 세상의 아주 작은 점조차 되지 못했다. 점은커녕 그 어떤 것도 되지 못했다. (…) 동성애자이면서 제대로 동성애를 하지도 못했고 그것도 모자라 이성애자들로부터 마이크 하나조차 제대로 훔치지 못했다. (…) 우리는 웃고 떠들고 술 먹고 섹스하다 죽을 줄이나 아는 동성애자들일 뿐. 그 이상의 아무것도 되지 못했고, 되지 못할 것이다. 우리는 애초에 아무것도 아니었고, 아무것도 아니며, 그러므로 영원히 아무것도 아니다.(「자이툰 파스타」, 215쪽)

애초에 아무것도 아니기에 어떤 것으로도 정의될 필요가 없는 게이 주인공들의 세속적인 일상은 수기의 형식으로 가감 없이 형상화된다. 더불어 동성애조차 제대로 할 수 없었다는 '나'의 고백을 통해 동성애자들이 늘 이성애자가 되고 싶어 한다는 세간의 편견을 깨뜨리고 번번이 실패하게 되는 청년들의 삶까지 생각하게 한다.

소설은 동성애자의 삶에서 청년세대를 아우르는 시대감각을 건져 올리고는 한 발짝 더 나아간다. 성소수자가 소수에 불과하다는 사람들

---

10) 주디스 버틀러 · 아테나 아타나시오우, 『박탈 : 정치적인 것에 있어서의 수행성에 관한 대화』, 김응산 옮김, 자음과모음, 2016, 135쪽.

의 편견을 지적하며 '나'와 왕샤는 월드컵 노래방과 샤넬 노래방이 있다면 언제나 샤넬 쪽을 택하는 것이 "게이들의 일상"(「자이툰 파스타」, 189쪽)이라고 말한다. 이성애 규범에 대한 위반으로 낙인찍혀 은폐되었을 뿐, 게이 문화, 게이 사회, 게이들의 공통성이 버젓이 존재함을 나타내는 것이다. 이제껏 드러난 적이 없어 생소하면서도 특이할 것 없는 게이들의 일상은 존재하지 않는 것으로 치부되던 게이로서의 보편성을 창출한다. 특수성을 버려야만 이성애가 차지한 보편의 자리로 편입될 수 있다던 기존 사회의 믿음은 게이가 갖는 보편성이 도출되면서 깨질 수밖에 없다. 이렇듯 박상영이 아무렇지 않게 던지는 농담과 같은 서술방식은 양력을 지니고 날아올라 일반과 비일반, 특수와 보편의 경계를 저 아래 그어진 작은 선에 불과한 것으로 만들어버린다.

3. 정상(正常)을 넘기

박상영의 소설은 특수로 치부되어온 영역 내부에 존재하는 경계마저 뛰어넘는다. 작가의 실제 이름으로 보증된 퀴어의 일상을 재현하는 소설은 '단지 나로서 살아감'(「대도시의 사랑법」 작가의 말, 239쪽)의 이정표가 된다. 나를 '나'라고 부를 수 있게 하는 외부의 기준을 문제 삼지 않고 다만 모두 비워냈기 때문에 이 탈아脫我적 존재들은 끝없이 가벼워지고 투명해지다 종내에는 무엇이든 통과시킬 수 있게 된다. 어떠한 경계에도 제한받지 않는 공중에서 '나'들이 만들어내는 '우리'로의 교차적 동일시다.

그 시절 우리는 서로를 통해 삶의 여러 이면들을 배웠다. 이를테면 재희는 나를 통해서 게이로 사는 건 때론 참으로 좆같다는 것을 배웠고, 나는 재희를 통해 여자로 사는 것도 만만찮게 거지 같다는 것을 알게 되었다. 그리고 우리 대화는 언제나 하나의 철학적 질문으로 끝났다.

-우리 왜 이렇게 태어났냐.

-모르지 나도.(「재희」, 45~46쪽)

헤테로 여성과 호모 섹슈얼 남성인 '나'가 연대하는 「재희」의 서사는 퀴어와 페미니즘의 간극을 경쾌하게 뛰어넘으며 이 둘이 포개질 수 있도록 한다. 재희가 여성이므로 남성인 '나'는 상대적으로 젠더 권력에서 우위를 점하게 되는데 반대로 재희가 이성애자라는 점에서 동성애자인 '나'는 재희보다 약자가 된다. 이처럼 복잡하게 얽힌 권력 담론에 대해 그들은 숙고하지 않는다. 다만 여자로 사는 것도, 게이로 사는 것도 "거지 같다"는 소수자로서의 감각을 공유한다. 이는 퀴어와 페미니즘의 차이와 각각이 지나온 역사를 가뿐하게 무시해버리고 불쾌한 경험들이 빈번하게 생긴다는 큰 틀에서 서로 공감해버리는 가벼움이다. 이 가벼움은 "왜 이렇게 태어났냐"는 자조적이고 비관적인 질문보다 "우리"라는 헐겁지만 단단한 결속에 방점을 찍게 한다. 소설은 정상 범주에 속하기 때문에 안락한 삶을 누려 마땅한 남성인 '나'와 이성애자인 재희, 즉 "우리"가 각각 게이, 여성이라는 이유에서 핍박받는 삶을 살게 되는 아이러니를 드러낸다. 이는 지극히 당연한 것으로 간주되어온 '정상성正常性' 또한 구축된 허구라는 점을 폭로한다. '정상의 권위를 차지하는 자'라는 뜻의 신조어 '정상인'(normate)[11]이 제기되었듯, 정상의 지위 또한 구성되고 조작된 위치임을 분명히 한다.

복잡하게 얽혀있는 관계를 '우리'로 퉁치고 연대하는 재희와 '나'의 공통점은 '정조 관념이 희박하다 못해 아예 없는 편'(14쪽)이라는 점이다. 주변화된 집단에 있는 여성과 동성애자는 흔히 무성애자로 규정되고, 조금이라도 성적인 욕망 내지 행동을 보이면 그것은 과잉 성애로 해석되어 버린다.[12] 그런 의미에서 가공된 '정상'의 범주에 속할 수 없는 재희와 '나'의 성생활은 극도로 억압되거나 그렇지 않을 경우 비난받아야 하는 위치에 놓이게 된다. '나'와 재희는 실제 성생활에 관계없이 각각 '더러운 똥꼬충'(34쪽), '쉬운 여자'(13쪽)로 내몰리는데 이들은 이러한 문제 앞에서도 특유의 가벼움을 유지한다. 재희와 '나'는 '자신들의 헤픈 육체를 마음껏'(14쪽) 이용하는 것으로 과잉 성애라는 낙인을 부수지 않고도 뛰어넘는다.

재희는 몰래카메라범에게 스토킹을 당하고, '나'는 섹스를 했던 남자에게 아웃팅 협박을 당하지만 서로 도와 위협을 해결해나간다. 이러한 범죄를 당하는 이들은 "밤새 만난 남자들의 정보를 공유"하고 "실컷 남자들 흉을"(14쪽) 보며 순결한 피해자의 자리를 욕망하지 않음으로써 그 자리로 고정될 것을 거부한다. 여성의 성생활을 옥죄는 데 가장 유용하게 기능하는 '임신' 또한 이들은 '세포이자 이물질을 떼어내

---

11) 로즈메리 갈런드 톰슨, 『보통이 아닌 몸』, 손홍일 옮김, 그린비, 2015, 20쪽.

12) 전혜은, 「장애와 퀴어의 교차성을 사유하기」, 전혜은 · 루인 · 도균, 『퀴어 페미니스트, 교차성을 사유하다』, 여이연, 2018, 43쪽.

기 위해 그냥 병원 가면 되는 일'(29쪽)로 생각하며 여성의 성적性的 윤리와 조금도 결부하지 않는다. 이를 통해 숭고한 성전으로 표상되어온 여성의 몸이 단지 재희라는 개인의 육체일 뿐임을 거대한 담론 없이도 드러낸다.

그러나 공깃돌처럼 가볍게 모든 것을 받아들이고 웃어넘기는 재희와 '나'에게도 대립하게 되는 계기가 생긴다. 재희는 남자친구에게 동거인인 '나'가 여자라고 거짓말한다. 남자친구의 추궁 끝에 재희는 룸메이트가 남성이라는 사실을 실토하고 만다. 재희가 화가 난 남자친구에게 변명처럼 덧붙이는 말은 룸메이트인 '나'가 게이라는 사실이다. 이때 모순이 발생한다. 재희의 남자친구는 여자친구가 다른 남성과 동거한다는 사실에 분노하고, 재희는 룸메이트가 동성애자이기에 섹슈얼한 관계가 아님을 입증할 수 있다며 항변하는데, 두 입장 모두 용인 가능하다는 점이다. 재희와 '나'의 서사를 알기에 그들에게 친밀함을 느껴 공감하고 있는 독자들은 재희를 비난할 수도, 그렇다고 일반적이라고 여겨질 만한 반응을 보이는 재희의 남자친구를 지탄할 수도 없는 입장이 되어버린다. 사회적으로 승인 가능해 보이는 두 입장은 대립 아닌 대립을 통해 좀 더 내밀한 지점을 밝혀낸다. 이 명명하기 난감한 자리는 반대로 명명의 병폐를 드러낸다. 성적 접촉이 결여된 남녀의 동거는 룸메이트 관계로 보기는 어렵지만, 또 한편으로 승인받아 마땅하다는 점에서 '섹슈얼리티와 재생산 가능성'만을 기준으로 합법적인 공동체를 규정해 온 기이한 규범에 오히려 반문하게 한다.

이는 나아가 결혼 제도와 친족 관계까지 의문시한다. 재희의 연애로 흔들리던 둘의 관계는 결국 재희의 결혼으로 인해 완전히 사라질 위기에 놓인다. 재희는 결혼이라는 합법적인 제도 안으로 진입하기 위해 '나'와의 관계를 부정해야 한다. 그들 사이의 내밀한 결속과 감정적 교류는 '우정'의 선으로 축소돼야 하며, 둘의 관계는 "피가 섞이지 않은 남매"(56쪽)나 '섹슈얼한 관계일 리 없는 이성애 여성과 동성애 남성의 홈 쉐어' 정도로 변환되어야 한다. 그런 치환 없이는 용인받을 만한 가능성조차 없다. 재희의 결혼 이후에 홀로 남은 '나'는 무효가 된 관계를 어떤 식으로 사유할지 혼란스러워한다. 언제나 있다고 믿어 의심치 않았고 영원할 줄 알았던 '나'와 재희의 관계가 존재하지 않는 것으로 판명 났기 때문이다. 결혼 관계에 근거하지 않은 친족 유대를 세우려는 시도는 불법적이고 존속 불가능한 것이 된다.[13] 결혼이 친족을 구성하는 독점적 방식인 이상 '나'와 재희의 관계는 인정받을 수도 지속될 수도 없어 그 효력을 잃는다. 명백히 실재하던 관계가 어떤 절차도 없이 폐기되어 버렸을 때, 이 사회에서 배운 언어로는 처리하지 못하는 감정이 남게 된다. 재희와 내가 주고받았던 블루베리 봉지와 말보로 레드 한 갑만이 실물의 증거로 남아있고 이를 통해 환기되는 형용할 수 없는 감각들은 유령처럼 떠돌 뿐이다. '나'가 느끼는 상실감은 그들의 관계가 명명될 수 없다는 점에서 '개인이 가질 수 없는 감각' [14]이기에 아웃팅으로 인한 분노로 왜곡되어 표출될 수밖에 없다.

---

13) 주디스 버틀러, 『젠더 허물기』, 조현준 옮김, 문학과지성사, 2015, 17쪽.
14) 테오도르 아도르노, 『미니마 모랄리아』, 김유동 옮김, 길, 2019, 94쪽.

그러나 '나'는 기이한 잣대로 인해 박살 나버린 관계 앞에서도 분노로 일관하지 않는다. 화를 내야 할 상황에 누구보다 크게 웃는 버릇을 내세워 그저 결혼제도를 반대하는 "안티 메리지 운동"(59쪽)을 하겠다며 웃어넘긴다. 이때 전위 아닌 전위가 일어난다. 사회에서 동성애 결혼을 불법이라고 규정 지었기 때문에 동성애자의 권리 신장을 위해 이를 합법화할 것을 주장하는 흐름이 이어져 왔다. 결혼을 '못' 한다는 불가능성은 결혼을 할 수 있다는 가능태로 넘어가고자 하는 욕망을 불러일으켰다. 동성 간의 결혼을 금지하자 이에 반대하기 위해 결혼을 욕망하는 전제에 동의하게 되어버린 셈이다. 상당히 윤리적이고 인도주의적으로 보이는 동성애 결혼 합법화에 대한 주장과 운동이 결혼이라는 제도를 공고히 하는 데 기여하게 되는 것이다. 우선적으로 당면한 차별을 철폐하기 위해 국가와 사회가 강압하는 전제를 받아들이게 되어버리는 아이러니에는 이토록 교묘한 정치성이 작동하고 있다.

하지만 '나'는 이러한 모순의 굴레마저도 벗어던진다. '나'는 "한국사회에서 남녀가 한 가족으로 합치는 것이 얼마나 좆같은지"(58쪽)를 직간접적으로 체험하며 비혼주의를 결심해버린다. 자신이 결혼을 '못' 하는 것과 별개로 결혼이라는 거추장스러운 제도의 실상을 확인하고 그에 대한 상징적인 실천을 '안' 하겠다는 의지 부정의 형태로 결혼제도를 거부하는 것이다. 점점 견고해지는 결혼의 위상까지 유쾌하게 비웃는 주인공은 제도의 내부와 외부에 관한 논의가 실은 뚫린 천장을 고려하지 못한 탁상공론이었음을 깨닫게 한다.

4. 수직으로 날아오르기

명백히 존재함에도 승인될 수 없어 무자비하게 삭제된 관계를 담담하게 서술한 작가는 나아가 정상이라는 범주 안에 있는 가족관계 또한 상상된 허구임을 입증한다. 그는 혈연을 중심으로 구성되는 합법적인 가족관계가 얼마나 많은 불법을 묵인하게 하는지를 보여준다. 「우럭 한점 우주의 맛」에서 엄마는 친아들인 '나'를 남자와 키스했다는 이유로 정신병원에 강제로 입원시킨다. 여러 검사를 거쳐 아들인 '나'는 억압적인 엄마로 인해 "전쟁 피해자와 같은 강도의 트라우마"(98쪽)를 갖게 되었다는 진단을 받는다. 「세라믹」에 등장하는 엄마 '은주씨'는 아들인 '나'에게 물리적 폭력까지 행사한다.

그러나 정신과 치료를 받아 마땅한 '엄마'(「우럭 한점 우주의 맛」)는 자신이 죄 사함을 받았다는 막무가내 논리로 의사의 치료 권유를 거부하고, 엄마 '은주씨'의 학대는 "아이를 자립심이 강한 아이로 키우고자"(「세라믹」, 313쪽) 하는 노력으로 미화된다. 정상적이고 안정된 가족관계로 보아 마땅한 엄마-아들의 관계에서 행해지는 폭력이 오히려 그 정상 범주 속에 있다는 이유만으로 은폐되어왔음이 드러난다. 아들을 학대로부터 지켜낼 의무가 있는 엄마는 오히려 자신이 합법적인 가족이라는 점을 악용하여 아들에게 행사하는 폭력을 정당화할 권리를 얻는다. 두 소설은 혈연으로 맺어진 관계의 병폐를 형상화하여 정상 가족에 대한 맹신에 물음표를 달아 이를 미지未知의 영역으로 견인한다. 느낌표가 아니기에 부러지지 않는 곡선의 질문은 탄력적이다. 강력한 비판이나 반론이 아니기에 오히려 아무런 반발에도 부딪히지 않는 물음은 앎의 영역에 굳건히 자리매김해온 가족제도를 '아직 알지 못함'으로 돌려놓는다. 사회 안정에 기여해야 할 가족 제도가 안정으로 둔갑한 병폐적인 관계들에 적절한 도움이 개입하지 못하게 하는 모순을 품고 있음을, 소설은 우리로 하여금 단지 알아가도록 한다.

또한 생산성을 중심으로 한 가족제도가 동성애, 무성애 이외에도 난임, 불임을 가진 이성애자들에게 비정상의 낙인을 찍게 되는 문제도 함께 제시한다. 술자리에서 먼저 집에 가보겠다는 '미자'를 만류하며 '왕샤'는 "걸핏하면 집에 가버리고, 못생긴 애나 싸지르는 더러운 이성애를 결사반대"(「자이툰 파스타」, 187쪽)한다고 폭언한다. 이는 아이를 낳거나 입양할 수 없는 동성애자가 자신의 처지를 감안하여 상대적으로 출산이 가능해 보이는 이성애자를 두고 한 농담이지만, 2년째 난임 클리닉을 다니고 있으며, 얼마 전에 유산까지 한 미자는 울먹이게 된다. 언어폭력을 당한 미자와 폭언을 한 왕샤는 놀랍게도 대립하지 않으며 서로 부둥켜안고 운다. 이는 생산성이 결여된 동성애자와 난임의 여성이 비정상성이라는 동일선상에 놓인 채 차별과 폭력을 견뎌왔기에 가능한 공감과 연대다. 박상영의 소설은 복잡하게 얽힌 모든 문제 앞에서 어떠한 벽도 돌파하지 않고 그저 수직적으로 날아올라 수많은 규범과 제도가 모순을 품은 환상적 체계일 뿐임을 조망할 수 있게 한다.

충돌을 감내하는 투사鬪士가 되기를 중단하고 한없이 가벼워지는 일. 이는 벽을 벽으로 인식하지 않겠다는 다짐이기도 하다. 우리는 이를 보편, 정상과 더불어 '문학적'이라는 기존의 잣대에까지 적용해볼 수 있다. 기존의 경계가 과장해 온 무게와 권위를 그대로 인정해주지 않을 때, 문학성을 구분하는 경계는 높은 벽이 아니라 단순히 2차원에 머무르는 선이 된다. 금 밟기 놀이를 하듯 그 선 위로 소설을 올릴 수도 있고 선을 밟지 않고 마음껏 날아올라 공중에 문학을 지을 수도 있다. 당사자성을 향해 투쟁하는 것이 아니라 그저 작가의 실명實名으로, 실존으로 써내려간 수기이자 일기 같은 소설이 미학성에 대한 어떠한 논쟁에도 휘말리지 않고 자유로이 현실로 날아드는 방식이다. 이러한 가벼움은 청년 세대에서 출발한 것이지만 이들에게만 독점적으로 향유되는 것은 아니다. 이들을 시발점으로 전全 세대가 존재의 가벼움을 긍정하고 냉소적 허용에 동참할 때 비로소 우리는 어느 자리든 가능해지고 어느 자리든 문학적일 수 있으며 어느 자리든 허용이 필요하지 않은 시대를 맞이할 수 있다.

당선소감 : 성현아

정상이라는, 인간이라는 규범은 때론 너무 두려웠습니다. 끔찍한 꿈을 자주 꾸었지만 그런 일들은 제게 일어나지 않았습니다. 그러나 누군가에게는 이미 일어났거나 일어날 일입니다. 일상을 누리고 있는 나는 모두에게 빚진 자입니다. 폭력에 맞서 또 다른 폭력을 되풀이하지 않고 그저 우리에게 가벼운 물음표를 달고 싶었습니다. 느낌표가 아니기에 부러지지 않는 곡선의 질문은 탄력적이라고 믿습니다. 물음표에 이끌려 날아오르면 우리가 가벼워진 채로 공중에서 만나 아무런 위계 없이도 서로 포개어질 수 있다는 믿음, 그 믿음에서 제 글은 시작됐습니다. 글을 물음표 삼아 계속 질문하는 사람이 되겠습니다. 그 질문이 오독될 때에도 포기하지 않겠습니다.

나에게 신과 문학을 가르쳐준 엄마, 이혜숙씨 존경하고 사랑해요. 엄마가 있어 어떤 일을 당해도 좋은 사람은 있다고 믿을 수 있었어요. 무엇이든 하고 싶은 대로 하라고 응원하고 지원해주던 아빠, 성일씨 고맙고 든든했어요. 내 글이 최고라고 믿어주던 나의 친언니이자 소울메이트인 은아, 나에게는 언니가 늘 최고였고, 위로였어. 이경수 교수님, 교수님의 글을 읽고 이런 따뜻하면서도 정확한 글이 비평이라면 저도 써보고 싶다고 생각했습니다. 알아요, 제가 영영 어두워지지 않기를 바라며 보내주신 숱한 온기를. 사랑하는 친구들 · 대학원 동료들, 제게 내어주던 마음이 너무 따뜻해서 그곳을 자주 집으로 착각하곤 했습니다. 김홍식 교수님, 박명진 교수님, 류찬열 교수님, 오창은 교수님, 홍기돈 교수님, 최강민 교수님, 하재연 교수님께도 감사 인사를 전합니다. 저의 글을 읽어주신 심사위원 선생님께도 감사드립니다. 마지막으로 나에게 온전한 행복이 있음을 알려준 왕준형, 사랑해. 나의 글을 소리 내어 읽어주던 너의 목소리가, 모든 시름을 껴안아 주던 너의 품이 나를 살게 하는 희망이었어.

문학 현실을 바로 보고 차분하게 서술한 작품

제도화된 논문, 인상 비평, 담론 위주의 글쓰기를 먼저 배격했다. 어디까지나 평론은 텍스트 해석에 근거해야 한다는 믿음이 있기 때문이다. 다음으로 이론을 앞세우거나 이를 증명하기 위해 텍스트를 징발하여 희생하는 경우를 제외했다. 이론과 해석의 균형이 요구되며 나아가서 이론이 배후에 깔리는 모양새를 갖추어야 한다고 생각한다. 마지막으로 분석과 해석의 과정과 이를 서술하는 문장을 살폈다. 분석이 철저하지 못하고 해석이 혼란스러운 글이 많았다.

사실 앞서 말한 선별의 절차는 두루 아는 기본 과정이라 할 수 있다. 이로써 '산책자의 고뇌가 되돌려 준 물음들', '노란 눈의 우울한 레즈비언 아이가 자란다', '혁명, 거짓말 그리고 답신', '이차원의 사랑법' 등 네 편을 남겼다. 기형도를 소환하려는 의도를 지닌 '산책자의 고뇌가 되돌려 준 물음들'은 산책자라는 개념에 과도하게 이끌리고 재맥락화라는 비평적 목적에 의해 굴절되는 양상을 보였다. 오정희의 등단작을 다시 읽은 '노란 눈의 우울한 레즈비언 아이가 자란다'는 선행 논의를 충분하게 확인하지 않고서 판단의 정당성을 과하게 내세운 점이 흠결이다. '혁명, 거짓말 그리고 답신'은 황정은 소설에 대한 안정된 논의에도 불구하고 기왕의 의미화에 의존한 서술이 많았다. 박상영론을 목표한 '이차원의 사랑법'은 텍스트의 결을 따라가면서 억압되거나 정지된 말의 영역을 확장하였다. 문학적인 것의 변화를 텍스트 내부의 구체적인 증거를 통하여 세심하게 밝히면서 우리 문학의 현실적 맥락을 균형 잡힌 시각으로 바로 보고 차분하게 서술하였다. 이러한 평가를 근거로 '이차원의 사랑법'을 당선작으로 선정하였다. 수상을 축하한다.

심사위원 : 구모룡 · 문학평론가

2021 조선일보 신춘문예 당선 미술평론

소 현

1991년 서울 출생

숙명여자대학교 국어국문학과 & 프랑스언어문화학과 학부 졸업

폴 발레리 몽펠리에 제3대학교 고고미술사학과 학부 졸업

골드스미스 런던대학교 현대미술이론 석사 재학

2021년 〈조선일보〉 신춘문예 평론부문 당선

sohyun.an10@gmail.com

비판의 상실: 탈정치 사회의 전시가 아파트를 장소화하는 전략

소 현

1. 아파트와 함께하기

아파트는 보통 다른 곳을 보게 한다. '내 집 마련'의 꿈이나 더 넓고 비싼 집 같은 것들 말이다. 사람들은 지금 여기에 집중할 수 없어서 좀처럼 집과 친해지지 못한다. 그렇지만 인간이 계속 깃들어 살다 보면 이곳에도 삶의 자취는 밴다. 거주자의 취향과 생활 패턴에 맞추어 물건이 쌓였다 사라지기도 하고 여기저기 보수되다가 집의 구조가 바뀌기도 한다. 원치 않더라도 이웃들과 이런저런 관계도 형성하게 되며, 그렇게 얽히고설킨 기억들이 역사성을 띠는 경우도 더러 생긴다. 오래된 아파트는 인간과 도시 공간의 화해 가능성을 보여준다.

재개발은 그 가능성을 주기적으로 지우고 모든 걸 원점으로 되돌린다. 기술은 발전했다고 하는데 백 년 이상 버티는 집은 좀처럼 지어지지 않는다. 자본의 흐름을 위해서 때가 되면 새로운 건물에 자리를 내어주어야 하는 까닭이다. 재개발을 주제로 한 전시들은 오래된 아파트에서 사라지기 직전의 인간적 자취를 움켜쥐려 해왔다. 하지만 미술의 힘은 자본의 흐름을 바꿀 정도로 세지는 않아서 재개발이 시작되면 인간적 자취는 모래알처럼 손가락 사이를 빠져나간다. 그렇지만 한 번이라도 모래를 움켜쥐어 보았던 손은 그 느낌을 기억한다. 미술이 궁극적으로 지향해왔던 지점은 바로 그 느낌을 기억하는 것이라고 생각한다.

현대 사회의 대표적 거주 공간인 아파트의 비장소성에 대응하는 전시의 전략은 시간의 흐름에 따라 변화해왔다. 뒤에서 다시 자세히 다룰 테지만 비장소는 일반적인 장소와는 다르다. 장소는 인간과 그 공동체가 특정한 물리적 공간을 깊이 알아가고 그곳에 가치를 부여함으로써 구축된다.[1] 반면 비장소는 사람들에게 커다란 영향을 미치기에 단순한 공간으로 볼 수는 없지만, 정체성 · 관계 · 역사가 형성될 수 없는 자리이다.[2] 1998년 결성된 성남 프로젝트의 전시들[3]은 (아파

1) 이 글에서 공간과 장소의 정의는 다음의 논문을 참고하였다: "공간과 장소는 공통의 경험을 나타내는 친숙한 단어들이지만 공간은 장소보다 더 추상적인 성격을 지닌다. 특수화되지 않은 (추상적인) 공간에서 출발하여, 우리가 공간을 더 잘 알게 되고 그 공간에 가치를 부여하게 됨에 따라 공간은 장소가 된다는 것이다." 정현목,「전통적인 장소의 변화와 '비장소(non-place)'의 등장: 마르크 오제의 논의와 적용사례들을 중심으로」,『비교문화연구』, 제19집 1호 (2013), p.113. 2) 에이드리언 리치,『엘비라 샤타예브를 위한 환상곡』,『공통 언어를 향한 꿈』, 하현숙 옮김, 민음사, 2020, 19쪽.

2) Ibid, p.111

3) 성남 프로젝트의 전시는 다음과 같다: ≪성남모더니즘≫, ≪1998 도시와 영상: 의식주전≫(1998. 10. 16 – 11. 4. 서울시립미술관), ≪성남과 환경미술≫(1998. 10. 19 – 10. 25. 성남시청 로비), ≪모란장 그 공간의 의미≫(1999. 10. 13 – 10. 17. 성남시청 로비) 등.

트 자체를 중심 주제로 다루지는 않았지만) 현장 조사를 기반으로 재개발과 집의 문제를 다루는 전시들의 시발점이라고 볼 수 있다. 성남 프로젝트는 1960년대 신도시 건설을 위해 정부가 판자촌 주민들을 강제 이주시켰던 성남을 무대로 국가 주도 도시 계획의 문제점을 공론화했다.[4] 또 주민들이 삶의 자리에서 필요에 의해 제작한 오브제들-차양막, 증축된 건물 등-을 '주민 미술'이라 명하고 이를 도시 장소화의 전략으로 제시하기도 했다.[5] 성남 프로젝트는 도시 계획의 폭력성을 계급 정치의 맥락에서 접근하면서 도시 공간에 비판적으로 개입하였다.

2009년에 결성된 옥인 콜렉티브는 자본주의에 대한 비판적 시각은 견지하지만, 계급보다는 개인의 차원에서 도시 개발 문제에 접근하려고 했다. 2009년 7월부터 2010년 11월까지 진행된 〈옥인 아파트 프로젝트〉는 엄숙했던 정치 참여를 자유롭고 재미난 축제로 뒤바꾸며 즐거움에 기반한 연대를 모색했다. 참여자들은 다 같이 아파트 내외부 공간을 투어하며 친밀한 네트워크를 형성하고, 콘서트와 불꽃놀이 등을 통해 도시 공간에 문제를 제기함으로써 놀이와 액티비즘을 결합했다. 옥인아파트 철거 직전에 열린 전시 ≪옥인동 오픈 사이트≫(2010. 3. 7, 옥인아파트)에서 참여 작가들은 재개발을 바라보는 각자의 시각을 관람객과 공유하면서 도시 공간의 명암을 입체적으로

---

4) 신정훈, [11]호 "성남프로젝트 다시 읽기: 지역-특정적 한국 미술의 역사", 「성남문예비평창」, 2020년6월 24일. http://www.artforum.or.kr/117 (2020년 11월 24일 검색).
5) 신정훈, 「포스트-민중시대의 미술: 도시성, 공공미술, 공간의 정치」, 『한국근현대미술사학』, 20 (2009).

그려냈다.

최근 개최된 아파트 재개발 전시에서도 개인주의의 맥은 계속 이어진다. 2010년대 후반에 이르면 계급 정치적 색채는 매우 옅어지는 한편, 개인주의적 색채는 한층 더 진해지는 모습을 볼 수 있다. 이 글에서는 코로나19 사태를 전후로 하여 열린 ≪투명함을 닫는 일과 어두움을 여는 일≫(2018. 4. 27~6. 28)과 ≪이주임박≫(2020. 7.10~7. 19)을 살펴보려고 한다. 나는 두 전시가 비장소인 아파트를 장소화하는 전략을 비교함으로써 탈정치 사회의 전시들이 어떤 방향을 향해 나아가고 있는지 짚어볼 예정이다. 이를 통해 장소 복원을 위해 미술이 고려할 수 있는 또 하나의 선택지를 제안할 수 있으리라 믿는다.

2. 강남아파트 : 도시의 리듬을 파헤치는 고고학적 여정

≪투명함을 닫는 일과 어두움을 여는 일≫(이하 ≪투명함≫)은 도시적 '쿨함'의 기조를 보여준다. 참여 작가들은 기획자의 지휘 아래 유기적으로 얽혀 한 가지 주제를 향해 나아가기보다는 각자의 호실에서 자신의 이야기를 묵묵하게 풀어나간다. 일견 서로에게 무심해 보이는 느슨한 유대는 아파트를 닮았다. 전시는 또한 재개발에 맞서 투쟁하기보다는 상황과 거리를 유지한 채 미술이 할 수 있는 일에 차분히 집중하려 한다. 여기서 '미술이 할 수 있는 일'이란 "[…] 일상의 제스처가 반복되며 남긴 흔적 위에 작가들의 비일상적이고 함축적인 행위들이 덧씌워져 과거의 시간을 현재가 가로지르는 (혹은 간섭하는) 상황을 시각

화"[6]함으로써 몸이 경험하는 도시 생활의 리듬을 탐색하는 것이다. 탐색은 거의 고고학적으로 이루어진다. 참여 작가들은 강남아파트라는 현장에 쌓인 시간의 지층 속에서 기억의 파편들을 발굴하며 도시의 시공간을 탐사한다.

전아라는 재개발을 앞둔 아파트에 각인된 도시적 삶의 패턴과 정주할 수 없는 현대인의 삶에서 새어 나오는 불안을 연결한다. 그는 1863호에 〈Emergency Shelter〉(2018)를 꾸리고 이곳에서 임시 거주자로서 일상을 엮어내고자 했다. 여기에 자신의 살림살이를 옮겨놓고 그 물건들을 사용함으로써 일상의 리듬을 연주한 것이다. 가져다 놓은 물건 중에는 화분이나 어항처럼 정주의 느낌을 주는 것들도 있지만, 텐트나 아직 풀지 않는 (혹은 곧 옮길) 상자 더미처럼 이주의 느낌을 주는 것들도 있다. 전자가 곧 사라질 집을 위태롭게 자기 장소화 할 때 후자는 이곳이 결코 정주의 장소가 될 수 없다고 반박한다. 두 축의 물건들이 대립하며 만드는 위태로운 불협화음 속에서 불안이 배어난다. 그리고 그 불안은 다시 강남아파트의 리듬, 즉 불안정한 주거 환경에서 구축된 도시 생활의 리듬과 연동되며 극대화된다.

마르크 오제는 『비장소』(1992)에서 두 가지 장소를 대비시켰다. 하나는 전통적인 공동체가 형성되는 인류학적 장소다. 탄생과 동시에 사

6) 박지형 외, 『투명함을 닫는 일과 어두움을 여는 일』, 전시회 도록, 2018, p.29. https://adocs.co/books/a-way-to-close-transparency/ (2020년 11월 18일 검색).

람들에게 정체성을 부여하고 그들 간의 관계를 만들며 그 관계를 토대로 역사를 형성하는 곳이다. 오제는 초근대적 사회가 도래하며 인류학적 장소가 수명을 다했다고 주장했다. 초근대적 사회는 세 가지 특징을 보인다. 첫째, 의미가 부여된 사건들이 너무 많아져서 역설적으로 어떤 사건도 특별한 의미를 갖지 못한다. 방대한 정보량과 세계 각국의 상호의존성에서 기인한 현상이다.[7] 둘째, 사람들이 자기 영역으로 여기는 공간도 지나치게 커진다. 고도로 발전한 이동 수단으로 세계 어디라도 수 시간 내에 갈 수 있고, 인터넷 등의 매체를 경유하여 먼 나라의 이미지들이 일상의 풍경과 뒤섞이는 까닭이다.[8] 셋째, 개인주의의 발달로 사람들은 공동의 세계보다는 자신만의 독자적인 세계를 구성하려고 한다. 그들은 정보를 스스로 해석하고 거기에 개인적인 의미를 부여하려고 노력한다.[9] 한마디로 공동체에 기반한 안정감이 사라진 셈이다. 오제가 제시한 또 하나의 장소인 비장소는 초근대적 사회의 부산물이다. 사람들은 이곳에서 자신의 배경과는 무관하게 단일한 정체성 - 승객, 고객, 관람객 등 - 을 부여받는다. 그들은 이곳에서 자신의 정체를 밝히기를 끊임없이 요구받고, 그들의 일거수일투족은 텍스트의 지속적인 침입 - "마스크를 착용하세요", "나가는 곳" 등 - 으로 컨트롤 된다. 비장소에서는 정체성도 관계도 역사도 형성될 수 없다. 계약으로 맺어진 익명의 존재들이 서로를 차갑게 스쳐

7) 마르크 오제, 『비장소 : 초근대성의 인류학 입문』, 이상길, 이윤영 역(아카넷: 2017), pp. 40-43.
8) Ibid, pp.44-49.
9) Ibid, pp. 49-54.

지나갈 뿐이다.

사람은 인류학적 장소에 정주하며 그곳을 근거로 시공간 속에 위치 지어진다. 하지만 끝없는 이주 상태에 놓인 사람은 인류학적 장소를 경험할 수 없다. 어딜 가나 이어지고 확장하는 비장소를 반복적으로 경험하면서 집의 느낌 자체를 잃어버리게 되기 때문이다. 언제 어디로 이사 가게 될지 모르는 불안정한 상태도 집과 관계 맺는 걸 가로막는다. 전아라가 그리는 도시 생활자는 능동적으로 불안을 선택한 노마드도 아니다. 이 작업에서는 어딘가에 자리 잡고 소속되어 불안에서 벗어나고 싶은 욕망이 더 강하게 드러난다. 그는 1863호에 자기 물건을 배치하고 몇 가지 일상적 행위를 수행함으로써 자기 장소화를 시도하지만, 불안은 쉬이 가시지 않는다. 삶의 조건이 바뀌지 않았기 때문이다. 그 의도적인 실패는 오히려 비장소의 완강함을 부각한다.

〈Emergency Shelter〉는 외부보다는 내부를 향하는 작업이다. 불안에 침잠해 있는 동안에는 타자를 바라볼 여유가 생기지 않기 때문이다. 불안한 사람들은 내면에 집중하게 되면서 주변 환경으로부터 단절된다. 특히 상품으로 거래되는 아파트는 '소유권'이라는 명목으로 철저하게 개인에게 귀속됨으로써 도시적 내향성을 부추긴다. 거주민이 원한다면 얼마든지 성가신 이웃을 배제하고 외부 세계로부터 단절될 수 있는 구조다. 그 단절이 신자유주의적 초개인주의의 토대다. 신자유주의적 초개인주의는 시민들이 사회와의 연결을 거부하고 자아의 기획에 극도로 몰두하는 현상을 일컫는다.[10] 초개인주의자들은 '자기 관리'라는 미명하에 '자기 착취'를 일삼게 된다. 이미 마케팅 수단이 되어버린 '자기애'는 사람들이 상품 구매 통해 자아를 표출하게 유도하면서 자아도취를 부추긴다. 사람들은 자기 삶과 무관하다고 여겨지는 타자의 문제에는 극도로 무관심해진다. 아파트는 초개인주의를 부추기며 공동체를 폐허로 만드는 데 일조한다.

김이박은 인류학적 장소화를 시도하며 공동체의 복원 가능성을 탐색한다. 그는 1806호에 살았던 가족과 아파트 앞에 방치됐던 식물들 그리고 자신의 서사를 한 데 엮으며 새로운 관계망을 구축하려 했다. 〈강남아파트 – 아카이브〉(2018)는 발굴 행위를 통해 이주와 동시에 사라졌을지도 모를 가족의 기억을 복원한 결과물이다. 김이박은 가족이 남기고 간 사물들 - 편지, 라면 봉지 등 - 을 수집하고 액자에 넣어 전시했다. 누군가의 사적인 기억을 관객에게 직접 노출하지 않으려고 액자 처리를 선택했다고 하는데,[11] 이는 한편으로 박물관의 유물 전시 방식을 상기시키기도 한다. 감춰진 편지 내용은 리본만으로 이루어진 기념 화환 〈수많던 축하와 위로〉(2018)에 부분적으로 인용되었다. 리본에는 편지에서 발췌한 사적인 메시지뿐만 아니라 부동산 개발 사업의 문맥에서 오갈 법한 형식적인 축하 문구들과 작가가 이곳에 살았던

10) 이영자, 「신자유주의 시대의 초개인주의 : 개인주의의 후기 근대적 변종」, 『현상과인식』,통권 114호(2011), pp.110-111.

11) 박지형 외, Ibid, p.176.

사람들과 관람객에게 개인적으로 전하고 싶었던 말도 슬쩍 섞여 있다. 하나의 화환 안에서 과거와 현재가, 일상의 작은 리듬과 도시의 거대한 리듬이 한 데 뒤엉키며 충돌한다.

이렇게 구축된 인간의 서사는 다시 식물의 서사와 얽힌다. 〈이사하는 정원-강남아파트〉(2018)는 화단에 남겨진 식물들을 집 안으로 초대해 방 한 칸을 내어주고, 부서진 콘크리트 조각을 겹겹이 쌓아 만든 화분 세 개에 안착시킨 작업이다. 한때는 무관심 속에 방치되었을 식물들이 이곳에서 재배용 조명 빛을 받으며 보살핌을 받고 있다. 도시에서 식물은 보통 길가의 잡초로 방치되거나 인테리어용으로 쉽게 소비되고 버려지곤 한다. 반면 1806호의 식물은 차가운 콘크리트를 뚫고 나와 푸른빛을 뽐내며 자신의 존재를 주장하는 듯하다. 이 작업은 무자비한 도시 계획의 틈새에서도 꿋꿋하게 살아남는 식물의 생명력을 보여주면서도, 경제 발전 이외에 다른 것들을 고려하기 시작할 때 아파트의 장소적 문맥 역시 바뀔 수 있다는 전망을 제시한다. 아파트가 타자에게 열린 공간이 될 수 있다면 주민의 삶 역시 변하게 될 것이다. 관람객은 여기서 작은 존재들에게 집중하는 섬세함과 이들을 돌보려는 노력이 이루어낼 수 있는 도시 공간의 발전 가능성을 발견할 수 있다.

그리고 관계망의 중심에는 김이박이라는 한 예술가가 있다. 1806호에 구현된 상생하는 공동체는 작가가 자신의 작업 여정을 통해 여러 차례 제안해왔던 이미지다. 그는 강남아파트에서의 작업이 특히 〈노심

초사〉(2017) 연작과 일정 부분 연결되는 것처럼 느껴졌다고 언급했다. 〈노심초사〉는 지지대를 세운 식물의 모습을 작가의 아버지가 남긴 편지 위에 겹쳐 그린 회화 작업이다. 김이박은 이 연작을 시작한 계기가 아픈 식물들을 돌보는 자신의 모습과 재수 시절 자신을 바라보던 아버지의 모습이 겹쳐 보였던 순간이라고 설명한다.[12] 1806호에서도 서로 다른 존재들이 뒤엉혀가며 삶을 일구는 모습이 겹겹이 쌓인 시간의 레이어를 통해 구현된다. 가장 오래된 과거의 층에는 강남아파트가 건축되던 도시 개발의 층이 있다. 그 위에 어떤 가족과 식물이 이곳에서 생활했던 시간의 층이 쌓인다. 하지만 이제 사람들은 어디론가 떠나버렸고 아파트는 폐허가 되었다. 이에 김이박은 과거의 흔적을 건져 올려 현재의 시점으로 끌어온다. 현재의 층에서 축하와 위로의 말을 전하고 싶은 작가의 시간과 이 모든 만남을 한꺼번에 종합하는 관객의 시간이 만난다. 도시의 리듬 속에서 과거와 현재가 교차한다.

1806호에서는 다양한 존재들이 같은 집을 공유하며 일시적으로 같은 정체성을 나눠 가진다: "집단의 기원은 종종 다양하지만 그 기반을 이루고 이들을 모이게 하며 이들을 하나로 묶는 것이 바로 장소의 동일성이다".[13] 하지만 엄밀한 의미에서 이 집이 인류학적 장소로 기능할 수는 없다. 이곳에서는 더 이상 삶이 이루어지지 않는 까닭이다. 따라서 이곳은 필연적으로 '기억의 장소'가 된다. 피에르 노라는 「기억과

12) 박지형 외, Ibid, p. 176.
13) 마르크 오제, Ibid, p. 61.

역사 사이에서」(1989)에서 현대인은 더는 공동체를 통해 자연스럽게 기억하지 못한다고 지적했다. 기억해야 할 사건이 너무 많아진 데다가 예전에는 상이했던 사회들이 이제는 다 비슷비슷해지고 있기 때문이다. 기억을 잃은 사람들은 기억에 더욱 집착하게 된다.[14] 기념비나 박물관, 방대한 아카이브 같은 것들이 이러한 경향을 방증한다. 1806호에서도 언제 사라져도 이상하지 않은 것들이 자기 목소리를 내며 망각 속으로 순순히 사라지기를 거부하고 있다. 하지만 김이박은 기억의 상실 자체를 은폐하려 하지는 않는다. 그는 다만 망각이 진행되고 있는 바로 그 자리에서 우리가 기억해야 할 것들이 무엇인지를 보여준다. 그는 주변부의 역사를 생성코자 한다.

≪투명함≫은 아파트라는 공간이 어떻게 팽창하는 도시의 중심축으로 기능해왔는지 보여준다. 도시 생활자들은 자본의 흐름을 따라 - 때로는 국경도 초월하여 - 이곳저곳으로 이사 다니며 생활 리듬을 구축한다. 아파트는 그 흐름 속에서 일종의 숙소로 기능하며 언제 어디서나 안전하고도 균질한 거처가 되어 준다. 사람들에게 소유자로서의 배타적 권리를 가르치는 아파트 단지는 외부 세계의 노이즈를 차단하고 거주민만을 위한 유토피아로 기능코자 한다. 전시의 전략은 자본이 생산한 이주의 흐름을 강남아파트라는 현장을 토대로 포착하는 것이었

14) "우리가 아직도 우리의 기억에 살고 있다면, 우리는 그 기억의 장소들을 축성할 필요가 없을 것이고, 기억의 장소들은 아예 존재하지조차 않을것이다", 피에르 노라, '기억과 역사 사이에서: 기억의 장소들에 관한 문제 제기', 『서양사론』, 87권, 87호 (2005), 김인중 역, p.288.

다. 전시는 이를 위해 아파트를 둘러싼 겹겹의 시공간 층에서 흔적을 수집하고 분석과 해석을 통해 도시인의 생활 리듬을 재현했다. 그리고 이주의 흐름 속에서 상실되는 것들을 포착함으로써 아파트를 장소로서의 집으로 재맥락화하려고 했다. 강남아파트라는 매개를 경유하여 이주민, 참여 작가, 기획자, 관람객 등은 서로에게 느슨하게 연결되면서 일시적인 공동체를 형성하게 된다. ≪투명함≫은 아파트도 인류학적 장소로 기능할 수 있다는 전망을 보여주었다.

3. 올림픽타운 : 대지로 녹아드는 진혼곡

코로나19 사태 이후에 열린 ≪이주임박≫은 앞선 전시와 사뭇 다른 분위기를 띤다. ≪투명함≫은 아직 낙관적 에너지를 가지고 있었다. 이를테면 전아라는 불안한 거주 환경에서도 자기 장소화의 의지를 보여주었고, 김이박은 재개발의 틈바귀에서 가차 없이 지워지는 것들을 기억의 자장 안에 되돌려 놓고 돌봄에 기초한 새로운 공동체를 꿈꿨다. 반면 ≪이주임박≫은 무언가를 바꾸어보려 하지 않는다. 적극적인 개입보다는 관조에 가까운 태도로 "[…] 이주가 어떠한 강제성과 조직성을 이면에 두고 이루어져 왔다는 것, 그것이 일시적이지 않으며 뿌리 깊은 곳부터 출발한다는 것, 그리고 그 과정에서 머물거나 스쳐 지나가는 풍경들이 증거처럼 존재한다는 것을 보여주고자 한다."[15] 원치 않는 이주를 피할 길은 없다고 판단하게 된 사람이 집의 마지막을 응

---

15) 조혜수, '2주 간의 이주', ≪이주임박≫ 전시 리플렛(2020).

시하는 듯한 느낌이다. 전시는 격양된 마음을 가라앉히고 자기 이야기를 하기로 한 주민의 자세로 올림픽타운과 담담하면서도 절절한 작별 인사를 나눈다.

고기린의 〈무제〉(2020)는 탄탈로스의 지옥 같다. 이 작업은 주 전시 공간인 올림픽타운 106동 104호의 방 두 개 중 하나에 설치되어 있다. 방 안에 들어가면 관람객은 제일 먼저 장판이 깔린 벽면을 마주하게 된다. 방바닥처럼 기능하는 그 벽면에는 여러 조각으로 쪼개진 테이블과 의자, 책장이 놓여 있다. 천장에는 방문이, 바닥에는 전신 거울이 붙어 있고, 거울 옆에는 뒤틀린 방을 바라볼 수 있는 의자가 하나 놓여있다. 관객은 방 안으로 들어갈 수 없기에 그저 밖에서 바라만 볼 수 있을 뿐이다. 방은 사람들을 자신의 자장 밖으로 계속 밀어낸다. 〈무제〉는 '임시 거주자'로 초대받은 관람객이 어디까지나 '임시'이며 그것이 그네들이 마주한 냉혹한 현실이라고 또박또박 말해준다.

여기서는 관계의 가능성도 차단된다. 우선 작품에 사용된 가구는 이주민이 버리고 떠난 물건이다. 폐가구는 자신이 사용된 시간을 여전히 품고 있으나 이제는 이주민의 세계에서 분리되었다. 가구는 또한 내부로부터 분열되어 형태만을 겨우 유지하고 있다. 아마 조각 간의 거리가 조금만 더 멀어지면 가구로 인지되지도 못할 테다. 쓰임새를 잃은 폐가구는 관람객과 새로운 관계를 형성할 수도 없다. 가구와 관람객은 그저 각자의 세계에서 '존재'하고 있을 따름이다. 방문객들도 마찬가지로 분열된다. ≪이주임박≫은 방역 수칙을 지켜야 하기에 두 명 이상이 동시에 관람할 수 없기 때문이다. 사람들은 정해진 시간에 방을 방문해 각자의 경험을 마치고 돌아간다. 전시 공간은 열린 공간이라기보다는 닫힌 공간에 가까워진다.

고기린은 어떠한 장소화도 시도치 않음으로써 오히려 사태를 여실히 드러낸다. 이 방은 그 누구에게도 속할 수 없으며 그 누구에게도 자리를 마련해주지 못한다. 방은 피난처로 기능하기를 거부하고 끝내 비장소로 남기를 고집한다. 여기에서는 점과 점이 모여 선이 될 수 없으며 선들이 모여 광장을 이루는 것도 불가능하다. 〈무제〉는 우리가 뿔뿔이 흩어져있음을, 멀리서 서로를 지켜볼 수밖에 없음을, 그리고 그 상황을 어떻게 해볼 수도 없음을 다시 한번 확인케 한다. 이 작업은 무언가를 변화시키려 한다기보다는 그저 현실에 대해 말할 뿐이다. 우리는 이제 가서 살 집도 없고 저항할 힘도 남아있지 않다고. 불안보다는 체념에 가까워진 감정으로 이 작업은 'n포 세대'의 무력감 같은 것을 그린다.

이에 진주의 〈무제〉(2020)는 질긴 생명력에 기대보자고 말하는 것 같다. 〈무제〉는 106동 104호 화장실에서 시작하는 1km의 밧줄이 아파트 단지 이곳저곳을 지나도록 설치된 작업이다. 관객은 밧줄을 따라가면서 올림픽타운을 전체적으로 산책하게 된다. 걷다 보면 종종 소용돌이 문양으로 밧줄이 돌돌 감겨 있는 '체크포인트'를 발견할 수 있다. 거기엔 물이 들어찬 지하실과 폐가구 더미, 자전거 보관소, 놀이터와 버려진 노인정 등이 있다. 이 공간들은 한때 주민들의 일상이 이루어지던 살아있는 풍경이었을 테지만 지금은 사람들이 떠나고 폐허가 되어 버린 스펙터클이다. 국가 이미지를 위해 "당시 올림픽을 맞아 '내려온' 정부의 지원금으로 지어진"[16] 올림픽타운은 이제 그 쓸모를 다했으니 다른 부동산에 자리를 내어주어야 한다. 그 과정에서 거주민의 삶은 크게 고려되지 않는다. 하지만, 그럼에도 불구하고 누적되고야 마는 삶의 흔적이 무너져가는 스펙터클의 틈새에서 흘러나온다. 그리고 그 풍경에서 발산되는 생의 의지가 수동적 저항의 가능성으로 제시된다.

생의 의지는 밧줄에 심은 1만여 개의 밀 씨앗 이미지와 교차하며 더욱 증폭된다. 관객은 밧줄을 따라가면서 (아마도) 밀짚으로 만들어진 밧줄을 퇴비 삼아 무럭무럭 자라는 밀 씨앗들을 지속적으로 마주한다. 이는 삶과 죽음의 순환 속에서 올림픽타운의 죽음이 끝이 아니라 새로운 생명의 시작일 수 있다는 의미로 읽힐 수 있다. 한편으로는 ≪이주임박≫을 전체적으로 감돌고 있는 관조적 태도와 연결되는 지점이다. 정치적 주체 되기보다는 생의 의지를 해결책으로 제시하고 있기 때문이다. 다시 말해, 이 작업은 시간 앞에서 영원한 것은 없는 만큼 올림픽타운의 죽음도 피할 수는 없는 일로 받아들인다. 하지만 생태적 순환 속에서 어떤 형태로든 끈질기게 이어지는 생명력을 통해 아파트의 비장소성에 대항할 수도 있다고 말하는 것이다.

그러나 다른 한편으로는 도나 해러웨이의 '퇴비 되기' 전략을 상기

---

16) Ibid.

시키며 새로운 정치적 에너지를 암시하기도 한다. 해러웨이는 생명체들이 서로 간의 얽힘 속에서 구성과 분해를 반복하고 공생한다고 주장하며, 포스트휴먼보다는 퇴비가 되자고 제안했다.[17] 인간 중심주의를 극복하고자 하는 포스트휴머니즘의 중심에도 여전의 타자를 받아들일 줄 아는 너그러운 인간 이미지에 대한 집착, 즉 인본주의의 흔적이 남아있기 때문이다. 반면 '퇴비주의자'는 자아에 대한 집착을 내려놓고 전체에 녹아들어 다른 존재들을 싹 틔우는 자양분이 되고자 한다. 이질성을 '관용'하는 존재가 아니라 이질성의 일부로 녹아드는 셈이다. 〈무제〉에서 퇴비가 되고자 하는 인간의 자취는 찾아볼 수 없지만 죽은 밀과 성장하는 밀의 상호작용은 퇴비 되기의 가치를 다시 한번 곱씹어 보게 한다.

존재를 주장하기가 아니라 녹아들기. 바로 이 지점에서 진주와 김이박은 근본적으로 다른 길을 간다. 김이박의 작업은 기억하고자 하며 여기서 더 나아가 역사성을 지향하는 야망까지도 보인다. 반면 진주의

---

17) "Critters are at stake in each other in every mixing and turning of the terran compost pile. We are compost, not posthuman; we inhabit the humusties, not the humanities. Philosophically and materially, I am a compostist, not a posthumanist. Critters – human and not – become-with each other, compose and decompose each other, in every scale and register of time and stuff in sympoietic tangling, in ecological evolutionary developmental earthly worlding and unworlding." Donna J. Haraway, 'Sympoiesis: Symbiogenesis and the Lively Arts of Staying with the Trouble', Staying with the Trouble, (Durham, London: Duke University Press, 2016), p.97.

작업은 잊히고자 한다. 올림픽타운을 보존코자 하기보다는 아파트가 사라질 수밖에 없다는 사실을 받아들인 후, 망각의 순간을 직시하고 애도하려 할 뿐이다. 진주의 〈무제〉는 망각되기를 받아들임으로써 오히려 새로운 공동체를 이룰 수 있을지 모른다고 제시한다. 이 작업은 인류학적 장소를 넘어 생태적 장소를 지향한다고 볼 수 있다.

≪이주임박≫의 올림픽타운은 포스트 코로나 세계의 축소판이다. 감염병 사태 이후 운신의 폭이 줄어들며 세계는 꽤나 로컬 해졌다. 밖으로 뻗어 나가는 노마드적 삶이 선택지에서 사라진 지금, 사람들은 축소된 세계에 집중하면서 새로운 장소화 전략을 짜볼 수도 있다. 그러나 현실은 그리 녹록지가 않다. '거리두기'는 사람들 간의 유대를 가로막고, 감염 공포는 이질성에 대한 거부감으로 나타나고 있기 때문이다. 세계 각국은 자국민만을 위한 피난처로 변하고 있다. 아파트 역시 자본의 흐름을 구현한 스펙터클을 넘어 배타적인 피난처로 거듭났다. 집세가 치솟으며 입주 장벽은 더욱 높아지고 있다. 이를 감당할 수 없는 사람들은 점차 방역에 취약한 장소로 밀려날 가능성이 크다. 모두가 집에 머물러야 하는 상황에서 집을 잃게 되는 이들이 늘어나는 것이다. 아파트 단지는 성채 안의 사람들을 보호하기 위해 성채 밖 사람들을 위험 속에 내버려 둔다. 배제는 점점 더 광범위하고 냉정하게 일어난다. 하지만 피난처를 상실한 사람들이 몸을 의탁할 곳은 어디인지 ≪이주임박≫은 답을 주지 못한다. 곧 사라질 풍경에 작별을 고하며 전망이 사라진 세계를 응시할 따름이다.

4. 마주 보는 전시

두 전시를 연속선상에서 바라볼 때 가장 두드러지는 부분은 점점 짙어지는 탈정치화 경향이다. 탈정치화란 사람들이 정치를 특수한 영역으로 여기면서 분명하게 정치적인 사안을 정치적 색채 없이 다루려고 하는 현상을 의미한다.[18] ≪투명함≫의 경우에도 직설적으로 정치적 메시지를 전달하는 대신 느슨한 연대를 모색하며 일상의 영역에서 아파트의 비장소성에 저항하려고 했다. 박지형 기획자는 이러한 접근 방식을 택한 이유에 대해 "도시의 유휴공간을 중심으로 쏟아져 나오는 수많은 도시, 폐허 등을 화두로 하는 전시들을 보며 젠트리피케이션에 반응하는 행동주의적인 측면으로만 흘러가거나, 노스텔지어적인 감수성을 전면화하는 쪽으로 쏠려있다는 생각을 지울 수 없었다"[19]라고 설명하며 비슷한 맥락에서 반복 생산되는 재개발 관련 전시들에 피로를 드러냈다. 그러나 그는 정치적 입장을 취하되 이를 표현할 수 있는 색다른 길을 모색하기보다 정치색을 지우고 일상으로 한 걸음 물러나는 우회로를 선택했다. 정치와 일상이 별개일 수 없다는 점에서 이 또한 정치적이라고 볼 수는 있겠지만 기획자는 정치와 일상을 어느 정도 분리해서 바라보고 있는 것 같다: "[…] 필자의 주관적인 기준에서

---

18) 탈정치화란 정치의 영역을 다른 영역과 분리하고 정치적 사안을 정치 이외의 영역으로 전환하는 모든 기제를 지칭하는 용어이다." 박홍원, 「탈정치화 시대의 미디어와 민주주의 – 정치의 탈정치화와 미디어의 정치화」,『한국방송학회 학술대회 논문집』(2016), p.2.

19) 박지형 외, Ibid, pp. 185-186.

[…] 재개발, 도시, 젠트리피케이션 등의 소재를 통해 자신의 정치적인 입장을 관철하고자 하는 작가들은 제외하고자 했다. 그보다는 주변을 관찰하고 자신의 이야기를 지속적으로 해나갈 수 있는 작가들, 그리고 적극적으로 주어진 장소의 의미를 새롭게 탐색하는 데에 흥미가 있는 작가들에게 전시를 제안하게 되었다."[20] ≪투명함≫은 정치적 개인으로서 무언가를 적극적으로 주장하는 행위 자체를 삼가고 싶어 하는 듯한 인상을 주며 탈정치화의 조짐을 보여준다.

탈정치화 경향은 ≪이주임박≫에 이르면 더욱 뚜렷해진다. 조혜수 기획자는 국가적 차원에서 이루어지는 강제적이고도 조직적인 이주에 문제를 제기하고는 있지만, 전시라는 매개를 통해 해결방안을 찾아보려는 적극성은 보이지 않는다. 대신 전시는 답을 알 수 없는 막막함의 풍경을 핍진하게 그려내는데, 이는 코로나19 사태 이후 만연해진 사회적 차원의 우울과 곧장 연동되며 상당한 울림을 자아낸다. 물론 우울이라는 감정이 새로운 연대의 씨앗으로 작동할 수도 있을 테지만, 미래에 대한 전망이 부재한 상황에서 우울은 오히려 정치적 허무주의를 부추기며 사람들이 개인적인 감정에 몰두하게 할 가능성이 높다고 여겨진다. 불행히도 방역 지침을 준수한 전시장 환경 역시 여기에 일조한다. 그렇지만 ≪이주임박≫은 새로운 전망을 제시하지도, 시민인 우리가 '그럼에도 불구하고' 할 수 있는 일들을 제안하지도 않는다 - 오히려 기획자 자신이 누구보다 가능성의 부재를 확고히 믿고 있는

20) 박지형 외, Ibid, p.188.

것 같기도 하다. 새로운 길을 모색하는 작업은 온전히 관람객의 몫으로 남게 되지만 전시장이 낙관적인 상상력을 고취하는 환경이라고 보기도 어렵다. 관객은 여기서 정치적 허무주의의 정당성을 다시 한번 확인하고 우울에 젖어 집으로 돌아가게 될 공산이 크다. 그렇다면 변화는 당연히 기대할 수 없다.

두 전시는 적극적으로 주장하지 않기에 제대로 된 비판도 하지 못한다. 이들 전시는 재개발의 주체인 한국 정부와 자본주의를 '우회적으로' 비판하면서 생활 터전을 잃은 도시 생활자들에게 공감하거나 그들을 위로하는 데 더 무게를 둔다. 공감과 위로는 중요한 일이지만 이런 식의 접근은 시민들을 납작하게 만들기도 한다. 우리는 단순한 피해자가 아니기 때문이다. 많은 사람이 신자유주의적 이데올로기를 의심치 않고 내면화했으며, 시민 대부분이 불필요하게 잦고 삶을 고려치 않는 재개발 사업에 저항하고 있는 상황도 아니다. 우리가 권력과 더불어 이 지옥도를 함께 그렸다. 권력은 마땅히 견제되어야 하지만 체제 비판만으로는 변화를 기대하기 어렵다. 지금 더 필요한 건 변화의 주체인 관람객, 즉 시민을 향한 비판이다. 까다로운 작업이지만 피할 수는 없다.

대상이 분명한 비판을 회피하려는 태도는 포스트모더니즘에 뿌리를 두고 있다. 포스트모더니즘은 백인 남성의 시각을 토대로 한 거대서사를 해체하고 다양한 목소리를 반영한 미시 서사들을 세상 밖으로 끌어내려고 했던 문화 운동이다. 하지만 사람들은 보편주의를 피하려다가 무언가를 강하게 주장하는 행위 자체를 권위주의와 연결 지어 생각하게 되었다. 그리고 그 결과로 비판과 논쟁을 기피하는 분위기가 조성되었다. 헬 포스터는 「비판 이후」(2012) 라는 글에서 "비판-이후의 상황은, 우리를 구속해온 (역사적, 이론적, 정치적) 입장들로부터 우리를 풀어주는 듯싶지만, 대부분 경우 그 상황은 다원주의와 거의 관련이 없는 상대주의를 조장해왔을 뿐"이라고 올바르게 지적했다.[21] 다원주의는 다양한 목소리들이 한 데 얽혀 새로운 서사를 끊임없이 생성케 하지만, 상대주의는 사람들이 점점 더 파편화되고 자기 세계에 몰두하도록 추동한다. 각자의 세계를 존중하려다가 서로에게 무관심해진 셈이다. 소셜 미디어가 보편화하면서 외부 세계에는 신경 쓰지 않고 개인적인 삶에만 몰두하려는 현상은 극에 달하고 있다. 하지만 비판은 내면에 몰두하는 사람들이 외부를 바라보게 할 수 있는 힘이 있다. 비판은 우리가 함께 공동 지식을 구축해나가자는 제안이며 다원주의를 촉진한다. 반면 위로는 사람들이 내부를 바라보게 하며 상대주의를 강화한다.

우리는 불화를 두려워하지 않는 합리적인 대화를 나누어야 한다. 공론장이 유명무실해진 사회에서 대화를 끌어내려면 전시는 대화의 장이 되기보다는 대화 상대방 되어서 관객에게 먼저 다가가야 한다. 그것은 자신이 곧 보편이라 우기는 오만방자한 태도와는 거리가 멀

---

21) 헬 포스터, 「비판 이후」, 이영욱, 조주연 역. http://tigersprung.org/?p=3376 (2020년 11월 18일 검색).

다. 해러웨이가 그 미묘한 차이를 잘 잡아냈다. 그는 「상황적 지식들」(1988)이라는 에세이에서 상대주의와 보편주의 사이에서 '상황적 지식들'을 구축하자고 제안했다.

> 상대주의의 대안은 정치에서는 결속이라고 불리고, 인식론에서는 공유된 대화라고 불리는 그물망 같은 연결 관계들의 가능성을 유지하는 부분적이고 소재 파악이 가능한 비판적인 지식이다. […] 지속적이고 합리적이며 객관적인 의문의 가능성이 그대로 남는 곳이 바로 부분적 시각의 정치이며 인식론이다.[22]

해러웨이 말에 따르면 상대주의는 보편주의의 "완전한 거울 쌍둥이"이다. 상대주의는 어떤 입장도 취하지 않음으로써 되려 우위를 선점하려는 방식이기 때문이다. 지배자의 위치에서 보편 서사를 구축하게 될까 두려워 사람들은 자신의 위치에서 말하고 투쟁하는 책임을 회피하게 되었다. '상황적 지식'은 자신의 자리에서 구성된 부분적인 지식이다. 공론장에서 무엇이 객관인지 따져보기 위해 자기 지식에 책임을 지고 논쟁하는 행위를 전제로 한다. 정치와는 도저히 무관할 수가 없다. 전시는 기획자와 참여 작가들이 함께 구축한 '상황적 지식'을 제안하는 틀이 되어야 한다. 대화를 시작할 수 있다면 시민 사회의 차원에서 도시 문제에 대해 생각해볼 수 있는 까닭이다. 전 지구적 위기

---

22) 다나 J. 해러웨이, 「상황적 지식들: 페미니즘에서의 과학의 문제와 부분적 시각의 특권」, 『유인원, 사이보그 그리고 여자』, 민경숙 역 (동문선 : 2002), p.343.

상황 앞에서 우리에게 집은 어떤 의미인지, 도시와 아파트는 어떤 장소가 되어야 하는지, 그것을 위한 새로운 장소화 전략은 무엇이며 우리가 반성해야 할 부분은 없는지 함께 고민해나갈 수 있는 것이다. 섬세한 방식으로 입장을 취하는 전시가 많아졌으면 한다. 나는 관객을 마주 보는 전시를 보고 싶다.

당선소감 : 소 현

누군가 왜 평론을 하고 싶냐고 물은 적이 있습니다. 그때 대답을 찾지 못해서 부끄러웠습니다. 질문은 그 후로 그림자처럼 저를 쫓아다녔습니다. 답은 그때그때 바뀌어 왔고, 어느 것 하나 정직한 답이라 자신할 수는 없었습니다. 사실 내일의 제가 어떤 답을 내놓을지도 모르겠습니다.

그럼에도 지금 이 순간의 (다소 무책임한듯한) 답을 해보자면, 저는 아무래도 제대로 살아있기 위해 평론을 하고 싶은 것 같습니다. 어떤 작품 혹은 어떤 전시는 제 일부를 깨뜨립니다. 적당히 넘어갈 수 없는 질문을 던져 꼼짝없이 자신을 마주하게 만들고, 가끔은 제 세계를 흔들어 마주한 현실 너머를 상상할 수 있게 하기도 합니다. 저에게 평론은 미술에 응답하는 가장 정성스러운 방식이자 게으른 감상으로 적당히 넘어가지 않으려는 다짐입니다. 미술 덕분에 제 안의 괴물을 달랠 수 있었다고 생각합니다. 성실한 관객이 되어 보답할 수 있으면 좋겠습니다.

아울러 저 혼자서는 이 글을 쓸 수 없었음을 밝힙니다. 이해하기 힘든 딸을 묵묵히 지원해주신 부모님, 헤아릴 수 없을 만큼 감사합니다. 부족한 제자를 참을성 있게 가르쳐주신 선생님들께도 감사합니다. 특히 정상현 선생님, 공부를 그만둘까 흔들렸던 순간에 선생님께서 건네주신 격려의 말이 아니었다면 이 글은 쓰지 못했을 겁니다. 머리 숙여 감사드립니다. 그리고 '벼 방' 여러분, 좋은 전시 정보를 공유해주신 인영 님, 고맙습니다. 저는 여러분 덕분에 공동체를 다시 믿을 수 있었습니다. 마지막으로 흠결 많은 글을 좋게 봐주신 심사위원들께도 감사드립니다.

미술계 현장과 교감하는지를 먼저 봤다

올해 미술평론 부문 응모작은 총 13편이다. 한 해 쏟아져 나오는 미술 관련 논문들에 비하면 매우 적은 수치지만, 코로나 사태로 대면 접촉에 의지하는 미술계가 크게 위축된 점을 고려한다면, 그나마 이론과 현장을 이어줄 만한 내용이 있음은 다행이다. 선정 기준은 미술계 현장과의 순발력 있는 교감을 전제로 하는 분석적 평문으로 봤다. 13편 중 가장 많은 부분을 차지한 분야가 작가론(4편)이다.

박현기, 김용익, 오인환, 변연미 등, 이미 미술사의 반열에 올랐거나 깊이 연구해야 마땅한 위치에 있는 중요 작가들이다. 작가론 스타일의 평문은 해당 작가의 초창기 작품부터 최근 작업까지 연구, 소개한다. 그러나 작가론 4편은 논문으로 더 적절한 주제라는 생각이다. 평문은 논문의 축약본도 아니고, 중요 작품들을 놓고 감상문에 머물러서도 안 되는, 그 자체의 자족성과 완결성을 요구한다. 논문으로 적당한 주제는 논문으로, 평문으로 적당한 주제는 평문으로 써지면 더 좋을 것이다.

그다음으로 미술 이론, 특정 주제, 미디어, 자유로운 에세이 등으로 분류될 만한 평문이 각 2편씩 있었다. 미술이론 중 색채론으로 작품을 분석한 평문이 2개나 있어서 색이 차지하는 위상을 반영한다. 블루를 중심으로 색채론을 펼친 다음 해당되는 작가 셋을 꼽아 분석한 평문, 한국의 고유색 또는 향토색이라 할 만한 것을 탐구하고 관련 작가들을 다수 호명한 평문들이다. 그것들은 이론과 작품이 함께하는 이상적인 방향성을 가지지만, 왜 그 작가들이 예시되는가에 대한 근거가 다소간 임의적이다.

특정 작가를 초대해서 당장에 전시로 보여줘야 하는 기획문과 달리, 비평으로만 논구되는 작가나 작품은 좀 더 단단한 객관성이 요구된다. 특정 주제를 탐구한 평문 두 편은 주제에 관한 논술이 장황해서 정작 개별 작품에 어떻게 적용되는지에 대한 진짜 궁금한 사항이 묻혀버렸다. 사진이나 미디어 아트 등, 지역성으로부터 자유로운 국제적 주제는 예시되는 작품들이 주로 외국 작가들이라는 점이 아쉬웠다.

자신의 마음속 작품들이라 할 만한 것들을 소재로 자유로운 에세이식으로 쓰인 평문은 편하게는 읽었지만, 독자들이 작품이라는 생생한 대상을 앞에 두고 굳이 어떤 글을 읽을 때 요구하는 바를 충족시켜 주지 못한다. 13편 모두 흥미롭게 읽었지만, 조금씩 부족한 부분을 체크하고 나니, 당선작은 현장성과 이론적 분석이 골고루 안배된 '비판의 상실; 탈정치 사회의 전시가 아파트를 장소화하는 전략' 1편이 남았다. 거주 공간인 아파트를 전시장으로 삼아 이뤄진 프로젝트를 다루는 이 평문은 미술관보다 더 현장이라고 할 수 있는 장소에서 게릴라식으로 전시한 젊은 작가들과 함께했으며, 비장소(non-place)에 관한 마르크 오제의 논의를 적절하게 적용했다. 그것은 추상적 공간이 집을 포함한 구체적 자리를 밀어내는 현대사회의 상황을 반영하며, 지금 우리에게 절박한 과제인 공동체의 문제를 포함한다.

심사위원 : 이선영 미술평론가

2021 경남신문 신춘문예 당선 수필

김순경

1958년 울산 출생
동아대학교 대학원 기계공학과 졸업, 공학박사
현재 동의과학대학교 자동차공학과 교수
저서 : 『대대리 별곡』(2017), 『모탕』(2019)
수상 : 2016년 〈수필과비평〉 신인상 수상
2017년 〈경북일보〉 경북문학대전 수필부분 은상
2018년 〈경북매일신문〉 포항스틸 에세이공모전 대상
2018년 〈대구일보〉 경북문화체험 수필공모전 금상
2021년 〈경남신문〉 신춘문예 수필부문 당선
kskim@dit.ac.kr

고주박이

김순경

봄비가 부슬부슬 내린다. 고즈넉한 산길을 걷다가 죽 늘어선 아름드리 고목을 만난다. 빗물이 천천히 몸피를 적시자 늙은 산벚나무가 까맣게 변한다. 겨우내 봄을 기다리던 꽃망울들이 가지마다 터질 듯 부풀어 있다. 세상이 불안과 공포에 떨고 있어도 때맞춰 꽃을 터뜨리려는지 마지막 기운을 모은다.

봄을 알려주는 노거수 사이에 그루터기 하나가 눈길을 끈다. 초라한 몰골이 지난 세월을 말해준다. 살점이 뜯겨나간 조장鳥葬처럼 곳곳에 옹어리진 뼈마디가 드러난다. 상주도 백관도 보이지 않는 한쪽 구석에서 조용히 썩어간다. 껍질이 벗겨지고 없는 거무스름한 속살이 조금씩 삭아 내렸다. 억센 뿌리는 자취를 감춘 지 오래고 하늘을 향해 올라가던 우듬지도 기억 속에만 남아있다. 당당하던 자세는 어디에도 없고 썩은 뿌리 하나가 겨우 몸뚱이를 받치고 있다. 날마다 들락거리던 다람쥐도 밤마다 찾아오던 부엉이도 발길을 끊은 지 오래다. 아직도 누구를 기다리는지 쓰러질 듯 서 있다.

고주박은 땅에 박힌 채 죽은 나무 그루터기이다. 얼핏 보면 한때 나무였는지도 모를 만큼 거친 수피마저 벗어버린 짧은 몸통을 땅에 의

지하고 있다. 사방으로 뻗어가던 잔가지는 삭정이가 되어 부러지고 물기 하나 없이 깡마른 몸뚱이마저 떠나고 없는 나무의 밑둥치이다. 비바람에 깎이고 쓸려나간 몸피에는 지나온 세월만큼이나 능선과 골짜기가 새겨져 있다. 흙이 붙잡지 않았으면 벌써 쓰러져 진토가 되었을 썩은 밑둥치에 고통과 속박의 사연들이 물결처럼 새겨져 있다.

형체가 기묘하다. 에밀레종의 비천상이 온몸을 비틀며 승천하는 용의 형체가 되었다가 물결에 씻겨나간 듯한 잔주름이 치솟는 불꽃의 형상이 되기도 한다. 겉옷 같은 껍질을 벗기고 두툼한 살을 걷어내면 진정한 속살이 드러난다. 속이 까맣게 변한 것만 봐도 얼마나 힘들게 살았는지 질곡의 역정이 짐작된다. 썩을 대로 썩고 버릴 것은 버려야 비로소 본래의 모습이 나타난다.

마른 버섯을 둘러쓰고 비를 맞는다. 벌집 같은 몸통이 틈새를 비집고 들어온 물기를 단숨에 빨아들인다. 찬찬히 들여다보니 송진이 뭉쳐진 관솔도 없고 밤나무처럼 단단하고 억센 심재도 없다. 살면서 응어리진 것이 하나도 없었을까. 삶이 힘들어도 사리를 만들지 않고 바람에 흔들려도 뼈대를 만들지 않았다. 산새가 둥지를 틀었던 작은 구멍에 빗물이 고이기 시작한다. 마지막 남은 육신마저 버섯과 벌레들에게 내주고 비에 젖어간다.

봄날이 사라진 계곡에 나무토막 하나가 흙덩어리처럼 나뒹군다. 화목도 될 수 없을 정도로 썩었다. 죽어도 불길 속에는 들어가지 않겠다는 듯이 건드리기만 해도 바스러진다. 바람결에 왔다가 바람을 타고 돌아가려는지 풍장을 택한다. 둥치의 뿌리는 이미 흙이 되고 남은 것이 없다. 가슴속에 응집된 수액마저도 다 날려 보내고 마지막 남은 육신이 진토가 되기만을 조용히 기다린다. 남겨본들 소용없고 그 또한 부질없다는 것을 아는지 아예 흔적마저 지우려고 한다.

구부정한 형상을 한참 동안 들여다보니 할머니의 굽은 등이 생각난다. 둔각의 허리가 점점 굽어가자 능선처럼 등뼈가 도드라졌다. 한 줌의 흙마저도 다 씻겨 내린 설악산 공룡 능선의 바위처럼 튀어나온 뼈마디마다 굴곡진 삶이 드러났다. 썩어가는 나무둥치처럼 마른 가슴과 핏기없는 얼굴에는 골과 능선이 선명하게 나타났지만, 끊임없이 무엇인가를 전하려 했다. 비록 형상이 왜소하고 초라해도 자리를 떠나지 않는 고주박이처럼 맺혀있던 사연들을 말하려는 듯 온몸을 뒤척였다.

고향 집 뒤란에 늙은 홰나무가 있었다. 수형이 웅장하고 모양이 단정한 품위 있는 나무였다. 수피가 유난히 검었지만 그렇게 두껍지는 않았다. 이 나무를 심으면 집안에 학자가 나고 큰 인물이 나오며 화목한 가정이 된다 하여 할아버지께서 심은 나무였다. 자손 대대로 경사가 이어지기를 바라며 심은 나무도 세월의 무게를 견디지 못하고 알살을 드러냈다. 언제부턴가 바람이 불 때마다 곰삭은 육신을 조금씩 날려 보내더니 형체도 알아볼 수 없는 그루터기가 되었다.

고주박이도 푸른 시절이 있었다. 큰채와 아래채가 지어지기도 전에 희망과 꿈이 응축된 축복의 땅에 뿌리를 내렸다. 넉넉한 구덩이에 발을 담그고 보호대에 의지하며 하루가 다르게 몸집을 불렸다. 찬바람이 불 때마다 노랗게 물든 단풍이 나비처럼 흩날리고 나면 잠시 숨을 고르기도 했다. 넓은 마당이 만들어지고 흙담이 경계를 분명히 할 때 집안은 온통 젊음이 넘쳐났다. 자라나는 아이들을 지켜보며 올망졸망 모여있는 공부방도 곁눈질했다. 가끔 황백색 잔꽃을 서창書窓으로 날려 보내면 기다렸다는 듯이 창밖을 내다보며 탄성을 질렀다. 천지가 청춘이고 봄날이었다.

까만 그루터기 하나가 빈집을 지킨다. 둘레를 가늠하기조차 힘들 정도로 썩은 밑둥치만 남아있다. 종양 같은 혹이 곳곳에 튀어나온 밑둥치는 불에 탄 것처럼 속이 텅 비어 있다. 잎을 내고 열매를 맺을 잔가지도 하나 없지만 쉽게 떠나지 못한다. 아쉬움이 남아 이승에서 머뭇거리는 영혼처럼 어렴풋한 형상으로 자리를 지킨다. 가지도 뿌리도 없는 노쇠한 몸이 누구를 기다리는지 골목을 내다본다.

담 모퉁이에도 늙은 홰나무를 베어낸 그루터기가 있었다. 옆집도 자식들이 흙에 묻혀 살지 않기를 바라며 심었다. 무섭게 자란 나뭇가지가 아래채를 덮어 그늘을 만들고 좁은 골목을 막아서자 어쩔 수 없이 베어냈다. 그래도 의자 높이의 밑둥치만은 남겨두었다. 지팡이를 짚은 할머니들은 꼭 그곳에 앉아 가쁜 숨을 몰아쉬었다. 나도 물을 길어 오거나 술 심부름을 갔다 올 때면 그곳에다 큰 주전자를 올려놓고 한참을 쉬었다. 동네 사람들이 많이 다니는 길목이라 쉬기에는 안성맞춤이었다. 세월이 가자 할머니의 등같이 여위어 가더니 어느 날 뿌리째 뽑혀나가고 없었다.

그루터기가 되어도 썩을 겨를이 없었다. 나무를 베자마자 바로 뿌리를 캐내 화목으로 사용했다. 나이테가 선명하고 물기가 촉촉한 나무뿌리를 칡 캐듯이 잔뿌리가 나올 때까지 땅을 팠다. 때로는 바위나 굵은 돌이 괭이 날을 무디게 해도 심마니가 되어 끝까지 캐냈다. 문어발처럼 사방으로 뻗은 다리로 버티고 있어도 소용없었다. 적당한 부분에서 자르고 끊어 통째로 뽑으면 잔뿌리들이 붉은 황토를 한 움큼씩 움켜

잡은 채 딸려왔다. 도끼질도 힘들고 나뭇가리 만들기도 어렵지만, 화력만큼은 장작보다 좋을 때가 많았다.

어느 산을 가도 고주박이가 지천으로 널려있다. 기후변화 때문인지 베지 않아도 저절로 쓰러지고 부러지고 썩어간다. 주변 나무들과 경쟁하다 넘어졌는지 태풍에 굵은 둥치가 부러졌는지 알 수 없지만, 곳곳에 널브러져 있다. 어쩌면 돌아갈 날을 알고 육신을 거두어들이는지도 모른다. 속절없이 늘어나는 가지를 건사하느라 허리 한번 제대로 펴지 못하고 살다 보니 남은 것은 노쇠한 몸뚱이뿐이다. 사막에 널브러진 낙타의 등뼈처럼 앙상한 몸뚱이가 되어도 자리를 떠나지 않는다. 허덕이는 숨비소리가 끊어질 날이 없어도 자손을 돌보고 늘리는 일만큼은 게을리하지 않았다.

망백을 훨씬 넘긴 어머니가 아직도 자식들을 챙긴다. 검버섯이 가득한 핏기 없는 얼굴이 속은 다 타고 겉만 남았다고 말한다. 외우지 않으면 떠날 것만 같은지 날마다 육 남매의 이름만 되새김질한다. 한창나이의 큰아들을 가슴에 묻고 둘째 아들마저 갑자기 먼 곳으로 떠나자 한동안 시력이 떨어져 앞을 잘 보지 못하고 음식도 삼키지 못했다. 날마다 밭에서 살았다. 곳곳에다 뭔가를 심고 또 심었다. 풀도 없는 밭을 호미로 파고 덮기를 반복했다. 틈만 나면 가슴을 쥐어뜯으며 토해내던 넋두리가 어느 날 흐릿한 정신마저 데려갔다. 두 번이나 경험한 참척의 아픔을 기억에서 지웠는지 지금도 현관을 내다보며 없는 아들의 안부를 묻고 또 묻는다.

평생 하늘만 바라보고 우듬지를 뻗었다. 누가 뭐라 해도 근육질의 몸통을 키우고 팔을 벌려 꽃을 피우고 열매를 맺었다. 수많은 가지만

큼이나 뿌리도 황무지나 돌밭을 가리지 않고 땅속을 파고들었다. 때로는 기근을 앞세워 바위도 밀어내며 거세게 밀고 나갔지만, 지금은 제 몸도 지탱하지 못한다. 누구에게나 찾아오는 혈기 왕성한 청춘은 길지가 않다. 돌아보면 늙고 병드는 것도 순간이다. 마지막 남은 육신을 내려놓고 열반에 드는 노승처럼 고주박이도 낡고 삭은 영혼마저 바람에 날려 보낸다.

가슴북

김순경

눈길 따라 들어왔다. 푸른 소나무가 하얀 눈꽃을 이고 있다. 어둠이 짙게 깔린 겨울 산에는 얼음보다 차가운 기운이 조용히 내려앉는다. 희미한 별 몇 개가 죽은 듯이 누워있는 산등성이 너머 검푸른 하늘에서 눈밭을 내려다본다. 노송이 어지럽게 자리 잡은 숲속의 산사가 깊은 고요 속으로 잠겨든다.

북소리가 침묵을 깨뜨린다. 계곡을 깨우는 울림이 골짜기를 벗어나지 못하고 맴을 돈다. 점차 빨라지는 진동이 소릿결을 이루더니 이내 메아리가 된다. 무게를 이기지 못하고 어깨를 축 늘어뜨린 나뭇가지가 스르르 눈더미를 쏟아낸다. 무겁고 긴 파장이 향불처럼 피어오르자 허공의 별들도 잠시 눈을 감는다.

눈 덮인 다리를 건너 북소리를 따라간다. 소살거리며 흐르던 골바람마저 숨을 죽이는 밤이 되자 일주문을 향한 긴 나무 터널에도 정적이 흐른다. 가끔 계곡에 울려 퍼지던 나뭇가지 부러지는 소리도 잠잠하다. 조계문과 천왕문을 지나 돌계단을 올라서자 절 마당을 지키는 돌탑이 눈길을 잡는다. 감은사지의 삼층석탑처럼 장엄하지 않고 불국사의 다보탑같이 화려하지도 않지만 단정한 자태에 정감을 자아낸다. 검게 그을린 석등 주변에는 돌이끼를 둘러쓴 당간지주가 호위무사처럼 당당하게 버티고 서 있다.

북채가 춤을 추자 쇠가죽이 운다. 육신을 감쌌던 깡마른 가죽이 요동치며 소리를 낸다. 추녀를 타고 뻗어가는 고통의 소리가 밤공기를 가른다. 끊어질 듯 이어지는 애절한 울림이 검은 능선을 타고 산꼭대기로 향한다. 파동이 소멸하면 번뇌와 번민도 사라지는 것일까. 소리가 사라진 허공에는 작은 별빛만 남아있다.

장삼 자락이 휘날리자 북소리가 급해진다. 변죽을 울리며 가장자리를 빙빙 도는 북채가 끊임없이 중앙을 넘보지만 쉽게 다가가지 못한다. 늘어진 옷자락에서 두 팔이 솟구쳤다 내려가기를 수없이 반복한다. 소맷자락이 흘러내려 민소매가 되자 푸른 핏줄을 드러낸 팔뚝이 중심에 다가선다. 북을 안을 듯 피해 가고 잡을 듯 놓아준다. 허연 팔뚝의 힘줄이 불끈거릴 때마다 진폭도 더해진다.

북소리는 가슴으로 전해진다. 두둥둥 전해지는 파동이 인간의 본능을 일깨운다. 듣고만 있어도 심장이 쿵쾅거리고 박동이 빨라진다. 허공으로 전해지는 진동이 힘과 용기를 더해 주고 생기를 되찾게 한다. 죽음의 계곡을 넘나드는 전장의 병사들도 둥둥거리는 북장단에 두려움을 떨쳐낸다. 거친 북소리가 절망과 두려움을 앞으로 밀고 나간다.

무슨 생각을 하면서 북을 치는 것일까. 쓰다듬고 어루만지듯 토닥거리고 찢어버릴 듯이 힘차게 두드리며 가슴속 뜨거운 응어리를 실타래처럼 풀어낸다. 북이 아니라 자신의 앞가슴을 두드리는 것 같이 거침이 없다. 천천히 두드리던 북장단이 성난 파도처럼 출렁이며 춤을 춘다. 숨소리조차 크게 낼 수 없는 장엄한 분위기가 계속된다.

무두질하듯 가슴을 두드리던 어머니의 모습이 겹쳐진다. 젊은 두 아들을 저세상으로 보내고 날마다 작은 주먹으로 복장을 쳤다. 어떤 힘든 일도 내색하지 않던 어머니였지만 뼈가 도드라진 앙가슴을 거침없이 두드렸다. 참척의 아픔을 참지 못하고 복장을 칠 때는 누구의 위로도 어떤 사람의 간곡한 만류도 소용이 없었다. 가슴북은 날이 갈수록 여위어갔다.

가슴북의 울림이 심장으로 향한다. 사랑도 미움도 분노도 파장이 되어 안으로 파고든다. 해감처럼 쌓여있는 고통을 작은 울림으로 토해내려 하지만 쉽지가 않다. 심박동마저 멈춰버린 듯 가늘어진 숨소리에 답답한 마음만 점점 굳어간다. 무뎌진 복장을 힘껏 두드려 보지만 진폭만 커질 뿐 멍울을 게워내지는 못한다. 어머니의 작은 새가슴이 선하는 북소리가 쇠가죽보다 큰 파동을 일으킨다. 가슴에 손을 얹고 바라보던 어머니가 살며시 눈을 감는다.

세상 어디에도 북은 있다. 놀이를 하거나 의식을 행하는 곳이면 어김없이 등장한다. 북은 통나무로 만든 것이 아니다. 수십 개의 작은 나뭇조각을 적절한 크기로 짜 맞춘 것이다. 조각이 너무 두꺼우면 모양을 만들기 어렵고 얇으면 북의 진동을 견디지 못하고 비틀어진다. 수많은 조각 중에 하나라도 뒤틀리면 북이 되지 않는다. 몸통보다 더 어려운 공정은 쇠가죽을 가공하는 작업이다. 두꺼운 쇠가죽을 부드럽게 하고 두께를 조절하는 무두질은 명장이 아니면 할 수가 없다. 울림통과 쇠가죽이 적절하게 조화를 이룰 때 비로소 소리북이 된다.

심박동 같은 북소리가 피를 돌게 한다. 고수가 북을 두드려야 소리꾼의 사설이 시작된다. 가슴을 파고드는 진양조장단이 불을 토하는 휘

모리장단으로 변하면 고수의 소맷자락이 휘날린다. 숨 쉴 틈도 없이 쇠가죽 소리가 뒤엉키면 청중의 어깨도 물결을 이룬다. 북장단이 소리꾼과 청중을 몰고 다니면 저절로 추임새가 터져 나온다. 쇠가죽의 울림과 나무통의 맑은소리가 소리꾼의 억센 목청과 어우러진다. 북이 없으면 농악도 사물놀이도 살지 못한다.

강약을 거듭하던 북장단이 점점 빨라진다. 출렁이는 쇠가죽이 진정되기도 전에 또 두드린다. 잔잔한 진동이 거친 파도가 되어 해일을 불러오자 누에가 명주실을 게워내듯 가슴속 응어리를 토해낸다. 짓누르던 번민의 사연들이 하나 둘 빠져나간다. 끊임없이 이어지던 파동이 조금씩 잦아들자 물결을 이루던 떨림도 고요 속으로 사라져간다.

북소리가 숨 고르기를 하자 뜨거운 기운이 향불처럼 피어난다. 요동치던 가슴북 소리도 바람을 타고 하늘을 오른다.

신작수필

독살

김순경

돌 그물에 갇혔다. 물속에 웅크린 독살을 보지 못했다. 하얀 물거품을 내 물고 돌진하는 밀물만 믿고 마냥 따라갔던 게 잘못이었다. 늘 그랬던 것처럼 썰물을 따라 나올 줄 알았지만, 이번에는 영어의 몸이 되었다. 부딪쳐 깨어지는 물보라를 앞세우고 알지도 못하는 뭍을 넘본 것이 문제였다.

독살은 물고기를 잡기 위해 얼기설기 쌓아 올린 돌담을 말한다. 큰 고기는 물론이고 멸치까지 다잡는 남해안 죽방렴과는 다르다. 깊숙한 해안에다 소쿠리 모양의 갯담을 쌓아두고 물결을 타고 들어왔다가 미처 나가지 못한 몇 마리만 잡는다. 크고 작은 잡어 몇 마리가 잡힐 때도 있지만 들지 않을 때도 있다. 조수 간만의 차가 큰 서해안에 많은 석방렴을 독살이라 부른다.

몇 년 전 독살을 처음 보았다. 만조의 바닷물이 급하게 빠져나가자 저만치 검은점들이 하나둘 모습을 드러냈다. 언제 쌓았는지도 모르는 무너진 옛 산성 같았다. 얼마나 오랫동안 짠물을 품었다 내보내기를 반복하며 시달렸는지 까만 돌무지 같았다. 헤어지고 무너진 성벽처럼 어지럽게 흐트러진 돌들이 서로를 보듬고 있었다. 물이 자질자질해지자 물고기 몇 마리가 꼬리를 퍼덕이며 물보라를 일으키더니 이내 잦아들었다.

덫에 걸렸다 싶으면 늦다. 머리를 찧으며 후회해도 소용이 없다. 고개를 치켜들고 갯벌을 삼켜버릴 듯 달려가는 밀물에 몸을 실은 것이 화근이다. 들어갈 때 보지 못했던 담벼락이 갑자기 앞을 막을 줄은 꿈에도 생각지 못했다. 물살을 따라 빠져나갈 구멍을 찾아보지만, 돌담은 요지부동이다. 비늘이 벗겨지고 뼈가 드러나도록 물구덩이 속에서 퍼덕거려도 소용이 없다. 점점 멀어지는 바닷물을 바라보며 가쁜 숨만 몰아쉰다.

독살에서 나오지 못한 친구가 있었다. 유년시절을 함께 보낸 죽마고우였다. 학교 성적도 좋고 큰 덩치만큼이나 어떤 운동이든 다 좋아했다. 입담이 좋아 어디를 가도 친구들을 몰고 다니는 활발한 성격이었다. 누구도 건드릴 수 없을 만큼 싸움도 잘했다. 가난하고 답답한 현실을 벗어나 활개 치며 살 수 있는 넓은 세상을 동경했다. 끊임없이 밀려드는 새로운 문물이 손짓하는 도시를 들락거렸다. 자연스럽게 건달들과도 어울렸다.

그것이 빌미가 되었다. 여러 부류의 친구들과 어울리면서 폭력 조직에 발을 들여놓았다. 큰 체구에 걸맞은 의리와 두둑한 배포가 조직에서도 단연 돋보였다. 밤낮을 가리지 않고 사람과 조직에 충성하느라 죄책감은 느끼지 않았다. 강한 자가 세상을 지배하는 것이 당연하다고 믿었다. 그런 생각은 오래가지 않았다. 어느 날 길이 아니다 싶어 빠져나오려고 했을 때는 너무 늦었다. 오지도 가지도 못하고 엉거주춤한 생활을 하면서 힘들어했다. 결국 스스로 죽음을 택했다는 소식이 들려왔다. 독살에 갇힌 물고기가 되어 버둥대다 주검이 되어서야 빠져나왔다.

나도 막차를 탄 적이 있다. 주식 열풍이 이 땅을 휩쓸고 있을 때였다. 어디를 가도 화두는 주식뿐이었다. 출근만 하면 삼삼오오 짝을 지어 어떤 종목이 얼마 올랐고 내렸다는 이야기를 하고 있었다. 이상하게도 손해 봤다는 사람은 아무도 없었다. 무관심한 척 귀동냥을 하고 있으면 나만 손해 보는 것 같았다. 나도 모르게 마음이 끌렸고 시간이 지날수록 거세게 요동쳤다. 열기가 더해가자 몇 배 벌었다는 말이 수십 배로 둔갑하고 투자 귀재라는 사람들의 전설적인 말들만 귓가에 맴돌았다.

지금이 기회라는 선배 말만 믿고 무작정 따라 했다. 오랜 갈등과 약간의 두려움 때문에 소형주만 조금 매수했다. 누구에게도 말하지 않았다. 오르면 다행이지만 내리면 큰일이라 입에 올리지도 않았다. 주식을 사자마자 상승세가 보합세로 돌아섰다. 불안감이 심하게 몰려왔다. 무슨 일을 해도 손에 잘 잡히지 않았다. 틈만 나면 사람들이 모여있는 곳으로 갔다. 시시각각 변하는 주가가 궁금했지만, 얽매인 몸이라 거래소에 가거나 전화할 수가 없었다. TV 뉴스 시간에도 소형주는 나오지 않았다. 잠자리에 들어도 쉽게 떠나지 않고 무슨 일을 해도 머리를 복잡하게 했다.

다음날 새벽, 조간신문을 펼쳤다. 두근거리는 가슴을 누르며 깨알같이 작은 글자의 주식란을 더듬었다. 조금 올라있었다. 다행이었다. 내렸다 오르기를 반복하며 조금씩 올라갔다. 그래도 불안함을 떨칠 수가 없어 다시는 하지 않겠다며 팔았지만, 벤처기업에 투자해 수십 배를 벌었다는 친구 말에 또 손을 댔다. 억지로 돈을 만들어 제법 많이 샀다. 주식시장의 활황이 계속되자 빚을 내서라도 더 사고 싶었다. 하늘 높은 줄 모르고 치솟던 주가가 어느 날 갈팡질팡하더니 곤두박질쳤다. 바로 내놓았지만, 하한가에도 팔리지 않았다. 누구에게도 말 못 하고 혼자 속병을 앓으며 여러 날 밤잠을 설쳤다.

광풍은 아파트 쪽으로 불었다. 분양만 받아도 큰돈을 손에 쥘 때였다. 올림픽을 앞두고 시작된 열풍은 끝이 나도 잦아들 줄을 몰랐다. 출근하면 모두가 아파트 이야기만 했다. 주식으로 곤욕을 치른 적이 있어 될 수 있으면 몸을 피했다. 바로 뒤에 앉은 선배는 출근과 동시에 시작된 부동산 사무소와의 통화가 퇴근 때까지 이어졌다. 듣지 않으려고 할수록 더 크게 들렸다. 업무는 뒷전이고 땅과 집을 팔고 사는 일에만 열중하는 것 같았다.

매일 듣다 보니 불안감이 밀려왔다. 나도 모르게 또 마음이 끌렸다. 어쩌면 나만 영원히 집을 갖지 못할 것만 같았다. 약간의 관심을 보이자 선배는 분양 신청서를 같이 넣어보자며 용지를 내밀었다. 날마다 매스컴이 분위기를 띄웠다. 분양권 당첨은 복권 당첨과 같다며 한껏 부추겼다. 추첨하는 날을 기도하는 마음으로 기다렸지만 허탕이었다. 선배를 따라 몇 군데 더 신청서를 넣었지만, 역시 연락이 오지 않았다. 여러 번 떨어지다 보니 점점 불안해졌다.

아파트 분양 붐이 절정에 도달했을 때 분양 계약서에 도장을 찍었다. 처음 듣는 건설업체였지만 회사 동기의 소개로 사무실을 찾아갔다. 규모는 작아도 아파트 건축 공사장이 여러 곳에 있다고 했다. 그 말만 믿고 기초공사도 하지 않는 아파트 계약서에 도장부터 찍었다.

내 집을 가질 수 있다는 들뜬 마음은 잠시였다. 빠르게 돌아오는 중도금을 맞출 수가 없어 친척에게 돈을 빌리고 대출도 냈다. 중도금이 계속 들어가도 공사가 진행되지 않았다. 전화하면 늘 심사나 평가 중이라고 했다. 무슨 평가가 그리 많은지 화가 나고 속이 탔지만 어쩔 도리가 없었다. 몇 번을 전화해도 녹음기를 돌려놓은 듯 대답은 한결같았다. 건설업자가 부도를 내고 잠적했다는 뉴스를 봤을 때는 이미 모든 돈을 쏟아부은 상태였다.

매번 수업료를 톡톡히 냈다. 무작정 따라 한 대가는 만만치 않았다. 속병이 날 정도로 후회했지만 소용없었다. 누구에게도 털어놓고 말할 수도 없었다. 돈 잃고 몸 상하고 바보 소리 듣기 십상이었다. 답답한 마음에 토정비결을 보고 점쟁이도 찾아갔지만, 아무런 위로가 되지 않았다. 이래저래 돈이 말리자 집주인이 눈치를 챘는지 해마다 전세를 올려 달라고 했다. 빚지는 것을 죽기보다 싫어하는 성미였지만 어렵사리 대출을 냈다. 혼자서 속앓이를 했다. 잠시라도 벗어나고파 폭음도 해봤지만 부질없는 짓이었다.

어디를 가도 독살은 있다. 인적이 드문 사막이나 깊은 산속에도 덫이 있다. 곳곳에 파놓은 함정과 목을 조이는 올가미가 기다린다. 개미나 벌레들도 정신없이 앞만 보고 가다가는 거미의 밥이 되거나 개미지옥에 빠지게 된다. 살다 보면 수많은 고난과 도전을 받는다. 잠시만 방심해도 생각지도 못한 곳에 걸려든다. 한번 걸려들면 빠져나와도 허우적거리다 비늘이 다 벗겨진 물고기처럼 큰 상처를 입는다. 회복할 수 없는 상처를 평생 간직한 채 살아야 한다. 살면서 모든 덫을 다 피하기는 정말 어렵다.

사람은 태어나면서부터 독살에 갇힌다. 자신의 의지와 상관없이 씌워진 굴레를 마음대로 벗을 수가 없다. 벗어나려고 몸부림칠수록 올가미가 되어 점점 조여 올뿐이다. 모두가 돌담에 갇힌 물고기처럼 운명의 그물 속에서 소리 없이 살아간다. 물이 빠졌다 차오르기를 반복하는 독살이 날이 갈수록 더 조밀하고 두꺼워진다.

당선소감 : 김순경

더는 묵혀둘 수 없어 글쓰기를 시작했습니다. 옹이처럼 단단해진 응어리를 녹이고 난마처럼 얽히고설킨 실타래를 푸는 일은 만만치 않았습니다. 급한 마음에 서두르다 보면 생각이 달아나고 너무 달래면 잡을 수가 없었습니다. 날마다 씨름하듯 뒹굴다 보니 다져두고 눌러 두었던 사연들이 하나둘 바깥세상으로 고개를 내밀었습니다. 언제부턴가 실체를 드러내지 않고 가슴을 짓눌렀던 단단한 덩어리들을 명주실처럼 서두르지 않고 천천히 풀어냅니다.

지금은 종심소욕從心所欲을 화두로 삼고 있습니다. 아직은 하고 싶다고 마음대로 할 수 있는 일이 별로 없지만, 마음이 시키는 대로 하려고 노력합니다. 현실의 벽에 막혀 추스르고 눌러 두었던 일들을 이순을 넘기고서야 하나씩 시작하고 있습니다. 혼자서 할 수 없을 때는 누군가에게 묻고 답을 기다립니다. 세상일이 내 마음 같지 않아도 크게 상심하거나 아쉬워하지 않고 사람과의 관계가 잘 풀리지 않아도 상처받지 않으려고 합니다. 기억의 고리가 붙어 있을 때 가고 싶은 길을 가려고 합니다. 그곳이 어디든. 더 늦기 전에 많은 것을 즐기려고 오늘도 자판을 두드리고 소리를 배웁니다.

끝으로 부족한 글을 뽑아주신 심사위원님과 경남신문 관계자 여러분께 감사드리고, 글의 영역을 넓혀주신 분들께도 고맙다는 말을 전합니다. 늘 곁에서 힘이 되어준 가족들과 저를 아는 모든 분과 함께 이 기쁨을 나누고 싶습니다.

고른 호흡 · 어휘 선택 돋보여

천둥 같은 울림과 번개 같은 번쩍임에도 놀라지 않을 준비를 하고 응모작들을 만났다. 작품들은 대체로 불확실한 미래에 대한 불안감, 잊히지 않는 지난날을 회억하는 내용 등이 많았다. 또한 시대 상황을 반영이라도 하듯 작품 곳곳에 '코로나'와 '마스크'도 등장하고 있었다.

오랜 시간 동안 문장의 정확성, 명료성, 논리성, 그리고 통일성을 염두에 두고 고른 작품은 '맹지', '무쇠 꽃', 고주박이' 등 세 편이었다.

자기 땅인데도 출입구가 없는, 사방이 남의 땅으로 막혀서 갇혀버린 맹지를 보며 문득 사람들과 대체로 소통을 원활히 못하는 자신을 발견한다. 설득력과 이야기를 끌어가는 힘은 있었으나 뒷부분에 긴 휴대폰 이야기가 걸림돌이었다.

'좁은 베란다에 무쇠 꽃 한 송이가 자라고 있다.'로 참신하게 시작되는 작품 '무쇠 꽃'은 무쇠 솥 뚜껑으로 맛있는 요리를 만들어 주시다 돌아가신 어머니를 그리워하는 내용이다. 문장의 끝 부분 '소리', '쇳덩어리' 등을 명사형으로 처리한 점이 아쉬웠다.

수필 '고주박이'는 우선 호흡이 고르다. 문장 속에서 서로 연관되는 요소들의 맥락화가 잘 이뤄져 있어 문장이 물 흐르듯 자연스럽다. 현학도 멋부림의 기교도 없다. 상황 묘사에 꼭 맞는 어휘 선택 능력이 돋보인다.

글쓴이는 산길을 걷다가 땅에 박힌 채 죽은 나무 그루터기인 고주박을 만난다. 그리고 고주박에 생명을 불어넣어 사람으로 환치시켜, 늙고 병든 우리의 미래 모습을 보여주면서 깊은 상념에 젖게 한다. 문장 곳곳에 언어 고르기를 잘하였다. 관찰력도 뛰어나, 나비 한 마리 그리려고 십 리 길을 따라가면서 관찰한 조선 후기 문인화가 남계우가 생각난다.

심사위원은 고심한 끝에 작품 '고주박이'를 당선작으로 선했다. 당선자에게 축하드리며 더 큰 성취를 위한 고뇌의 시간이 이어지기를 빈다.

심사위원 : 강현순 · 양미경 수필가

2021 전북일보 신춘문예 당선 수필

이다온

경주에서 태어남
2018년 〈머니투데이〉 직장인 신춘문예 수필부문 당선
現 울산문인협회 회원
물푸레 복지재단 국공립 베니 어린이집 교사
2021년 〈전북일보〉 신춘문예 수필부문 당선
gmlsskf@hanmail.net

달항아리

이다온

진열대 위로 둥실 달이 떠오른다. 은은한 불빛이 바닥에 고인다. 조명을 받은 항아리는 방금 목욕하고 나온 아낙네 같다. 천의무봉의 살결이 백옥처럼 희다. 아무런 무늬가 없는 데도 마음이 고요하고 편안해진다. 자세히 보면 달항아리는 좌우균형이 맞지 않는 비대칭이다. 보름달이 약간의 기울기를 가진 것처럼.

가슴이 사라졌다. 마취에서 깨어나자마자 왼쪽 가슴을 확인했다. 불룩하게 솟아있던 자리가 분화구처럼 푹 꺼져 있다. 움푹 팬 곳에 낯선 어둠이 만져졌다. 두꺼운 밴드가 선홍색 칼자국을 애써 가렸다. 와락, 울음이 밀려왔다. 재빨리 환자복을 내려 걷잡을 수 없는 슬픔을 덮었다.

이태 전이었다. 부산스럽게 외출준비를 하고 있을 때 왼쪽 가슴에서 심하게 통증이 느껴졌다. 급하게 달려간 병원에서 청천벽력 같은 소릴 들었다. 의사는 조용한 음성으로 말했지만 내 귀에는 더 이상 아무것도 들려오지 않았다. 벚꽃이 만발했던 어느 봄날, 그렇게 암은 내게로 왔다. 아무 예고도 없이.

임파선으로 퍼진 암 덩어리 크기를 작게 하고 나서야 수술을 할 수 있었다. 크기를 줄이기 위해선 먼저 여덟 차례의 항암치료를 해야 했다. 일차 항암치료를 받기 위해 수술실 안쪽의 긴 복도를 따라갔다. 암 환자를 위해 마련된 별도의 공간은 미로처럼 복잡했다. 일반인의 출입이 철저하게 통제되는 곳이었다. 민둥산처럼 머리를 깎은 환자들이 침대마다 누워 있었다. 선뜻 들어가지 못했다. 내가 왜 이 자리에 서 있어야 하는지 실감 나지 않았다. 이건 꿈이라고, 잠시 꿈속으로 들어온 것이라고 애써 위로했지만, 현실은 결코 꿈이 되지 않았다.

남편은 자상했고 시부모를 모시는 맏며느리였지만 고부간에 큰 갈등은 없었다. 어머님은 집안일에 서툰 나를 딸처럼 대해 주었다. 결혼한 지 이십 년이 다 되어가도록 가끔씩 동서들과의 갈등이나 속상한 일이 더러 있었지만 크게 상심하거나 어려운 일은 겪지 않았다. 아이 둘도 잘 자라주었고 행복한 나날이었다. 그런 내게 신은 암이라는 시련을 툭! 던져주었다. 단 한마디 말도 없이. 돌멩이 던지듯 무심하게.

생년월일을 확인하고 이름이 불리어졌다. 간호사는 친절하게 몇 개의 액체가 들어있는 비닐봉지를 보여주면서 의례적인 설명을 했다. 숨소리가 거칠어졌고 두려움이 엄습해왔다. 이렇게 세상이 끝나는 건 아닐까? 다시 병실 밖으로 나갈 수는 있을까? 도대체 이곳에서 얼마나 많은 사람들이 임종을 맞았던 것일까? 항암제가 잘 스며들 수 있도록 길을 만들어 준다는 조형제가 몸속으로 들어오자 전기에 감전된 것처럼 전율이 흘렀다. 얼마간의 시간이 지나고 자줏빛 종이상자 안에 있던 항암제가 천천히 내 안으로 들어왔다. 까무룩 잠 속으로 빠져들고 말았다.

열흘 정도가 지나갔다. 머리카락을 쓸어 올릴 때마다 한 움큼 검은 시체들이 손아귀에 쥐어졌다. 숭덩숭덩 빠지는 머리카락은 책상 위며 화장대, 거실의 탁자에 어지럽게 널려 있었다. 어떻게든 살아보겠다는 삶의 의지마저도 한 움큼씩 빠져나갔다. 항암치료는 마흔 살의 나이에 생리를 멈추게 했고 모든 일상의 시간을 정지시켰으며 까마득한 벼랑 끝에 나를 세워놓았다.

항암치료를 시작한 지 반년이 지날 즈음 왼쪽 유방 절개 수술을 했다. 임파선을 제거한 팔은 조금만 무리해도 붓고 아팠다. 나이가 젊을수록 예후가 좋지 않을 수 있다고 의사가 말했다. 삶의 의지와 죽음의 두려움이 씨줄과 날줄처럼 교차했다. 때론 침대 난간에 머리를 쥐어박으며 죽고 싶다며 야단을 피웠고 어떤 날엔 머릿속이 하얗게 비워져 시체처럼 누워 있었다. 다섯 개가 넘는 피 주머니가 흔들릴 때마다 통증은 시시때때로 찾아왔다. 하루에도 몇 번씩 정신을 놓아 버렸다.

불행은 먼 나라의 것이라 생각했다. 이따금 들려오는 남의 고난은 그냥 타인의 일일 뿐이었다. 어느 나라에선 지진이 일어났다 하고 또 다른 곳에서는 기아가 넘쳐난다고 해도 관심 밖의 일들이었다. 쇼핑을 하고 몸매를 가꾸고 먼 곳으로 여행을 하고, 행복은 언제까지나 지속될 거라 믿었다. 가끔씩 현기증 같은 게 찾아왔지만 그건 내가 너무 행복해서 느껴지는 감정 같은 거라고 가볍게 넘겨버렸다. 불행의 씨앗이 조금씩 내 몸에 똬리를 틀기 시작하는 것도 모르고.

아마조네스는 여자들만으로 이루어진 군대이다. 그리스와의 전쟁에서 트로이를 구출하기 위해 만들어진 강력한 특수부대였다. 아마조네스의 '아'는 '없다'는 뜻이며 '조네스'는 '유방'이라는 뜻이다. 즉, 유방이 없다는 것이다. 여자들로 구성된 이들 부족은 활을 쏘는데 오른쪽

유방이 불편했기 때문에 그것을 미련 없이 제거했다. 조국이라는 더 큰 가치를 위해 여자로서의 아름다움을 당당하게 버린 것이다.

어쩌면 나의 전생은 아마조네스인지 모르겠다. 가슴에 활시위를 대고 적의 심장을 바라보던. 그래서 한 쪽 가슴을 도려내야 했는지도. 행복에는 반드시 대가가 따르기 마련인 걸까. 암은 무의미한 일상에 함몰된 내게 삶을 향해 제대로 활시위를 당기라며 가슴을 도려내게 했는지도 모를 일이다. 파르르 떨리는 그 활이 너무 무겁고 감당하기 벅차긴 했지만.

달항아리는 조선 후기에 유행했던 도자기다. 둥글고 커다란 모습이 달덩어리 같다고 해서 붙여진 이름이다. 높이가 사오십 센티미터에 달하는 커다란 항아리를 제작하려면 흙으로 윗부분과 아랫부분을 따로 만든 뒤에 서로 이어 붙여야 했다. 그래서 접합 부위가 약간 뒤틀린 모양이 되었다. 하지만 조선 시대 도공들은 이것을 칼로 깎아 내거나 매끈하게 다듬지 않았다. 인위적인 힘을 가해서 정교하고 둥글게 만들 수도 있었겠지만, 비대칭인 상태 그대로 둔 것이다.

수술결과는 좋았다. 더 이상 항암치료를 받지 않아도 된다는 진단이 내려졌다. 몇 번의 작은 수술과 치료가 있었지만, 처음의 두려움은 조금씩 사라졌다. 벼랑 끝에서 아스라하게 버텼던 지난날의 흔적은 가족들의 관심으로 조금씩 치유되어져 갔다.

전시대 위로 떠 오른 달을 쳐다본다. 어린 시절 초가지붕 위의 박처럼 푸근하다. 문득 항아리 속의 달이 내 안으로 파고든다. 가슴이 사라진 자리에 밀물처럼 고요하게 달이 들어찬다. 보름달이면서 비대칭인, 한쪽이 약간 기울어져 슬픈 달, 그러나 어떤 대칭의 사물보다도 완벽

한 구형이다. 달을 품은 내가 어느새 달항아리가 된다. 따뜻한 달무리가 빈 가슴을 둥글게 감싼다.

큐브

이다온

생생불식, 큐브는 동물성이다. 사각의 스핑크스는 끊임없이 문제를 만들어내고 질문을 한다. 질문에 답하지 못하면 바로 잡아먹히고 만다. 면과 면은 길항하면서 당기고 당기면서 밀어낸다. 빨강이 맞추어진다 싶으면 노랑이 끼어들고 파랑을 맞추었다 싶으면 다시 빨강이 흐트러진다.

벌써 몇십 분째, 난공불락의 큐브를 만지고 있다. 아랫부분부터 맞추고 나서 차례로 윗부분을 이어가야 한다는 걸 알면서도 급한 마음에 자꾸만 헝클어지고 만다. 어떻게 완성해야 할지 난감하다. 손엔 땀이 흐르고 가끔씩 큐브를 떨어뜨리기도 한다. 그만 팽개치고 싶지만 포기할 순 없다.

남편은 파랑이었다. 늘 이성적이고 차가운 이미지였다. 매사에 철두철미했으며 조그만 실수도 용납하지 않았다. 절제와 근면이 몸에 배었고 조금의 흐트러짐도 보이지 않았다. 어머님은 빨강이었다. 적극적이고 활발했다. 동네일에 물불 가리지 않고 참견했으며 언제나 앞장섰다. 집안엔 동네 어르신들이 수시로 출입했고 명절이라도 되는 날엔 더욱 북적댔다. 어머님 주변은 늘 떠들썩했으며 한시도 가만히 있지 못하고 끊임없이 몸을 움직였다.

나는 노랑이었다. 규칙에 얽매이기 싫었고 혼자 있기를 좋아했다. 그리스인 조르바처럼 자유를 동경했다. 별이 좋아서, 비가 와서, 눈이 내려서 그런 핑계를 대면서 자주 밖으로 나돌았다. 결혼 후에도 마찬가지였다. 음식이며 살림살이에 서툴렀고 몽상에 잠기기를 즐겨했다. 제도와 관습에 구속되기 싫었다.

결혼은 큐브를 맞추는 일이었다. 서로 다른 문화와 환경에서 자란 사람들이 한곳에 모여 살아가는 작은 공동체였다. 라면 하나도 제대로 끓이지 못하는 나를 시집보내놓고 친정에선 걱정이 많았다. 반찬은 고사하고 밥이나 할 수 있을지, 시댁 어른들은 잘 모실지, 집안 대소사는 잘 챙길지 밤낮없이 걱정을 했다. 몇 번의 만남 끝에 결혼을 하긴 했지만, 아니나 다를까 우려는 현실이 되었다. 설은 밥과 탄 밥을 교대로 지어냈으며 걸핏하면 그릇과 화분을 깼다. 집안일은 종내 관심이 없었고 배우려 하면 할수록 더 어려웠다. 시부모님의 한숨이 마음을 짓눌렀다.

남편과의 관계에서도 자꾸 충돌이 일어났다. 나는 어수선하게 헝클어져 있는 것을 그대로 두었지만, 남편은 먼지 하나도 용납하지 않았다. 나는 결벽증이라며 불만을 토했고 남편은 게으르다며 핀잔을 주기 일쑤였다. 정확히 지켜져야 하는 규칙 때문에 자주 스트레스를 받았다. 이성과 감성이 부딪혔으며 그것은 첫 아이가 태어날 때까지 극복되지 못했다.

다시 또 퍼즐을 맞춘다. 이젠 천천히 심호흡을 하고 아랫부분부터 맞추어 간다. 입을 벌리고 틈만 나면 잡아먹을 태세만 하던 스핑크스도 어느새 순해졌다. 빨강과 빨강 사이의 노랑은 왼쪽으로 젖히고, 파랑은 위쪽으로 올리고. 조금씩 면들이 동일한 색으로 채워진다. 시간이 걸리겠지만 결국 큐브는 완성될 것이다. 잠시 큐브를 탁자 위에 놓는다.

안 되겠다 싶었던지 어머님은 집 안의 큰일이 있는 곳이면 나를 데리고 다니기 시작했다. 어른들을 소개하고 맛있는 음식을 먹이면서 요리법을 가르쳤다. 그렇게 한동안 서툰 며느리를 학습시켰다. 남편과의 관계도 조금씩 서로를 양보하는 선에서 타협이 이루어졌다. 자기 자신의 고집을 버리고 상대방의 가치를 인정하며 서로에게 스며들었다. 가끔씩 보이지 않는 충돌이 일어나긴 했지만, 어느 지점에선 마무리가 되곤 했다.

언젠가 TV에서 큐브를 맞추는 영상을 본 적이 있다. 보통 333큐브가 기본이지만 앳된 청년은 444큐브를 불과 몇 분 만에 맞추었다. 손가락이 보이지 않을 정도였다. 그렇게 되기까지 그에겐 많은 실패와 도전이 있었을 것이다. 나는 아직 333큐브도 제대로 맞추지 못한다. 수없이 시행착오를 거듭했다. 하지만 완성될 때마다 느끼는 희열 때문에 쉽게 놓지를 못한다. 큐브의 치명적인 매력이다.

큐브를 해보면 알게 된다. 어느 순간 면과 면들이 서로 얽히면서 혼란이 올 때가 있다는 것을. 그건 예기치 않게 닥친다. 그럴 땐 잠시 큐브를 내려놓고 호흡을 가다듬어야 한다. 원점으로 돌아가 다시 점검을 해야 한다. 지쳐서 포기하게 되면 큐브에게 잡아먹히고 만다. 어찌 큐브뿐이겠는가.

아이 둘을 낳은 뒤였다. 어느 날 복통이 있어 병원엘 갔는데 여러 가지 검사 끝에 암 선고를 받았다. 앞이 캄캄했고 절망감이 몰려왔다. 이

제 겨우 맞추어지려던 큐브는 다시 어긋나고 말았다. 계속되는 약물투여와 통증으로 그만 삶의 끈을 놓고 싶은 적이 한두 번이 아니었다. 그럴 때 남편과 시어른들은 나를 벼랑 끝에서 붙잡아주었고 안아주었다. 이 년여의 투병과 치료로 이젠 어느 정도 안정이 되었다.

다시 큐브를 만지며 생각한다. 면과 면은 길항하는 것이 아니라 서로를 포옹한다는 것을. 타자의 가치관을 인정하고 그걸 받아들일 때만 큐브는 완성된다는 것을. 결혼생활도 마찬가지일 것이다. 상대를 이해하고 그 속으로 스며들지 못하면 지속하기가 어렵다. 볏짚이 저를 삭혀 거름이 되듯 그렇게 자신을 희생시켜야만 되는 것이다. 불화와 반목으로는 완성할 수 없다는 걸 결혼 이십 년이 넘어 알게 되었다.

드디어 큐브가 완성되었다. 한 시간을 훌쩍 넘겨버렸다. 인터넷을 찾아서 큐브 맞추는 법을 익히고 나름대로 경험을 축적해도 큐브는 아직 자신을 만만하게 허용하지 않는다. 하긴 쉽게 드러내면 무슨 매력이 있으랴 싶다. 병이 호전되어 요즘은 반찬 만들기며 집안 정리 등 조금씩 살림 솜씨가 늘었다. 시어른에게도 인정받고 남편과도 크게 다투는 일이 없어졌다.

맞추어놓은 큐브를 이리저리 돌려본다. 파랑과 빨강, 노랑이 질서정연하다. 서로 다른 색깔들은 상대에게 스며들어서 하나가 되었다. 큐브 안에는 갈등과 화해와 눈물과 웃음이 들어있다. 그게 삶이 아니겠는가. 내일은 조금 더 시간을 단축할 수 있으리라.

초인종이 울린다. 파랑의 목소리가 들린다. 노랑이 밝은 모습으로 걸어간다. 큐브란 각각의 색을 맞춰가며 상대를 인정해주는 그런 것이 아닐까.

당선소감 : 이다온

잠시, 공중부양하듯 중력을 잃어버렸습니다.
어느 때 만져지던 허방처럼,
그리곤 내게 온 이 반가운 기별이 현실이란 걸 한참 후에야 알게 되었습니다.

상실은 늘 내 곁을 맴돌았습니다.
유년 시절, 매일 같이 놀아주던 언니가 전염병으로 다시는 볼 수 없는 곳으로 가버린 일.
대학에서 함께 공부했던 친구가 채 피어보지도 못한 채 먼저 저세상으로 떠난 일.
지난해, 중환자실에서 눈 맞춤도 하지 못하고 돌아가신 아버지까지.

어느 해, 갑자기 찾아온 암은 나의 모든 것을 앗아갔습니다.
몸과 마음의 자유는 물론, 사소한 일상까지 잃어버린 채
매일 죽음과의 사투를 벌여야 했습니다.
천 길 낭떠러지 같은 캄캄한 벼랑 끝에 서 있을 때,
병상에 놓인 노트와 연필은 나의 유일한 위로였습니다.

어린 시절부터 뭔가를 끼적거리지 않으면 불안했던 나는
언젠가부터 상처를 제 안으로 치유하는 달항아리처럼
상실의 아픔을 글로 치유하려 했습니다.
갑자기 떠난 언니와 채 피어보지도 못하고 가버린 친구며,
더 이상 울리지 않는 아버지의 휴대폰, 어느 날 잃어버린 한쪽 가슴까지.
어쩌면 그 기록들이 삶의 고비마다 나를 지탱해주는 힘이 되었는지도 모르겠습니다.

달무리처럼 떠오르는 얼굴들이 많습니다.
늘 부족한 나를 격려해주던 시어머님과 친정어머니, 지칠 때마다 용기를 준 남편과 두 아이,
다정다감한 직장동료들과 서로 이끌어주며 오랫동안 함께 공부한 시거리 문우들.
그리고 나를 지켜본 모든 사람들과 함께 이 기쁨을 나누고 싶습니다.
무엇보다 제 글이 달항아리가 되게끔 뽑아주신 심사위원님들과
귀한 상을 주신 전북일보사에 감사의 인사를 드립니다.
두고두고 좋은 작품으로 보답하겠습니다.

수필 심사평

붓 가는 대로만 써서는 안 된다는 것. 수필 쓰기의 이중성 내지는 아이러니라고나 할까. 그거야 어쨌든 짧지 않은 세월을 두고 삶의 애환을 웬만큼은 축적해야 비로소 수필스러운 성찰이 가능한 건 아닐지. 예심을 거친 열네 분 응모자의 작품을 읽으면서 그런 생각을 했는데, 성찰의 깊이가 상대적으로 옅어 아직 덜 여물었거나 붓끝의 농담이 들쭉날쭉인 글을 하나씩 내려놓다 보니 〈산골 변사〉, 〈점선, 여백을 품다〉, 〈희생에 대한 회상〉, 〈달항아리〉 네 편이 남았다.

시골 마을로 계절을 바꿔가며 무시로 찾아오는 '트럭장수'들의 '찰진 목소리'를 해학적으로 풀어낸 〈산골 변사〉는 에피소드의 전개 과정이 좀 어수선하긴 했어도 읽는 맛은 그런대로 괜찮았다. 〈점선, 여백을 품다〉는 붓끝이 정갈해서 선뜻 내려놓기가 아까웠다. 그런데 수사적 성찰이 전체 분위기를 이끌고 있어서일까. 독서의 속도감이 떨어지는 문제점까지는 덮고 갈 수 없었다. 〈희생에 대한 회상〉은 읽을거리가 풍부하다는 게 장점이었다. 어미 우렁이와 어머니의 삶을 희생 모티브로 연계시킨 구성도 크게 나무랄 정도는 아니었다. 문제는 정돈되지 않은 문체였다. 거친 붓끝을 정갈하게 다듬어 썼더라면 더 좋은 결과를 얻을 수 있었으리라는 조언을 사족으로 덧붙인다.

〈달항아리〉를 끝까지 손에 붙든 까닭은 앞선 세 편의 글이 갖고 있는 단점이 두드러지지 않아서였다. 안정감 있고 세련된 문체가 읽는 맛을 더해준 까닭도 있었다. 글의 문패로 내건 '달항아리'의 둥글지만 비대칭인 이미지를 '가슴이 사라진 자리'에 채움으로써 '사라진 가슴' 때문에 겪어야 했던 아픔을 따뜻하고 담담하게 어루만질 줄 아는 구성력도 만만치 않은 수준이었다.

최종심에 올랐으면 그다음은 '운수소관'이라는 말을 들은 적 있다. 그 속뜻이야 글을 쓰는 이들에게는 불문가지일 터. 명실상부名實相符라는 말이 있는데, 명名은 어떨지 몰라도 실實에 있어서만은 네 분 응모자 모두 훌륭한 수필가에 상부相符하고도 남는다.

심사위원 : 송준호 수필가